KB056180

정중앙의
장신의 소녀가 고개를 끄덕이자,
캐스터네츠 소리와 함께
무도가 시작되었다
"히로토 님!
앞으로 몇 년이고, 몇 년이고,
이 나라에 계셔주세요!"

고1이지만 이세계 성주로 부임했습니다
11

카가미 히로유키 지음 | **고반** 일러스트 | **정우** 옮김

커버 그림, 본문 일러스트 | **고반**

목 차

서장 포악한 무리들

1

사파이어는 바다처럼 깊고 푸르다. 터키석은 하늘처럼 상쾌하고 파랗다. 어떤 터키석은 선명한 하늘빛 광채를 띠고, 더러는 짙은 푸른색이 섞인 청록빛 광채를 띠고 있다.

숲속의 지저(地底) 호수는 터키석처럼 파랗고 맑았다. 호수 바닥이 짙은 푸른색으로 빛나, 신비스런 물의 환상을 보여주고 있었다. 호주 주위엔 환상의 낙원을 지키듯이 절벽이 둘러싸고 있었다. 30미터 정도의 높은 암벽이다. 그 암벽 앞으로 비현실적인 흰 구름과 붉은빛 하늘이 보였다.

노브레시아 주, 주 수도 파토리스 근교——.

미라족의 은밀한 목욕 장소였다. 동굴이라 해도 상당히 얕은 동굴로 숲속에서 바로 움푹 패인 웅덩이와 그 안쪽에 있는 호수가 보였다.

호수는 아름다웠다. 물 전체가 밝은 하늘빛으로 빛나고 있어, 환상적인 기분을 자아냈다.

온몸에 하얀 붕대를 감은 소녀는 혼자서 호수 근처에 서서 조심스레 하얀 붕대를 풀고 있었다. 평소엔 여자 친구들과 함께 목욕을 하러 오지만, 오늘은 자신이 늦는 바람에 혼자였다.

(리치아는 지금쯤 솔무일까……?)

하고 소녀는 생각했다.

가장 사이가 좋은 친구는 솔무에 춤을 가르치러 갔다. 돌아오면 듬뿍 얘기를 들을 작정이다.

소녀는 옷을 벗기 시작했다. 하얀 붕대 아래로 아름다운 금발과 푸른 눈이 드러났다. 흡사 사파이어처럼 푸른 눈동자이다.

하얀 붕대를 가슴팍에서 벗기자, 뾰족하게 나온 아름다운 가슴이 드러났다. 가슴팍에서 가슴 끝까지 살짝 위로 완만한 곡선형태를 띠면서, 유륜에서 툭 불거져 나왔다 유두에서 정점을 찍은 뒤, 부드러운, 하지만 급격한 커브를 그리며 몸통으로 이어진다. C컵 정도의 아름다운 가슴이다.

한층 더 붕대를 벗기자 배꼽이 보이고 이어 치구(恥丘)와 풍만한 엉덩이, 그리고 넓적다리가 보였다. 그곳까지 붕대를 벗긴 참에 소녀는 이상한 소리가 나는 걸 깨달았다.

두둑, 나뭇가지나 뭔가가 부러지는 소리였다.

짐승일까?

아니면 누군가 있나?

나에게 관심 있는 미라족 남자?

다시금 두둑, 하며 마른 나뭇가지를 밟는 어쩐지 기분 나쁜 소리가 났다. 이번엔 소리가 나는 방향을 확실히 알 수 있었다. 얼굴을 든 소녀는 말에 올라탄 기병을 보고 표정이 굳어졌다.

(미라족이 아니야! 인간……!)

말 두 필이 단숨에 내려왔다. 미라족 소녀는 한순간 붕대를 다시 감으려다, 도망치는 것이 먼저라는 생각에 호수로 들어갔다. 네다섯 걸음 달린 참에, 앞을 말 한 필이 가로막았다. 게다가 뒤쪽은 두 번째 말이 막아섰다.

앞을 가로막은 기사가 말에서 내렸다.

(잡힌다……!)

소녀는 달렸다. 붕대를 벗던 도중이었던 터라 뛰기가 어려웠다. 굵직한 남자의 팔이 소녀의 목덜미를 잡았다.

"놔주세요!"

소녀가 외쳤다.

뒤에서 기사가 겨드랑이 사이로 양손을 집어넣어 목덜미에서 깍지를 끼고 소녀를 꽉 옥죄었다. 숨이 꽉 막힐 것 같은 남자 냄새가 났다. 포악한 자들의 냄새다.

"오오, 엄청 큰데?"

다홍색 망토를 걸치고 황색 바지를 입은 청년이 백마에서 내렸다.

청년은 흑발이었다.

혈색 좋은 얼굴에 통통한 몸이었다. 말보다도 남자 쪽이 살이 더 찐듯 보였다.

눈이 마치 사냥에 미쳐 사슴을 죽인 남자처럼 빛나고 있었다. 징그럽고 왠지 으스스한 광채였다.

"확실히 소문대로 물건이 좋군. 미라족에게 이런 괜찮은

소녀가 있을 줄이야. 변경백이라나 뭐라나 하는 녀석한테
감사해야겠는걸."

남자가 다가왔다. 소녀는 순간적으로 앞을 가렸다. 가슴
도 그곳도 모르는 남자에게 보이고 싶지 않았다.

하지만 남자는 막무가내로 소녀의 손을 떼어냈다.

"멋진 가슴이군."

그렇게 말하며 남자가 갑자기 확 달려붙었다.

소녀는 비명을 질렀다.

누구 없나요!

누구 없나요, 도와주세요!

그러나 기사가 손바닥으로 입을 막았다. 백마의 남자는
그 자리에서 소녀를 쓰러뜨렸다.

"너희들, 저항 못하도록 단단히 붙잡아. 소리도 지르지 못
하게 해."

그렇게 말하고 백마의 남자는 바지를 벗었다. 소녀는 우
물우물 비명을 질렀다.

살려줘.

누군가, 살려줘.

하지만 비명은 그 뒤에 이어지는 폭력과 참극에 삼켜져
버렸다.

2

회랑에 둘러싸인 돌로 된 커다란 접견실.

정중앙엔 카펫이 깔려 있고 그곳에 자슈르 가의 남자들과 카인 가 일족들이 모여 있었다.

자슈르 장군은 예전 일만의 병사를 거느리고 사라브리아 침공을 시도한 장군이다. 퓨리스 왕국은 일찍이 왕국의 북쪽 반을 지배했던 북 퓨리스 왕족을 쫓아내고, 왕국 통일에 성공했다. 하지만 인접국 히브리드 왕국으로 도망친 북 퓨리스 왕족들은 몇 번이고 퓨리스 왕에게 자객을 보냈다. 퓨리스 왕은 히브리드 왕국에게 북 퓨리스 왕족의 구속과 강제송환을 요구했지만, 히브리드 왕국은 이를 계속 무시해왔다. 결국 퓨리스는 무관심한 사라브리아에게 복수하기 위해 전쟁을 일으켰다. 하지만 그 앞을 가로막은 인물이 있었으니, 바로 변경백 히로토였다. 히로토는 뱀파이어족 게젤키아 연합을 설득했고, 뱀파이어족들은 퓨리스 군을 급습, 테르미누스 강 도하작전은 대실패로 끝났다. 자슈르 장군은 그 전투에서 뱀파이어족에게 죽음을 맞이했다.

카인 장군 역시 자슈르 장군의 넋을 달랠 요량으로 3천의 병사를 거느리고 하갈 주를 급습했다. 하지만 어김없이 변경백 히로토가 그들의 앞을 가로막았다. 히로토의 명령을 받고 출동한 뱀파이어족이 상공에서 급습하여 카인 장군을 죽였다.

접견실에 모인 자들은 자슈르 장군과 카인 장군의 혈족들이었다. 자슈르 가와 카인 가는 서로 반목하던 사이가 아니다. 오히려 관계가 좋았다. 뱀파이어족에게 두 장군을 잃고

난 뒤, 두 집안의 관계는 한층 더 돈독해졌다고 해도 과언이 아니었다.

둘 모두 원수는 같다. 뱀파이어족과 변경백 히로토이다.

하지만 퓨리스 왕국은 히브리드 왕국과 평화조약을 맺어 버렸다. 평화조약을 주도한 건 변경백 히로토였다.

퓨리스 측에서는 평화협상에 재상 아브라힘과 가르데르 장군, 그리고 메티스 장군이 나섰다.

자슈르 가의 사람과 카인 가의 사람들에 평화조약은 변경백이 교묘하게 달아놓은 족쇄처럼 느껴졌다. 거기다 도저히 용서하지 못할 사건이 발생했다. 양국의 우호를 위해 메티스가 히브리드 왕국을 방문하던 중, 북 퓨리스 왕족 요아힘이 양국의 경계를 따라 흐르는 테르미나스 강을 건너 퓨리스 왕국으로 다가온 것이다. 그리고는 북 퓨리스를 반드시 되찾겠다고 선언하며 퓨리스 병사를 도발했다.

변경백은 바로 뱀파이어족을 파견하여 북 퓨리스 왕족을 구속했다. 하지만——.

"메티스는 뭘 생각하는 거야? 왜 요아힘의 인도를 요구하지 않은 거지?! 그러고도 퓨리스 장군인가?!"

풍성하게 턱수염과 콧수염을 기른 자슈르 가의 남자가 입을 열자마자 맨 먼저 외쳤다. 메티스는 이런 중대한 사건이 일어났는데도 변경백에게 요아힘의 인도를 요구하지 않았다.

"소문으론 요아힘은 사라브리아로 송환됐다고 하지 않던가! 그런데 당시 메티스 역시 사라브리아에 있었다는 정보가 들어왔다! 대체 뭘 생각하는 거야?! 적에게 아양을 떨 작정인가! 녀석은 언제부터 히브리드 장군이 된 건가!"

카인 가의 사람이 격노하며 호응했다.

"애초부터 난 평화조약에 반대였어! 평화조약을 맺는다는 건 우리에게 원수를 갚지 말라고 하는 것과 마찬가지! 폐하는 도대체 뭘 생각하시는 건지!"

다시금 다른 자슈르 가의 사람이 호응했다.

"폐하에게 한마디 해야 하네! 메티스를 경질(更迭)하라고 말일세!"

카인 가 사람의 외침에,

"동감일세! 우리도 가지!"

하고 자슈르 가의 남자도 응답했다.

"나도 가세!"

"나도!"

하고 금세 두 집안 사이에서 의견이 터져 나왔다.

"폐하에게 한마디 하지 않으면 직성이 풀리지 않아! 메티스는 매국노나 다름없네!"

3

퓨리스 왕국의 수도 바비로스——.

일직선으로 쭉 뻗은 폭넓은 큰 거리에 성탑(聖塔)이 면해 있었다. 바닥이 정확히 정사각형인 7층짜리 피라미드이다.

피라미드라고는 해도 이집트처럼 사각뿔 형태가 아니다. 메소포타미아 문명처럼 계산식이다. 정사각형을 토대로 벽돌로 세워진 1층이 있고, 그 위에 1층보다 정사각형 면적이 적은 2층이 세워져 있는 형태로, 7층까지 겹겹이 쌓여 있다. 바로 옆에서 보면 7개의 계단 모양의 지형이 층층이 있는 걸 잘 알 수 있었다. 바로 위에서 내려다보면 정확히 면적이 다른 7개의 정사각형이 겹쳐져 아름다운 도형미(美)를 표현한 걸 알 수 있으리라.

낮은 건물이 대부분인 수도 바비로스 안에선 상당히 눈에 띄는 건물이었다. 다만 최상층인 7층은 복원 중이었다.

퓨리스 왕국의 사람들이 믿는 미드라슈교의 총본산, 바비로스 대성당이었다.

아침, 대성당 주위엔 이미 퓨리스 사람들이 모여 있었다. 입구에서 하단부에 사자 모양의 조각이 세겨진 거대한 문기둥이 사람들이 오기를 기다리고 있었다. 안에 들어가자 천정에서 내려온 빛이 위쪽부터 비스듬히 하얀 앨러배스터 벽을 비추고 있었다. 왕국의 역사를 묘사한 조각물이 정사각형 벽면을 장식하고 있었으며 바닥엔 눈이 부실 듯한 파란 타일이 깔려 있었다.

그 타일 위에서 목까지 내려올 정도로 텁수룩하게 턱수염을 기른 50대 남자가 주교들에게 말을 건네고 있었다.

신장은 170센티미터 정도, 체중은 80킬로그램 남짓 될까. 남자는 머리에 하얀 원형 모자를 쓰고 하얀 아마로 된 장의를 입고, 그 위에 녹색의 소매 없는 긴 윗옷을 걸치고 허리엔 녹색 삼베 끈을 두르고 있었다.

남자는 혼자서 다른 존재감을 풍기고 있었다. 하얀 장의를 걸친 다른 주교들이 자못 성직자 같은 온화한 분위기를 풍기고 있는 가운데, 혼자만 의연히 날카로운 기운을 발하고 있었다. 가는 콧날과 깊은 두 눈동자는 지적인 분위기를 가지고 있었지만, 두 눈동자 안엔 방심할 수 없는 광채가 깃들어 있었다. 평범한 성직자가 아닌 노련한 정치가 같은 눈빛이었다.

미드라슈교의 정점인 체데크 대주교다.

국내 곳곳의 성당을 도는 순례 행사에서 이제 막 돌아온 참이었다.

체데크도 여행 도중에 무슨일이 벌어졌는지 이야기를 들었다. 자신이 자리를 비운 사이 평화조약이 맺어졌으며 메티스가 적장과 교류를 다졌다는 것을.

상당히 바람직하지 않은 사태였다. 그는 평화협정에서 퓨리스 측이 승리할 거라 생각했다. 파담으로 끝날 경우, 히브리드에겐 상당히 치욕스러운 미래가 기다리고 있었기에 주도권은 퓨리스가 쥐고 있었다. 하지만 평화조약을 맺은 결과, 승리한 것은 히브리드였다.

양국의 명운을 가를지도 모르는 대실책이었다. 메티스는 지금도 빈번하게 적장과 만나고 있는 모양인데, 그것도 바람직하지 못한 일이다. 점점 주도권을 상대에게 내어주는 꼴이다. 머지않아 퓨리스의 기운은 끊어지고, 히브리드가 퓨리스를 능가하는 날이 올지도 모른다.

평화는 항상 옳은 게 아니다. 누가 고삐를 쥐고 있는지가 중요하다.

바비로스에 돌아오자, 주교가 유그르타 미드라슈 교회에서 도착한 최신 정보를 체데크에게 귓속말로 전했다. 그는 메티스가 다시 적장을 방문했다고 말했다. 게다가 그 이유가 적장이 이 세계로 온 일주년을 축하하는 기념식에 참석한다는 기가 막힌 내용이었다——.

"만약 그게 사실이라면 메티스는 배신자다. 처벌받아 마땅하단 말이다!"

체데크는 매우 힘찬 목소리로 말했다.

"사라브리아에 밀정을 보내라. 반드시 메티스의 꼬리를 잡아라!"

제1장 일주년

1

무수한 별들이 마치 빛의 모래를 모조리 들이부은 것처럼 밤하늘을 반짝이는 빛으로 온통 채우며 미라족의 숲을 내려다보고 있었다.

별빛과 달빛이 내리비치는 가운데, 숲속 샘물 옆에 온몸에 하얀 붕대를 감은 사람들이 10명쯤 앉아 있었다. 흡사 이집트의 피라미드에서 빠져나온 것 같은 풍경이었다.

여자 미라족이었다. 모두 허리가 가늘었다. 그런데도 가슴과 엉덩이는 풍만하게 나와 있다.

"자, 시작하자."

장신의 미라족 소녀가 밝은 목소리로 말을 건네며 손뼉을 쳤다.

"오늘 밤 안에 다시 한번 복습해둬야 해. 내일은 중요한 실전이잖아."

하며 모두를 독려한다. 앉아 잠시 쉬던 미라족 소녀가 일어섰다.

"그럼, 간다. 셋, 둘, 하나, 시작♪"

장신의 미라족 소녀가 앞장서 박자를 맞추며 제일 먼저 춤을 추기 시작했다.

2

다음날 솔무 마을은 인산인해를 이뤘다. 시문을 들어오면 광장이 있고 그 한가운데에 우물이 있는데, 엄청난 인파로 인해 우물에서 물을 긷는 것조차 상당히 힘들었다. 광장엔 이미 점심 전부터 입추(立錐)의 여지도 없을 만큼 사람들이 밀려들었다.

모인 건 인간만이 아니었다. 하얀 늑골이나 허리뼈가 그대로 드러난 해골족도 있었다. 전신 붕대투성이인 미라족도 있었다. 그리고 시문 위엔 느긋하게 뱀파이어족들이 검은 날개를 접고 앉아있었다.

갑자기 시문 밖에서 환성이 터져 나왔다. 사람들은 열렬히 고개를 쭉 내밀고 먼 곳을 보았다.

시선 끝에 변경백을 상징하는 의장용 깃발을 든 해골족 수비병이 보였다. 그 뒤로 호위 기사가 넷이 뒤따르고 있었다. 그 뒤로 덮개가 없는 쌍두마차가 따라오고 있었다.

마차는 4인승이었다.

앞줄엔 젊은 남자와 여자가 타고 있었는데 왼편에 앉아 있는 이는 선명한 파란색 상의에 파란색 바지를 입은 소년이었다.

상당히 젊은 모습으로 15살쯤 돼 보이는 얼굴이었다. 표정은 밝았으며 눈동자는 힘차고 맑았다.

1년 전, 이 세계, 이 마을로 소환된 키요카와 히로토였다. 지금은 사라브리아 주, 하갈 주, 안셀 주를 군사적으로 통수하는 변경백이다. 어엿한 귀족이다. 자신을 포함해 친구 소다 소이치로의 일주년을 기념하는 축하 행사가 열려, 주수도 프리마리아에서 고향 솔무로 돌아온 것이다.

히로토 옆에 앉아 있는 이는 하얀 원피스 드레스에 풍만한 큰 가슴을 감싸고 있는 무인이었다. 새까만 긴 머리가 아름답다.

원피스 드레스는 실로 도발적이었다. 배꼽까지 목덜미가 파여져 두 개의 구체 안쪽을 근 반 가까이 내보이고 있다. 하반신도 좌우 두 개의 슬릿이 사타구니 근처까지 파여져 아름다운 다리를 보란 듯이 내보이고 있었다.

퓨리스 왕국의 명장 메티스이다. 일부러 국경 테르미나스 강을 건너 히로토의 일주년을 기념하기 위해 달려왔다.

(드디어 여기까지 왔구나.)

메티스는 생각했다. 프리마리아에서 줄곧 히로토와 함께 여행해왔다.

그녀가 참석한다고 했을 때 부관은 격렬히 반대했다.

《고참 병사의 기분을 생각하셔야 합니다! 원수를 축하한다고? 하며 병사들이 거세게 반발할 겁니다!》

그 말에 대한 메티스의 대답은 이랬다.

《호랑이를 잡으려면 호랑이 굴에 들어가야 한다.》

솔무는 히로토가 맨 처음 성주가 된 마을, 뱀파이어족과 알게 된 마을이다. 인간과 뱀파이어족이 융화를 실현하고 있다고 한다. 기념식엔 뱀파이어족의 두 대표, 젤디스와 게젤키아도 참석할 터이다. 어떤 반발이 있더라도 이 절호의 기회를 놓칠 순 없었다. 적을 알기 위해선 내부로 들어가야 한다. 우호를 쌓기 위해서라도, 후에 전쟁이 났을 때를 위해서라도──.

메티스 뒤엔 하얀 주름 장식이 들어간 장의를 걸친 퓨리스 인 서기관이 앉아 있었다. 메티스의 심복 중 하나다.

히로토 뒤엔 붉은 하이레그 코스튬을 몸에 걸친 폭발할 듯한 가슴의 여자 뱀파이어족이 자리하고 있었다. 히로토의 가슴팍에 팔을 감고 히로토의 뒤통수에 머리를 착 대고 있었다.

뱀파이어족 발큐리아였다. 사라브리아 연합 대표 젤디스의 장녀로 1년 전, 이 솔무에서 히로토를 만나 히로토에게 홀딱 반했다.

히로토가 탄 마차 뒤엔 또 다른 4인승 쌍두마차 한 대가 따라오고 있었다. 앞좌석에 탄 건 머리가 좋아 보이는 장신의 안경잡이 소년── 히로토의 절친, 소다 소이치로이다. 그 옆엔 처진 눈에 동안의 꼬마가 눈을 빛내며 큰길에 늘어선 사람들을 보고 있었다. 팔랑거리는 퍼프소매의 귀여운 옷을 입고 있지만, 등엔 접은 검은 날개가 달려 있다. 발큐리아의 여동생 큐레레이다. 옆 마을 셀카에서 메티스 일행과 합류했다.

(처진 눈의 꼬마로군.)

메티스는 생각했다. 일만의 퓨리스 병사를 물귀신으로 만든 꼬마 악마가 있다고 들었는데, 꼬마── 설마, 이 소녀가 그 아이일까.

설마.

사람을 해칠 것 같지 않은 이 소녀가 악마일 리 없다.

뒷좌석엔 금발에 푸른 눈의 가슴이 엄청나게 큰 사랑스러운 소녀와 긴 흑발의 가슴이 엄청나게 큰 안경잡이 소녀가 타고 있었다. 둘 다 차이나 드레스와 비슷한 의상을 몸에 걸쳤고, 다짜고짜 확 휘어진 가슴 언덕이 융기돼 있다. 가슴팍을 보기 좋게 꾸미고 있는 풍만한 가슴 언덕은 허리에서 급격하게 아래로 꺾이다 다시 엉덩이에서 격심하게 위로 솟으며, 뇌쇄적인 몸을 뽐내듯이 내보이고 있었다. 금발에 푸른 눈의 소녀가 히로토의 시녀이자 미라족 미미아, 안경잡이 흑발의 가슴 큰 소녀가 네카 성 성주의 딸이자, 히로토의 고문관 솔세르이다.

미미아는 눈을 빛내며 마차에서 내릴 듯한 기세로 몸을 앞으로 내밀어 미라족들을 향해 손을 흔들었다. 미미아에겐 솔무는 고향과 마찬가지다. 미미아는 솔무 근교 출신이다. 1년 전, 히로토가 솔무에서 모라 성채로 향하던 도중, 미마아는 빗속에서 히로토를 만났다고 한다.

소이치로 일행의 마차 뒤엔 히브리드 왕국의 수도 엔페리아에서 온 재상 대리와 대사제 대리가 2인승 마차를 타고 있었다. 거기다 그 뒤엔 엘프가 탄 2인승 마차가 뒤따르고 있다. 탑승하고 있는 이는 엘프 장로회 세콘다리아 지부의 지부장 마니에리스와 프리마리아 지부의 지부장 아스티리스이다. 거기다 성주들이 말을 타고 따라오고 있다. 세콘다리아 성 성주 페이에와 네카 성 성주 달무르는 나란히 말을 타고 있다. 또한 그 뒤로 사라브리아 북부의 성주들이 뒤따른다. 그리고 2인승 마차에 탄 정무관 퀸티리스와 옆으로 가슴이 들여다보이는 섹시한 파란 드레스를 몸에 걸치고 있는 미인 엘프 부장관 에크세리스가 뒤를 따랐다. 위로 묶은 금발과 드러난 목덜미가 아름답다.

정무관이라는 건 주장관이 왕령에 대한 위반을 했는지를 감시하는 관료라고 한다.

"히로토 님~~~!"

큰 거리에 있는 사람들이 손을 흔들었다. 히로토가 웃으며 마차에서 손을 흔들어 응답했다.

메티스는 히로토 옆자리에서 큰 거리의 풍경을 보고 놀라고 있었다. 도로 양측엔 해골족 아이들과 미라족 아이들까지 와 있다. 퓨리스 왕국에선 볼 수 없는 광경이었다. 퓨리스 왕국엔 엘프와 인간밖에 없다. 예전엔 미라족이 살았지만 수백 년 전에 인간들이 쫓아내고 말았다.

미라족 아이들은 마치 하얀 애벌레처럼 귀여웠다. 키가 작은 탓에 잇달아 서로 불쑥불쑥 고개를 내밀고 있다. 한순간 메티스와 눈이 마주쳤다. 메티스가 손을 흔들자, 확 표정이

밝아지면서 손을 흔들며 그 자리에서 깡충깡충 뛰었다.

처음 테르미나스 강을 건너 사라브리아 주, 주 수도 프리마리아에 들어왔을 때도, 이국에 왔다고 생각했다. 하늘에서 뱀파이어족의 모습이 봤기 때문이다.

하지만 더한 이국이 기다리고 있었다. 히로토로부터 솔무는 이종족이 많다는 얘기를 들었지만, 큰 거리에 있는 이들의 40% 가까이는 해골족이나 미라족이었다. 하늘엔 수많은 뱀파이어족이 날아다니고 있었다. 앞에 보이는 시문 위에도 몇몇 뱀파이어족이 검은 날개를 접고 앉아 있었다.

여긴 이국 중에도 이국이다. 그리고 이것이 히로토의 출발점인 것이다.

히로토는 지금까지 적대관계이기만 했던 뱀파이어족과 처음으로 우호관계를 맺은 히브리드 인이다.

히로토 주위엔 이종족이 많이 있다. 히로토를 상징하는 의장용 깃발을 든 병사도 해골족이다. 원래 솔무 수비병이었는데 히로토가 주장관으로 승격할 때 발탁해갔다고 한다. 그리고 시녀 미미아는 미라족이다. 히로토 주위엔 인간만 있는 게 아니다. 엘프, 해골족, 미라족, 그리고 뱀파이어족——. 가지각색의 종족이 있다.

자신들과는 아주 다르다고 메티스는 생각했다. 퓨리스 왕국에선 엘프는 사회기반 시설을 지탱하는 숨은 세력가 역할에만 철저히 치중하고 있고, 행정은 거의 인간이 다 하고 있다.

(여기에 히로토의 힘의 비밀이 있는 건가?)

하고 메티스는 생각했다.

《너는 바로 유그르타로 부임해 국경 방위에 힘써라. 또한 변경백과 흡혈귀에 대해 몰래 조사하고 오너라. 히브리드를 쳐부술 방법을 생각하라.》

유그르타로 부임하기 전에 이슈 왕에겐 그런 명령을 받았다.

《가능하면 뱀파이어족이 우리나라를 침략 못 하게 뱀파이어족 또는 히브리드 왕국에게 약속을 받을 것. 그러기 위한 포석 차원으로 뱀파이어족을 접촉할 것. 변경백과 뱀파이어족에 대해 알아볼 것.》

재상 아브라힘에게선 편지로 그리 명령받았다.

정보를 위해서라면 거짓이라도 적을 축하한다.

아니.

거짓이 아니다.

히로토는 뛰어난 인물이다. 거침없는 언변으로 평화조약을 성립시킨 장본인이다. 공명정대한 남자다. 메티스가 사라브리아를 방문하던 중 사건이 하나 일어났다. 북 퓨리스 왕족 요아힘이 테르미나스 강을 가로질러 퓨리스 영토에 접근, 퓨리스 병사를 도발한 것이다. 환대하는 측인 히로토 입장에서 보면 최악의 사태였다. 범인(凡人)이라면 일을 어떻게든 덮으려고 했겠지만 히로토는 메티스에게 정보를 공개, 요아힘에 대한 대응책을 전하고는 그대로 해결했다. 그

고결함, 공명정대함엔 깊은 감동을 받았다. 대단한 남자다, 하고 진심으로 생각했다. 자신은 할 수 없는 일이다.

내 방침에 반감을 품은 자가 있는 건 알고 있다. 카인 가와 자슈르 가가 자신을 비판하고 있는 것도 알고 있다. 유그르타의 고참 병사들도 좋은 감정은 없으리라. 하지만 그런 것을 신경 쓰고 있을 상황이 아니다. 지식은 힘이다. 장래 히브리드와 싸우더라도, 혹은 평화를 계속 유지하더라도, 히로토를 알아야 하는 건 불가결한 일이다. 기념식에 참가할 가치는 충분했다.

하지만── 방문 목적은 하나 더 있다. 한 달 전에 히로토한테서 받았던 밀이 슬슬 바닥나고 있었다. 어서 밀을 구해 북 퓨리스 인의 반발을 억눌러야 한다. 하지만 '축하하러 왔으니 밀을 넘겨'라고 말할 수는 없는 노릇이었다. 어떻게 히로토에게 말을 꺼내야 할지…….

시문 바로 앞엔 반들반들한 사각형 머리의 남자가 기다리고 있었다. 분명 히로토가 말했던 솔무 성의 가령일 것이다. 멀리서 봐도 공손해 보였다.

"센테리오, 오랜만이야~!"

하고 히로토가 말을 건넸다. 센테레오라 불린 남자는 정중하게 머리를 숙였다.

"잘 돌아오셨습니다. 이렇게 히로토 님을 마중할 수 있어 매우 기쁩니다. 솔무 사람들도 히로토 님의 귀환을 이제나저제나 하며 마음속으로 기다리고 있었습니다. 이웃 에스

트에서도 많은 사람들이 와주었습니다."

"젤디스는?"

히로토가 묻는다.

"광장에서 기다리고 있습니다. ──그쪽에 계신 분이……."

센테리오가 메티스에게 시선을 돌렸다.

"퓨리스의 명장 메티스 님이야. 일부러 멀리서 달려와 주
셨어."

센테리오는 메티스를 향해 웃었다.

"협소한 성이지만 체류 중, 부디 편히 쉬시기 바랍니다."

그리 말하고는 마차와 함께 걸어가기 시작했다.

3

마차가 솔무 시문을 통과하자, 둥근 광장이 나타났다. 우
물은 수많은 인파에 가려 보이지 않았다. 평소엔 짐마차가
서고 출발하는 상관 앞에도 빽빽이 늘어서 있었다. 해골족
도 미라족도 인간도 같이 늘어서 있었다.

히로토의 모습이 보이자 엄청난 환성이 일었다. 인간이
손뼉을 치며 소리를 질렀다. 미라족도. 해골족도 소리를 지
르고 있었다. 놀랍게도 뱀파이어족도 손뼉을 치며 소리를
질렀다. 광장이 환성으로 왕왕 울렸다. 그런 엄청난 환성 속
에, 히로토의 마차 앞으로 뱀파이어족 둘이 훨훨 내려왔다.

하나는 털보로 보기에 풍채가 좋은 몸을 하고 있었다. 몸

집도 꽤 크지만 가슴팍도 넓다. 팔도 두툼하다. 등엔 검은 날개가 돋아 있었다.

사라브리아 연합 대표 젤디스── 발큐리아와 큐레레의 부친이다.

다른 하나는 타는 듯한 붉은 짧은 머리의 여자였다. 머리 끝이 마구 뒤집혀 있었다.

눈은 크고 날카로웠다. 야성적인 눈동자이다.

몸집은 실로 글래머였다. 가슴팍을 크게 드러내는 대담한 노 슬리브 마이크로 톱과 V자로 파인 하의로 된 투피스에, 관능적인 몸을 감싸고 있다. 가슴은 지금이라도 옷을 찢고 나올 정도로 컸다.

게젤키아 연합의 대표 게젤키아이다. 게젤키아는 등에 빨간 날개를 퍼덕이며 히로토에게 다가왔다.

"고마워."

히로토가 공중에 떠 있는 게젤키아의 손을 잡더니 이어 젤디스의 손을 잡았다. 마차가 드디어 멈췄다.

솔무 사람들이 손뼉을 치며 야단법석을 떨었다. 뱀파이어족도 열렬히 소리를 질러댔다. 프리마리아에선 그냥 뱀파이어족이 인간 세계를 여기저기 날아다니고 있는 느낌이었지만, 이 솔무에선 하이브리드 사람과 뱀파이어족이 일체화돼 있었다. 히로토는 마차 안에서 일어났다. 히로토의 목소리를 기다리며 떠들썩했던 분위기가 조용해졌다.

"솔무 여러분, 돌아왔어~~!"

히로토는 엄청 큰소리로 외쳤다. 거기에 호응해 다시 엄청난 환성이 일었다. 인간도 해골족도 미라족도 뱀파이어족도 소리를 질렀다.

놀라운 건 뱀파이어족이 히로토를 열렬히 환영하고 있다는 점이었다. 솔무 백성과 마찬가지로 뱀파이어족 사람들도 히로토가 돌아오는 걸 반기고 있었다.

"그런데 모두 잊지 않았겠지? 1년 전에 여기로 온 건 나만이 아니야! 소이치로도 있어! 소이치로가 없었다면 지금의 사라브리아도 없어! 나도 변경백이 되지 못했을 거야!"

다시 환성이 일었다. 소이치로 님~~! 하고 누군가가 외쳤다.

뒤쪽 마차에서 큐레레 옆에 타고 있던 안경잡이 소년이 일어서 광장 사람들의 환성에 응답했다.

히로토가 일어서 민중을 선동했다.

소이치로! 소이치로! 소이치로!

광장 사람들이 일제히 히로토의 고문관 이름을 연호한다. 소이치로는 너무 기뻐 몸을 비비 꼬며 난처한 표정을 지었다.

연호가 멈추자 히로토가 다시 소리를 높였다.

"오늘은 정말로 많은 분들이 축하하러 모여 줬어! 뱀파이어족 젤디스 님!"

히로토가 팔을 들어 가리킨다. 히브리드 인과 뱀파이어족의 환성이 터져 나온다.

"뱀파이어족 게젤키아 님!"

다시 광장에 모인 인간과 이종족들이 환성을 지른다.

"그리고 퓨리스 왕국이 자랑하는 명장 메티스 님! 메티스 님은 평화의 지지자야! 참, 선상 스모에서 난 이긴 적이 없어!"

박수와 함께 우하하, 하고 웃음이 터져 나왔다. 메티스는 일어서서 솔무 사람들에게 인사를 했다.

히로토가 다시금 소개를 이어간다.

"대사제와 재상의 대리도 와주셨어! 난 정말로 기뻐! 하지만 가장 잊어선 안 되는 건 솔무와 솔무 인근 사람들이야!"

와———! 하고 가장 큰 환성이 터져 나왔다. 땅이 울리는 것처럼 울림이 광장으로 퍼져 나간다.

"1년 전, 난 원래 세계에서 이 세계로, 이 솔무로 왔어! 그리고 모두를 만났어! 솔무 사람들을, 해골족을, 미라족을, 그리고 뱀파이어족을 만났어! 이 솔무에서 모든 것이 시작됐어! 나와 소이치로에겐, 솔무는 모든 것의 시발점이 된 마을이야! 시발점이 된 마을이 솔무라 다행이다 싶어! 여긴 내 고향이야!"

와———! 환성이 터져 나온다. 이세계에서 온 디페렌테에게—— 변경백에까지 도달한 이 마을의 영웅에게, 여기가 고향이라는 말을 듣고 아마 마을 사람들은 기뻤을 것이다. 변함없이 히로토는 사람 마음을 잘 사로잡는다.

"솔무는 이제 전설의 마을이 됐어! 뱀파이어족 사이에선 이렇게 말하는 모양이야!《솔무로 가. 솔무에 가면 생각이 변해. 이토록 사람과 뱀파이어족이 사이좋게 지내는 마을은 없어》. 히브리드 왕국의 가장 진화된 형태가 여기가 있어!"

다시 환성이 터져 나왔다.

"난 앞으로도 히브리드와 퓨리스의 우호를 다져나가려고 해! 평화는 지혜와 마음으로 유지되는 거야! 그리고 난 인간에게도, 이종족에게도, 엘프에게도, 살기 좋은 마을을 만들고 싶어! 그리고 내 형제 뱀파이어족하고도 좀 더 행복한 관계를 쌓아가고 싶어!"

즉시 뱀파이어족이 와아아! 하고 외친다. 솔무 사람만이 아니라 뱀파이어족들도 히로토의 연설을 즐겁게 듣고 있다.

"네가 꼭 안아주면 행복해져."

잠시 소동이 진정된 참에, 발큐리아가 말할 때를 노린 것처럼 툭 내뱉었다. 한순간 그 자리가 조용해졌다.

히로토는 돌아보며 발큐리아를 꼭 껴안았다. 흘러내릴 것 같은 가슴을 그대로, 육감적인 몸과 함께 끌어당기며 자신의 몸에 밀착시켰다.

가장 새된 소리가 날아들었다. 인간들이 환성을 지르며 손가락 피리를 불며 마구 소리를 지른다. 뱀파이어족들도 아주 크게 손뼉을 치며,

"히로토 님~~~!"

하고 외쳤다.

"아직, 아직, 포옹이 부족해~!"

"뭐? 역시?"

히로토가 한층 더 발큐리아를 꽉 껴안으며 뺨에 키스를 한다. 뱀파이어족이 손가락 피리를 불며 마구 소리를 지른다.

히로토! 히로토! 히로토! 히로토!

뱀파이어족이 연호한다. 그 소리에,

히로토! 히로토! 히로토! 히로토!

인간 소리가 겹쳐진다.

메티스는 저도 모르게 주위를 빙 둘러봤다. 뱀파이어족은 진심으로 즐겁게 외치고 있다. 마치 자신들의 든든한 동료가── 일족의 중심적인 인물이 돌아온 것처럼 환영하고 있다.

난 잘못 생각하고 있었어, 하고 메티스는 깨달았다. 히로토와 뱀파이어족과의 관계는 어디까지나 히로토와 젤디스, 히로토와 게젤키아라는 개인적인 관계에 유래하는 거라 생각했다.

하지만 달랐다. 뱀파이어족은 히로토의 동료였다. 동지였다. 형제였다. 그래서 히로토의 연설에 귀를 기우리고 히로토를 따르는 것이다. 뱀파이어족은 히로토의 동족, 히로토의 형제인 것이다.

뱀파이어족들은 형제에게 위해를 가하는 자를 결코 용서치 않으리라──. 연호가 울리는 가운데, 그리 메티스는 생각했다.

제2장 붕대 감은 무녀

1

솔무 성 정문을 지나자 왼쪽엔 성관이 그 아래론 밭이 보였다. 영내 오른쪽엔 울툭불툭한 돌로 된 성벽이 우뚝 솟아 있다.

히로토는 그리움에 가슴이 벅차올랐다.

결코 유복한 성은 아니다. 예전부터 낡은 성이다. 다른 성과 비교하면 솔직히 볼품없었다. 하지만 여기서 히로토의 모든 것이 시작됐다. 히로토는 성주가 되고 미미아를 시녀로 발탁했다. 발큐리아와 몰래 만남을 거듭한 것도 이 성이다. 광장에서 한 연설은 거짓이 아니다. 솔무는 히로토에게 고향이다.

(다시 돌아왔어.)

하고 히로토는 생각했다.

시발점이 된 땅으로.

시발점이 된 1년 후에——.

도신엔 고등학교 동아리 방에서 한순간 이 세계로 날아와 처음 이 마을에 왔을 때의 일은, 지금도 확실히 기억하고 있다. 광장을 걷는 해골족을 보고 놀랐다. 미라족에게도 전율했다. 재미있다고 생각했다. 성문을 지날 땐 두근거렸다.

나, 다른 세계로 왔어. 이거, 재미있는데. 정말로 재미있어. 그리 생각했다. 그리고 그건 현실이 되었다…….

 (돌아오길 잘했어…….)

 하고 히로토는 생각했다.

 저렇게나 많이 솔무 사람들이 모일 줄은 생각지도 못했다. 뱀파이어족 동료들도, 해골족도, 미라족도, 인간들도, 많이 달려와주었다. 새삼 자신의 고향은 솔무구나 싶다.

 마차가 왼쪽으로 꺾이고 성관 앞에 도착했다. 요리사를 뺀 하인들이 총출동해서 맞아준다. 그리운 사람들이다.

 하지만—— 감흥에 빠져 있는 것도 거기까지다. 자신은 변경백. 그리고 옆엔 메티스. 자신에겐 변경백으로서 해야 할 일이 있다.

 멈추자마자, 히로토는 곧장 마차에서 내렸다.

 "메티스, 자."

 하고 부르며 손을 내밀었다.

 "나는 장군이지, 마을 여자애가 아닌데?"

 "그래? 선상 스모 해볼까?"

 히로토가 농담을 하자, 메티스는 웃으며 히로토에게 한 팔을 내밀었다. 히로토가 잡아서 이끈다. 히로토는 메티스가 마차에서 내리는 걸 도왔다.

 상대는 대하를 건너 부하의 반대를 무릅쓰고 달려와 준 것이다. 얼마 전까지 맞서 싸웠던 퓨리스 왕국의 장군이 자신의 일주년 기념식에 달려와주다니, 예삿일이 일이 아닌 것이다. 가능한 후하게 대접을 하고 싶다. 마차에서 내리는 걸 도운 건 아주 작은 대접 중 하나다.

물론 메티스가 우호를 다지려는 생각만으로 온 게 아니라는 건 알고 있다. 아마 적의 정세를 살피기 위해서—— 뱀파이어족에 대해 알아보기 위해서 온 것이리라. 엘프와의 관계를 다지는 일도 목적 중 하나임에 틀림없다. 아마 밀도 필요할지도.

하지만 그래도 상관없다고 생각한다. 서로 나라를 등에 지고 있는 이상, 속내를 떠보는 일이나 정보 수집은 따라오는 법이다. 학교 친구 사귀듯 굴러가지는 않는다.

변경백의 목적은 친구를 만드는 게 아니다. 히브리드 왕국의 국경 안전을 지키는 일이다. 그러기 위해선 테르미나스 강을 사이에 두고 건너편 기슭에 위치한 유그르타 주 총독과의 교류가 불가결하다.

사람은 상대를 모르면 분쟁을 일으키기 쉽다. 적국의 정보가 부족할 땐 특히 위험하다. 상대를 알지 못하여 과도하게 경계심을 내보이면 전쟁이 일어난다. 적을 알지도 못하면서 깔보는 경우도 전쟁이 일어난다.

지금 히브리드는 퓨리스와 전쟁을 해도 얻는 게 없다. 적국의 침입은 막아낼 수 있지만, 반대로 쳐들어가 승리할만한 힘은 없었다. 퓨리스 역시 히브리드와 전쟁을 해도 얻는 게 없다. 지금 퓨리스 국경 근교의 백성은 지칠대로 지쳐있다. 만약 전쟁을 일으키면 국경 근교의 백성은 반란을 일으킬지도 모른다. 내란에 빠지는 것이다. 히브리드 왕국도, 퓨리스 왕국도 얻는 게 없다. 평화조약은 이를 전제로 성립된 것이다.

하지만 평화조약을 반대하며 전쟁을 주장하는 자들이 있다. 당장 히브리드 왕국만 해도 평화조약 반대파가 전쟁을 일으키려고 했다. 다행히 메티스의 협력으로 전쟁이 일어나는 사태는 피할 수 있었지만…….

퓨리스 왕국에서도 분명 이와 같은 사건이 일어날 것이다. 그때를 대비해서 메티스와의 긴밀한 관계는 구축해둬야 한다. 히브리드라면 히로토가 주체적으로 움직여 해결할 수 있지만, 히로토가 퓨리스 문제를 해결하는 데는 한계가 있다.

메티스가 마차에서 내리자, 히로토는 발큐리아에게 두 손을 내밀었다. 발큐리아가 일부러 확 달려들었다. 뭉실뭉실한 로켓 가슴이 히로토의 가슴팍에 닿아 찌부러졌다.

기분 좋은 탄력감이 히로토의 가슴을 짓눌렀다. 엄청난 압력의 가슴이다.

"기분 좋지?"

발큐리아가 속삭였다.

"기분이 너무 좋아 건강해질 것 같아."

"나도 기분 좋아♪"

발큐리아가 몸을 비벼댔다.

우와!

위험하다니까!

발큐리아가 히로토의 목덜미에 키스했다. 히로토는 부르르 몸을 떨었다.

뒤따라오던 마차가 연달아 멈춰 서고 사람들이 내리기 시작했다. 큐레레는 마차에서 뛰어내려 아버지인 젤디스에게 와락 안겼다. 이어서 소이치로가 책을 들고 천천히 마차에서 내렸다.

(어디, 메티스 이외에도 멀리서 온 손님들에게도 인사해 둬야겠지.)

히로토는 재상 대리와 대사제 대리에게 다가갔다.

"먼길 오시느라 피곤하시죠?"

"아닙니다. 꽤 신선한 곳이군요."

재상 대리가 대답했다.

"짧은 일정 동안, 심심할 짬은 없을지도 몰라요."

하며 히로토는 웃었다.

재상 파노프티코스와 대사제 소브리누스가 자신의 일주년 기념식에 대리인을 파견했다는 건, 그만큼 자신을 중요하게 생각한다는 증거다.

다만 대장로 유니베스테르는 대리인조차 파견하지 않았다. 히로토를 아군으론 여기지 않거나 아직 경계하고 있는 것이다.

사라브리아 북부 성주들은 전원 출석했다. 가령을 파견한 곳은 한 명도 없다. 모두 성주가 직접 달려왔다. 가령을 파

39

견하거나 결석해서 히로토의 눈 밖에 나는 건 상책이 아니라고 생각한 모양이다. 사라브리아 남부의 성에서 온 참석자가 없는 건 일부러 남부에서 솔무까지 올 필요는 없다고 생각한 것이리라.

히로토가 가장 아쉬웠던 건 퓨리스 왕국의 엘프 장로회 대표 루키티우스가 오지 않았다는 점이었다. 만약 루키티우스가 와줬다면 다양한 회담을 마련할 수 있었을 것이다. 루키티우스와 자신과 메티스 셋이서, 국경 위기를 둘러싼 얘기를 할 수도 있고, 엘프끼리의 회담도, 루키티우스와 재상 대리와의 회담도, 루키티우스와 뱀파이어족과의 회담도 준비할 수 있었다. 이후 일어날 수 있는 국경의 위기, 전쟁 가능성에 대한 의논을 심도 있게 할 수 있었을 터이다. 젤디스와 게젤키아와 루키티우스의 회담은 상당히 의미 있는 회담이 됐을 것이다.

하지만 루키티우스는 대리인조차 보내지 않았다. 꼭 사라브리아에 와달라고 편지를 보냈지만, 답장은 오지 않았다. 마니에리스의 말에 의하면 퓨리스의 엘프 장로회는 정치엔 불참을 일관하며 너무 깊이 관여하지 않도록 하고 있다고 했다.

어떻게든 루키티우스를 사라브리아에 데려오고 싶다. 메티스와 루키티우스, 셋이서 얘기를 하고 싶다.

하고 히로토는 생각했다.

하지만 어떻게?

"자, 모두 어서 자리에."

센테리오가 안내했다. 성관으로 들어가 대접견실에 준비된 좌석에 앉는다. 중심은 물론 히로토와 메티스이다. 히로토의 오른쪽이 메티스의 자리다. 메티스의 옆으로 재상 파노프티코스의 대리인, 거기다 마니에리스, 메티스의 서기관이 연달아 앉았다.

히로토의 왼쪽 옆은 소이치로, 큐레레, 대사제의 대리인, 아스티리스, 에크세리스가 연달아 앉았다.

발큐리아는 히로토의 무릎 위에 앉았다. 언제나 히로토와 함께라는 걸 보여주고 싶은 모양이다.

하인들이 재빨리 사라브리아산의 가장 좋은 포도주를 가지고 나타났다. 독의 유무를 확인한 후 잇달아 잔에 따라 나갔다. 미미아도 시중드는 하인들 사이에 끼어 있었다.

만찬 시중이 끝나자 센테리오가 건배를 주도했다.

"히로토 님과 소이치로 님의 일주년을 기념해, 히로토 님과 소이치로 님과 그리고 내빈 여러분께 행복을 기원하며, 건배!"

건배! 하며 모두가 술잔을 들이켰다. 가장 빨리 마신 건 큐레레였다. 쭈욱 하고 한순간이었다.

그 후 성주들이 박수를 보내자 히로토와 소이치로는 일어나 모두에게 머리를 숙였다.

센테리오가 신호로 손뼉을 쳤다.

미라족 무리가 휘리릭 하고 일동 앞으로 뛰어나왔다. 빨간 붕대로 전신을 감싼 소녀, 노란 붕대로 전신을 감싼 소녀, 파란 붕대로 전신을 감싼 소녀——. 모두 물들인 붕대에 육감적인 몸을 감싸고 있었다.

10명의 미라족 소녀가 정렬했다. 양손엔 캐스터네츠를 쥐고 있다.

정중앙의 장신의 소녀가 고개를 끄덕이자 캐스터네츠 소리와 함께 무도가 시작됐다. 딱딱딱…… 새된 소리가 이어지고, 소녀들이 고개를 드리우며 양손을 좌우로 뻗는다.

북소리와 동시에 소녀들이 확 얼굴을 들며 빙글빙글 돌면서 춤을 추기 시작했다. 피리가 울기기 시작했고, 히로토 일행 앞에 놓인 무대에서 미라족 소녀가 오른쪽으로, 왼쪽으로 달려서 빠져나간다. 날아서 회전하고, 다시 날아서 회전하고, 앞쪽 열이 뒤쪽 열과 자리를 바꾸고 다시 오른쪽 소녀가 왼쪽 소녀와 자리를 바꾼다.

미라족 소녀 10명이 일직선으로 늘어섰다. 선두는 파란 붕대다. 북소리와 함께 왼쪽에 빨간 붕대 소녀가 오른쪽에 노란 붕대 소녀가 앞으로 나온다. 다시 북소리와 함께 왼쪽에 나왔던 빨간 붕대 소녀가 들어가고 파란 붕대 소녀가 왼쪽에 나온다. 노란색과 파란색과 빨간색, 삼색의 붕대가 무대 안에서 이리저리 바뀐다. 그런 가운데 정겨운 피리소리가 흘러나온다.

이윽고 북의 템포가 빨라지고 소녀들은 캐스터네츠를 내던졌다. 무대 오른편 안쪽과 왼편 안쪽에서 거의 일제히 소녀들이 뛰어나와 화려한 텀블링을 보기 좋게 성공했다.

왼쪽에선 파란색 소녀의 텀블링. 오른쪽에선 노란색 소녀의 텀블링. 이번엔 왼쪽에서 빨간색 소녀의 텀블링. 오른쪽에선 파란색 소녀의 텀블링.

마지막으로 소녀들이 모였다. 둘이 하나를 떠받쳐 들어올렸다. 소녀들이 공중을 날았다. 북소리와 함께 소녀들이 착지했다.

(굉장해……!)

히로토는 감탄해 소리를 질렀다. 상당히 멋진 붕대 소녀들의 치어댄스이다.

(엄청나……!)

히로토는 일어서 박수를 보냈다. 옆에 있던 메티스도 감탄한 기색으로 박수를 보내고 있다. 재상과 대사제 대리도, 엘프 마니에리스와 아스티리스도, 소이치로도, 박수를 보내고 있었다. 술을 좋아하고 춤을 좋아하고 옛날이야기를 좋아하는 큐레레는 눈을 빛내며 두 손을 크게 벌려 마구 손뼉을 치고 있었다. 솔세르도, 에크세리스도 손뼉을 치고 있었다. 귀빈들 옆에서 대기하던 미미아도 기뻐 보였다.

"멋진데~♪"

발큐리아도 신명이 나 있었다. 네모반듯한 무뚝뚝한 얼굴의 정무관 퀸티리스도 박수를 치고 있었다.

미라족 소녀들은 숨을 헐떡이며 빛나는 표정을 지었다. 격렬한 운동으로 살짝 홍조가 된 얼굴이 기쁨으로 한층 더 빛나고 있다.

미라족 소녀 10명은 옆으로 정렬해 깊숙이 고개를 숙여 인사했다. 옆에서 다른 미라족 소녀가 나왔다. 소녀들에게 거베라 꽃다발을 건넨다. 그 중 하나가 히로토 앞으로 와선,

"히로토 님, 축하드립니다. 앞으로도 계속 계셔주세요."

하고 말을 건넸다. 장신의 소녀는 꽃다발을 받아들고 소이치로 앞으로 달려와,

"소이치로 님, 축하드립니다. 앞으로도 계속 계셔주세요."

하며 꽃다발을 건넸다. 소이치로가 복잡한 표정을 지어보였다. 어설프게 미소를 지우며 고마워…… 하며 말을 우물거렸다.

그러고 나서 남은 9명의 미라족 소녀들이 한 사람 한 사람, 히로토 님 축하드립니다, 소이치로 님 축하드립니다, 하며 거베라 꽃을 직접 건넸다. 꽃을 다 건네자,

"히로토 님, 소이치로 님! 일주년 정말로 축하드립니다. 앞으로도 몇 년이고 몇 년이고 이 나라에 계셔주세요!"

하고 축하인사를 늘어놓으며 나왔을 때처럼 뛰어서 사라졌다.

히로토는 흥분했다.

꽃다발은 기뻤다. 소이치로도 많은 거베라 꽃다발을 안고 뺨이 상기돼 있었다. 마치 바라던 선물을 받은 어린 남자아이 같은 표정을 짓고 있다.

춤도 멋졌다.

히브리드 왕국에 소환되기 전까진 히로토는 줄곧 학생이 었다. 학생은 높은 분들 앞에서 유희를 펼쳐 보여야 하는 신분이다.

저런 거 보고 뭐가 재미있다는 거야. 왜 저런 걸 시키지. 그리 생각한 적도 있다.

하지만 막상 자신이 유희를 보는 입장이 되자 처음으로 그 기분이 이해되었다. 지금까지 느낀 적이 없는 고양감이 있었다. 물밀 듯이 기쁨이 솟아오르는 느낌이었다.

"미라족은 춤을 잘 추나봐?"

옆에 있는 메티스가 물었다.

"나도 처음 알았어. 적어도 나보다는 단연코 잘 춰."

메티스가 웃었다.

"선상 스모를 시켜도 미라족 쪽이 강할 것 같은데."

"그건 말하면 안 되는 비밀."

히로토의 농담에 메티스가 웃는다.

정신을 차리자, 메티스의 서기관도 재상 대리와 얘기를 하고 있었다.

"꽤 멋진 춤이었어요."

서기관이 감상을 말했다.

"나도 미라족은 몇이나 봐왔지만, 저처럼 색을 입힌 붕대를 감은 건 처음 봅니다."

미라족 소녀들의 춤이 내빈들 사이에서 대화거리를 만들어주고 있다.

멋진 연기를 해준 그녀들에게 인사를 해야지, 하고 히로토는 생각했다.

노블레스 오블리주.

고귀한 자들의 의무.

분명 힘들었을 것이다. 그녀들도 그녀들의 일이 있다. 그런 중에 얼마만큼의 정열과 시간을 쏟아부었을지.

보답해야만 한다, 하고 히로토는 생각했다.

자신은 변경백이다. 귀족의 일원이다. 그냥 손뼉을 치고 즐거워하는 손님이 아닌 것이다.

히로토는 바로 뒷좌석에서 보고 있던 엘프 고문관 엘빈에게 얼굴을 돌렸다.

"분장실에 가면 안 될까?"

2

분장실로 돌아온 미라족 소녀들은 모두 깡충깡충 뛰었다. 연습에선 타이밍이 안 맞는 부분이 있어 아름답지는 않았던 텀블링을 멋지게 성공시켰다.

파란색 붕대의 소녀들이 오른쪽으로 나오고 노란색 붕대의 소녀들이 왼쪽으로 나온다. 그 타이밍도 정확했다. 한 치도 타이밍이 어긋나지 않았다.

기적이었다.

마치 모두가 하나의 실로 연결된 것처럼 완벽한 연기를

할 수 있었다. 또다시 하라고 시켜도 무리일지도 모른다. 마치 정령님이 자신들을 인도해준 듯했다.

미라족 소녀들은 모두 서로 얼싸안기를 반복했다. 감격해 눈물을 흘리는 소녀도 있다.

모두 히로토 님에겐 은혜를 갚고 싶다는 기분을 가지고 있었다. 미라족에겐 히로토 님은 희망의 별이다. 미라족은 더러운 붕대를 감고 있다는 이유로 줄곧 인간들에게 업신여김을 당해왔다. 마을을 걸으면 아이들한테도 도롱이벌레나 괴물이라 불리는 일이 몇 번이나 있었다.

마을엔 절대로 들이고 싶지 않은 무리.

그런 말을 듣고 있었다. 마을 사람들은 더러운 물건처럼 대했다. 그런 끝없이 낮은 평가를 단숨에 뒤집은 사람이 히로토였다. 히로토 님은 성주에 취임함과 동시에 가령의 반대를 무릅쓰고 미미아를 시녀로 발탁했다.

미미아는 동료들 중에서도 귀여운 아이였다. 인간 옷을 입자 사람들은 처음으로 미라족 여자들의 매력을 알아보았다.

미라족은 사실은 귀여운 모양이야――.

미라족을 보기 위해 세콘다리아에서 엘프도 찾아왔다. 엘프도 귀엽다고 미미아에게 도장을 꽝 찍었다. 그걸로 미라족 소녀들을 보는 마을 사람들의 눈이 일변했다.

사실은 귀여운 모양이더라구.

사실은 미인인 모양이더라구.

꽤 몸매가 좋은 모양이더라구.

솔무에선 기사와 사이좋게 지내는 미라족 소녀까지 등장했다. 얼마 전까진 생각지도 못한 일이다.

미라족은 마을에 살 수 없었지만, 히로토 님이 철폐시켰다. 집값이 비싸 실제로 사는 자는 아무도 없지만, 히로토 님은 미라족에 대한 차별을 냅다 날려버렸다.

옆옆 마을 네카에서도 그랬다. 네카에선 이제 미라족들은 매주 빵과 스프를 받을 수 있고 한 달에 한 번은 네카 성 부지의 호수에서 물놀이를 할 수 있다. 그리 할 수 있게 조처해준 것도 히로토 님이었다.

그리고 히로토 님은 성주에서 주장관이 됐어도 미미아를 남겨두고 않고, 주 수도 프리마리아로 데려가 주장관 시녀로 승격시켰다. 변경백이 됐어도 마찬가지였다. 그래서 히로토 님의 일주년 기념식에선 완벽한 연기를 하고 싶었다.

그리고 해냈다.

본 부대에서 해냈다.

"모두 고마워! 연습 땐 심한 말을 해서 미안해."

장신의 미라족 소녀가 말한다.

사라브리아 주의 동쪽 옆, 오르시아 주의 남쪽 옆인 노브레시아 주에서 일부러 무도를 가르치러 와준 리치아가 말한다.

"그렇지 않아, 리치아, 엄청 많이 가르쳐줬어. 이렇게 춤을 출 수 있게 된 건, 리치아 덕분이야."

그리 말하며 다시 솔무의 미라족 소녀들이 울음을 터뜨린다. 그 오열 속을 돌진해 들어오듯이 문이 열렸다.

"얘들아!"

하며 미미아가 뛰어들어왔다.

"미미아~~!"

미라족 소녀들이 모여든다. 그 뒤로 파란 상의와 파란 바지를 입은 소년이 모습을 드러냈다.

미라족 소녀들은 화들짝 놀랐다.

히, 히, 히, 히로토 님!

"괜찮아. 편히 있어."

히로토가 말을 건넸다.

"엄청 좋았어. 퓨리스 장군도 놀라워했고. 모두 아직 춤 얘기를 하고 있어."

하며 히로토가 다가갔다. 뒤엔 장신의 안경잡이 소년——또 다른 디페렌테, 소이치로가 큐레레와 손을 잡고 들어왔다. 거기다 엘빈이 자루를 들고 그리고 안경잡이 여자 고문관이 옷감을 들고 뒤따라왔다.

"모두 연습 힘들었지? 몇 번이고 반복했을 텐데."

하며 히로토가 웃어 보인다.

"리치아 덕분이에요."

미라족 소녀는 대답했다.

"리치아?"

모두의 시선이 장신의 미라족 소녀에게로 향했다.

"리치아가 가르쳐줬어요. 리치아가 춤을 엄청 잘 추거든 요, 우리한테 가르쳐주기 위해 노브레시아에서 와줬어요."

"노브레시아에서?"

하며 히로토가 놀랐다.

"히로토 님 얘기를 들은 터라……."

리치아가 얼굴을 붉히며 대답하자, 히로토는 다가가 리치 아의 손을 잡았다.

"고마워."

"아니에요……!"

리치아가 수줍어하며 고개를 가로젓는다. 히로토는 거듭 미라족 소녀 한 사람 한 사람의 손을 양손으로 잡으며 말을 건넸다. 그 바로 뒤에 소이치로가 뒤따른다.

소이치로는 부끄럼쟁이인 듯하다. 웅얼웅얼 "좋, 좋았 어……" 하고 말하며 악수를 해나갔다.

전원 악수가 끝나자 엘프 고문관이 앞으로 나왔다.

"히로토 님이 내리시는 사례야. 한 사람 당 한 개씩 받아."

엘빈이 맨 처음 리치아에게 코인을 직접 건넸다. 받아들 고 리치아는 전율했다.

금화 한 개──.

진짜 금화다.

우와와와, 미라족 소녀가 놀라워했다.

"다른 사람도."

하며 엘빈이 재촉하자 금화를 받아나간다. 전원에게 빠짐

없이 금화가 전해지자 안경잡이 여자 고문관 솔세르가 걸어 나왔다.

"히로토 님이 주시는 거예요, 이걸로 원하는 옷을 만들어 입으라고 하세요."

하며 한 사람 한 사람에게 산뜻한 파란 천을 직접 건넸다. 미라족 소녀들의 기분은 고양되었다.

미라족에게 인간 옷은 선망의 대상이다. 하지만 미라족은 비싸 살 수가 없다. 그런 자신들에게 히로토 님은 옷감을 선물해주었다……!

"네카에 괜찮은 가게가 있어요. 혹 네카 가게에서 옷을 만든다면 제 이름을 말해주세요. 솔세르라 합니다."

솔세르가 덧붙였다. 미라족 소녀들의 눈은 반짝반짝 빛났다.

이걸로, 옷을……!

모두 빠짐없이 건네자 마지막에 히로토가 한마디 당부했다.

"무슨 어려운 일이 있으면 말해. 도와줄 테니까."

제3장 솔무의 연회

1

청녹색의 지저 호수에 저녁 해가 스며들었다. 저저 호수의 모래톱엔 붕대가 어정쩡하게 풀려진 미라족 소녀가 쓰러져 있었다. 하반신 부근의 붕대는 빨갛게 물들어 있다.

소녀는 살 의욕도 정열도 꿈도 희망도 모두 잃어버린 것처럼 탈피한 껍질 같은 표정을 짓고 있었다. 마치 지면에 가로놓인 돌멩이 같다. 혹은 그냥 퇴적물——.

"왜 그래?"

갑자기 발소리가 다가왔고 동료 미라족 소녀가 말을 건넸다.

휙 고개를 돌렸다.

말을 건넨 미라족 소녀가 붕대의 피를 보았다.

"세세라……!"

세세라라 불린 소녀의 얼굴에 분통함이 떠올랐다. 표정이 일그러지고 입술이 경련이 일어난 것처럼 비뚤어졌다. 그땐 이미 두 눈에서 눈물이 흘러내리고 있었다.

2

퓨리스 왕국의 수도 바비로스——.

바비로스 대성당에서 조금 떨어진 곳에 아치형의 눈에 띄는 3층짜리 대리석 저택이 서 있었다. 1층엔 커다란 아치형의 문이 3개, 문양처럼 달려 있다. 2층과 3층엔 1층 문보다 작은 아치형의 창문이 염주처럼 연결돼 특징적인 문양을 만들고 있다.

엘프 장로회 퓨리스 총본부이다. 1층 문은 크지만 튼튼한 철제로 돼 있다. 외부인에게 출입문을 차단하고 있는 것이다.

겉모습은 강압적인 느낌이지만 건물 안은 많은 아치형의 창문 덕분에 밝은 햇살이 중정으로 스며들어오고 있다. 중정의 회랑을 떠받치고 있는 건 몇 개나 되는 그리스식 열주다.

좀 더 안쪽으로 들어가면 장로실—— 대표의 방이 있다.

엘프 대표 루키티우스는 듬뿍 햇살이 비치는 방에서 변경백이 보낸 편지를 다시 읽던 참이었다.

《꼭 뵙고 싶습니다. 원래는 제가 가야합니다만, 제가 바비로스까지 가는 건 사정이 허락하지 않을 듯싶습니다. 만약 루키티우스 님이 사라브리아에 오신다면 배웅하러 사람을 보내겠습니다. 메티스 장군도 분명 기뻐할 겁니다.》

히로토의 활략상은 눈부실 만큼 훌륭했다. 평화조약으로 유도한 변설도 훌륭했고, 안셀의 위기를 보기 좋게 회피하는 방향으로 가져간 것도 훌륭했다. 변경백은 말을 잘한다고 들었지만 결단을 내릴 줄 아는 사람, 행동하는 사람이기도 했다.

걸출한 인물이다, 하고 루키티우스는 생각했다.

연결고리를 만들어둬야 할 것인가?

조금 전의 엘프 간부들의 평의회에서도 그 부분이 의제가 되었다.

어떤 이는 예전 실패를 잊어선 안 된다고 연설을 펼쳤다. 8년 전 우리 중 일부는 필요 이상으로 북 퓨리스에 조력해 하마터면 북 퓨리스와 운명을 같이 할 뻔했다. 우리 엘프가 전원 외국으로 탈출한다고 선언하지 않았다면, 그들은 모두 목숨을 잃을 참이었다. 정치에 깊이 관여해선 안 된다. 깊이 관여하면 반드시 휘말린다. 우리는 이 나라의 위정자가 아니다. 우리는 우리의 이익이 침범당하지 않는 한 얌전히 있으면 된다.

다른 사람은 변경백은 접촉해도 좋은 인물이라는 논리를 펼쳤다. 변경백이 뛰어난 연설을 한 덕분에 퓨리스와 히브리드는 평화조약에 도달할 수 있었다. 변경백이 없었다면 교섭은 결렬. 퓨리스와 히브리드는 험악한 관계가 됐을 것이다. 그렇게 되면 언제 무력충돌이 일어나도 이상하지 않는 상태가 됐을 것이다. 전쟁이야말로 우리가 가장 기피해야할 상황이다. 변경백은 전쟁회피의 열쇠인 것이다. 일전의 안셀 사건에서도 얼마나 변경백이 훌륭한 대응을 해보였던가. 변경백과 연결고리 없이는 평화를 유지할 수 없다. 변경백과 연결고리를 만들어둬야 한다.

하지만 역시 반론이 생겼다. 우리는 히브리드 왕국의 엘프가 아닌 것이다. 퓨리스 왕국의 엘프는 정치에 관여하지 않는 걸로 평화와 번영을 누려왔다. 비정치적인 걸로 퓨리스 왕국 내에서 존속해왔다. 남 퓨리스와 북 퓨리스가 전쟁 중일 때도, 전쟁 종결 후에도——.

결국 누군가를 보내면 엘프는 적장을 지지한다는 소문과 함께, 정치에 휘말리릴 염려가 있었기 때문에, 루키티우스 본인의 방문은 물론, 사자 파견도 보류했다. 다만 편지로 감사를 표하기로 했다. 그냥 그걸로 변경백과의 관계가 깨지는 것만은 피할 심산으로 《우리 엘프는 변경백을 존경하오》라는 한 문장을 담았다.

왕국이 통일된 지 7년.

겨우 안정된 줄 알았는데 뜻밖에도 퓨리스는 변화를 맞으려 하고 있었다. 그리고 거기에 엘프들도 흔들리고 있다.

실패를 교훈 삼아 종래대로 비정치성을 계속 관철시켜 나갈지. 아니면 실패를 두려워하지 않고 정치성으로 전환할지.

루키티우스도 망설이고 있었다.

정치에 참가하는 건 권력에 참가하는 것이다. 권력엔 반드시 독이 있다. 자신이 지지하는 자가 누군가와 대립하거나 누군가에게 배제당하면 영향을 입게 된다. 그로 인해 엘프 전원이 만회할 없는 손해를 입을 가능성도 있다.

엘프의 생존방식은 하나가 아니다. 국가가 다르면 엘프의 생존방식도 다르다. 레기움 국처럼 엘프만으로 국가가 구성되고, 엘프가 엘프를 통치하는 형태도 있다. 히브리드 왕국처럼 엘프가 중심이 돼 인간과 함께 인간들을 다스리는 형태도 있다. 혹은 우리나라처럼 엘프는 강력한 후방세력이 돼 철저하게 잠재적인 형태로 사는 것도——.

개인적으론 아직 퓨리스 국 엘프는 비정치성으로 일관해야 한다고 루키티우스는 생각하고 있다. 적장과 깊이 내통하는 건 역시 위험하다.

3

메티스는 술잔을 한 손에 들고 히브리드 왕국의 사람들과 교류를 다지고 있던 참이었다. 재상 대리하고도 대사제 대리하고도 얘기를 했다. 대사제 대리는 히로토의 활약으로 얼마나 정령의 불이 커졌는지, 솔무뿐만 아니라 프리마리아의 정령의 불이 커졌는지를 역설했다. 메티스는 정령 신앙을 가지고 있지 않았다. 미드라슈교의 신도다. 정령교는 이교인 만큼 잘 모르는 부분이 많았다.

모래톱에서 처음 만났을 땐 이쪽을 잔뜩 경계하던 마니에리스도 이번엔만큼은 자기 쪽에서 먼저 메티스에게 말을 걸어왔다.

"귀하의 용기엔 정말로 감사하게 생각하오. 메티스 님은 퓨리스에서 가장 훌륭한 장군이오."

마니에리스가 입에 침이 마르도록 칭찬했다.

"싸우는 것만 장군의 일이 아니지요. 싸우지 않는 것, 싸움을 끝내는 것도 장군의 일입니다."

하고 메티스는 대답했다. 확실히 그 말대로 라는 양 만족스레 마니에리스가 고개를 끄덕였다.

엘프는 히브리드 국내에선 상당히 큰 힘을 가지고 있다. 인간에게 지배하게 하고 실질적으론 엘프가 주도권을 쥐고 있다는 얘기도 있다. 지방에서도 엘프는 상당히 권위 있는 존재이며, 중앙에 있어서도 새 국왕 선정 시 엘프는 강력한 힘을 가지고 있다고 들었다.

히로토의 본거지 사라브리아 주에서도 엘프는 실력자, 그리고 보이지 않는 지배자이다. 히로토가 사라브리아에서 힘을 장악하고 있는 건, 뱀파이어족과 강한 연결고리를 수중에 넣었기 때문만이 아니라, 엘프의 절대적인 지지가 있었기 때문이다. 사라브리아 주는 테르미누스 강을 사이에 두고 유그르타에 면해 있다. 국경을 책임지는 자의 입장에선 사라브리아의 엘프와 양호한 관계를 구축해두고 싶었다.

메티스로부터 떨어진 곳에선 서기관이 재상 대리와 얘기에 열중하고 있었다. 아무래도 서로 마음이 맞는 모양이다.

이렇게 양국이 교류를 도모하면 된다고 메티스는 생각했다.

과연 이 평화는 영원히 계속될 것인가?

알 수 없다.

하지만 평화는 계속될 수 있다면 그대로 계속되어야 한다. 요 수년 안에 히브리드와 싸우는 건 퓨리스에겐 위험하다. 국경 부근의 농민은 중세로 지칠 대로 지쳐 있다. 게다가 국경엔 히로토가 깔아놓은 강고한 방위 라인이 있다. 돌파하는 건 어렵다. 퓨리스군이 테르미나스 강을 건너려고 하면 다시 만 단위의 손실을 초래할 것이다. 이번에 전쟁을 치르면 나라가 쇠퇴할지도 모른다.

"네가 적장이냐."

낮은 위력 있는 목소리에 돌아보자 게젤키아가 노려보고 있었다.

우수한 전투력을 가진 자가 던지는 매우 강한, 꿰뚫을 듯한 시선──.

무인의 분위기──.

이런 분위기를 메티스는 싫어하지 않았다. 두근두근 가슴이 뛰었다.

"인사는 안 할 거야. 그쪽 재상이 우리의 동료를 죽였으니까. 우리 연합의 어느 누구도 네 나라 사람을 해친 적이 없는데도 말이야. 네 녀석 나라에선 히로토에게 복수를 한다는 둥 어리석은 말을 하는 멍청이가 있는 모양이지만, 자업자득이야. 우리에게 손댄 쪽이 나쁜 거야."

게젤키아는 단숨에 숨도 쉬지 않고 말했다.

과연.

게젤키아 연합의 대표로서 말을 했구나. 대표 입장에선

우선 나를, 퓨리스를, 비난할 수밖에 없으리라.

"복수의 기회를 노리는 자는 나도 멍청하다고 생각해."

메티스가 말하자, 게젤키아는 코웃음을 쳤다.

"너, 강하다면서? 나랑 한판 붙을래?"

말하고 나서 표정이 긴장됐다.

진심인가?

진심이면 언제든 맞서주지. 겁먹을 메티스가 아니다.

전투 모드로 옮겨가려던 그 순간,

"뭐야, 뭐야? 누가 더 미인인지 겨룬다고?"

히로토가 장난기 넘치는 말과 함께 뛰어들었다. 게젤키아
의 표정이 흐트러졌다.

"누가 더 미인이라 생각해?"

게젤키아가 질문을 던진다. 꽤 곤란한 질문이다. 메티스
쪽이라고 하면 게젤키아를 불쾌하게 한다. 그렇다고 게젤
키아라고 말하면 난——?

자, 어쩔 거야.

히로토. 대답해봐.

"그런 건 간단해."

히로토가 즉답했다.

"나에게 가슴을 밀어붙이는 쪽."

(뭐?!)

예상외의 대답에 메티스는 당황했다. 하지만 게젤키아에
겐 예상 범주 내였던 모양이다. 히죽 웃자, 갑자기 히로토

의 얼굴을 자신의 폭발할 듯한 가슴에 짓눌렀다.

"이쪽이 미인~~~인 ♪"

히로토가 흥얼흥얼 촐랑대며 외쳤다. 게젤키아가 소리 높여 웃음을 터뜨린다. 긴박했던 공기는 한순간에 허물어졌다. 메티스도 긴장이 풀렸다.

자, 어쩐다.

메티스는 골똘히 생각했다.

히로토 덕분에 긴박했던 공기는 스르르 녹아내렸다. 지금 자신도 밀고 들어가야 하는 게 아닌가.

게젤키아가 히로토를 놓아주었다.

(밀고 들어가!)

바로 그 순간 메티스는 히로토의 머리를 잡았다.

내 남편은 아니다?

사귀는 남자도 아니다?

신경 쓸 일인가.

메티스는 히로토의 머리통을 자신의 가슴에 밀어붙였다. 가슴골에 히로토의 코가 닿는다.

흥얼흥얼~, 히로토가 말을 흘린다.

"이쪽이 미인~~인!"

촐랑대는 히로토의 말에,

"타산적인 녀석."

하고 게젤키아가 히로토 목에 팔을 감았다. 으악~ 하고 히로토가 큰소리를 지른다. 하지만 얼굴은 웃고 있다. 게젤키아도 웃고 있다. 메티스도 웃었다.

머리 회전이 빠른 남자다, 하고 메티스는 생각했다. 그리고 세심한 데까지 생각한다. 심상치 않은 분위기를 알아차리고 달려왔던 것이다. 그리고 장난스런 말로 분위기를 누그러뜨렸다.

히로토는 유쾌한 남자다. 분명 우리 이슈 왕도 히로토를 만나면 히로토가 마음에 들 것이다. 우리 가신으로 삼고 싶다고 할 게 틀림없다.

문득 시선이 느껴져 보니, 젤디스가 보고 있었다. 눈이 마주치자, 젤디스는 술잔을 한손에 들고 다가왔다. 만나는 건 이걸로 두 번째다.

"또 만날 줄은 몰랐소."

젤디스가 말했다.

"가면 다시 만날 거라 생각했지요."

"목적은 게젤키아인가? 아니면 내 딸?"

젤디스가 시선을 준다. 시선 끝엔 꿀꺽꿀꺽 술을 한입에 털어 넣고 있는 뱀파이어족 꼬마가 있었다. 술이 터무니없이 센 모양이다.

"내 딸에게 손가락 하나라도 대봐."

"이슈 왕의 목을 딸 거야, 지요? 그걸 모르는 바보라면 여기에 오지 않았어요."

메티스가 앞질러 하려던 뒷말을 하자, 젤디스는 만족스레 코웃음을 치며 포도주 병을 손에 들었다. 메티스의 잔에 따른다. 메티스도 병을 뺏어 보이며, 젤디스의 잔에 포도주를 따랐다.

"히로토 님을 위하여."

하고 메티스가 말하자,

"히로토 님을 위하여."

하며 젤디스가 잔을 가볍게 치켜들었고, 둘은 단숨에 잔을 비웠다.

제4장 다시 만난 공주

1

밤하늘을 묘한 물체가 날고 있었다. 네카 성을 출발한 그 물체는 천천히 밤하늘을 가로질러 간다. 날고 있는 건 바구니이다.

안엔 마치 겨울처럼 두툼한 외투를 걸친 여자가 앉아 있었다.

이제 곧 도착이야, 하고 여자는 생각했다.

연회엔 참석하지 못했지만——가자마자 바로 되돌아와야 하지만——다시 인사할 수 있다. 히로토 님을 만날 수 있다——.

2

소이치로는 꽃다발을 들고 방으로 돌아온 참이었다. 물론 큐레레도 함께이다.

큐레레는 기쁜 듯이 눈을 빛내고 있었다. 큐레레는 꽃을 좋아하는 듯하다.

"줄까?"

소이치로가 말하자, 큐레레는 고개를 끄덕였다.

"줄게."

하며 꽃다발을 큐레레에게 건네자, 마치 전구를 바꿨을 때처럼 큐레레의 표정이 확 밝게 빛났다. 큐레레는 기쁜 듯했다. 꽃다발을 받자 큐레레는,

"소이치로, 축하해."

하며 받은 꽃을 건넸다. 꽃을 원한 건 소이치로에게 선물을 하고 싶었기 때문인 모양이다. 그럴 땐 자기가 꽃을 사서 선물하는 거 아닌가? 하는 생각이 들지 않은 건 아니지만, 큐레레는 큐레레 나름 자신을 축하해준 것이다. 소이치로는 마음이 따뜻해지는 걸 느꼈다.

오늘은 행복한 하루였다. 미라족의 춤은 엄청 즐거웠다. 저렇게 수많은 사람들로부터 축하합니다, 라는 인사말을 들은 건 처음이다. 지금도 아직 마음이 들떠 있다.

"큐레레랑 만난 지 1년이네."

그리 말하자, 큐레레는 크게 고개를 끄덕였다.

"오늘은 뭘 읽어줄까?"

소이치로가 묻자,

"아기돼지 삼형제♪"

큐레레가 대답했다.

오랜만에 아기돼지 삼형제로 하자고 소이치로는 생각했다. 큐레레와 처음 만났을 때, 처음 읽어준 이야기로——.

3

연회가 끝나고 귀빈들은 각자 방으로 돌아간 참이었다. 대접견실엔 히로토와 발큐리아, 그리고 재상과 대사제 대리와 엘프 지부장 둘이 남아 있을 뿐이다.

오늘밤은 대성공이었다고 히로토는 생각했다. 게젤키아와 메티스는 첫 대면이었다. 두 사람이 어떻게 될지 조금은 걱정했었다.

하지만 웃으며 매듭 지울 수 있었다. 메티스도 많은 히브리드 사람과 얘기를 나눈 듯하다. 이걸로 온 보람이 있었다고 생각했음이 틀림없다.

나머진── 그 사람의 도착을 기다리기만 하면 된다. 그때까지 메티스가 자지 않으면 좋겠는데…… 하고 히로토는 생각했다.

"다시 축하드립니다."

하며 재상 대리가 다가왔다.

"재상 각하도 히로토 님의 활약에 만족하고 계십니다. 일전의 안셀 사건 때 신속한 대응과 판단, 히로토 님이 아니었으면 평화조약의 성과가 깡그리 사라졌을 거라면서 상당히 기뻐하셨습니다. 솔직히 여기에 와서 안심했습니다. 히로토 님과 메티스 님이 이 정도로 친밀한 관계를 구축하고 있을 줄은 생각지 못했습니다. 이런 상태라면 걱정할 게 없겠습니다."

"왕도 사람들도 이러면 좋겠지만──."

하며 대사제 대리가 말을 잇는다. 엘프 둘의 얼굴이 조금 험악해졌다. 왕도 사람들도——라는 말투에서 히브리드 왕국의 수도 엔페리아에선 이런 분위기가 아니라는 걸 짐작한 것이다.

"왕도에선 평가가 나쁜가요?"

히로토가 묻자,

"들으셨겠지만 페르키나 백작이 체포, 구속된 일로 반발하는 귀족도 있습니다. 변경백 신분으로 귀족을 체포하다니, 저쪽 세계에선 서민이었던 주제에 건방지다고 엔페리아 귀족들이 요란스레 떠들고 있어요."

히로토는 침묵했다.

마니에리스와 아스티리스의 소식통으로부터 그런 풍문이 있다는 얘기는 들었다. 히로토를 나쁘게 말하는 귀족이 있는 듯하다고.

1달 정도 전, 페르키나 백작은 북 퓨리스의 왕자 요아힘을 부추겨 양국의 평화를 흔들었다. 먼 안셀 주까지 와서는 배를 타고 국경 테르미나스 강으로 나와, 퓨리스 병사를 도발한 것이다. 퓨리스 병사도 배를 타고 나왔고, 두 무리는 충돌 직전까지 갔다. 사전에 알아차린 히로토가 급하게 뱀파이어족을 파견해 위기는 피했지만, 그때 히로토의 명령을 받은 안셀 주 수비병이 페르키나 백작과 요아힘 전하를 체포, 구속했다. 두 사람은 프리마리아까지 호송되었다. 히로토는 두 사람을 만났고, 몰래 뒤에서 그 장면을 메티스에게 직접 눈으로 보게 했다. 그때 히로토를 비판하는 페르키나 백작 앞에 나타나 되레 백작을 끽소리 못하게 한 게 라켈 공주였다.

페르키나 백작은 명문가 출신이다. 그 명문가 귀족이 붙잡히자 히로토가 귀족 명예를 짓밟고 있다고 착각하는 귀족이 나타난 모양이다.

아니.

착각이 아니다.

히로토는 귀족에게 덤비는 인물로 보이는 것이다.

"하지만 응당 체포해야 하는 우행을 저지른 건 백작 쪽이오."

마니에리스가 반론에 나섰다.

"폐하는 평화조약에 크게 만족하고 계시오. 그 평화조약의 성과를 뒤엎으려고 한 거요. 도리어 참수당해도 이상하지 않소. 그러나 백작을 처형하면 귀족들 사이에서 엄청난 반발이 생길 것이 뻔하니 폐하께서 감형 처분을 내리셨거늘, 그것도 이해 못 하다니, 멍청한 녀석들."

"귀족을 너무 적으로 돌리지 않는 편이 좋아요. 무슨 일이 생겼을 땐 병사를 거느리고 함께 싸울 동료입니다."

재상 대리가 충고했다.

"그런데 엘프에게서 답신은?"

대사제 대리가 화제를 돌렸다. 엘프의 답신이란 퓨리스 왕국의 엘프 대표 루키티우스로부터의 답신을 말한다.

"아직."

하며 히로토는 고개를 가로저었다.

"상인 말에 의하면 카인 가와 자슈르 가 사람들이 아직도 집요하게 히로토 님의 복수를 노리고 있다고 들었소. 메티스 장군에게도 불쾌감을 표명했다고 하오."

아스티리스가 최신 정보를 전했다.

"그건 상당히 안 좋은데요. 히로토 님도 아시는 것처럼 루키티우스 님과의 관계 강화는 양국의 평화를 지속시키기 위해선 불가결한 일입니다. 메티스 장군과 관계를 돈독히 하는 것도 물론 해야 할 일이지만, 장군만으론 마음이 놓이지 않아요. 만에 하나 실각당하는 일도 있을 수 있죠. 엘프와 강한 유대관계를 구축하면——."

하며 우려를 표하는 재상 대리를,

"루키티우스에겐 루키티우스 님의 생각이 있는지라."

하며 아스티리스가 온화하게 견제했다.

"정치적으론 관여하고 싶지 않다는 그거 말입니까? 엘프가 왜 그렇게 퇴보적인가요? 정치에 관여하지 않고 살아가다니, 가능한 일인가요?"

재상 대리가 날카롭게 추궁한다. 마니에리스가 말을 받으며 온화하게 대답했다.

"그래서 아스티리스 님이 말하는 거요. 루키티우스 님에겐 루키티우스 님의 생각이 있소. 우리 엘프는 일국에서의 자신의 생존방식을 타국의 동지에게 강요할 생각이 없소. 나라가 다르면 토양이 다르오. 똑같은 보리를 심더라도 똑

같은 열매가 열리진 않소."

4

연회가 끝나고 메티스는 엘프 저택으로 안내된 참이었다. 엘프 저택이 가장 안전하다는 이유에서인 듯하다. 엘프 저택에 머무는 건 메티스로선 처음 있는 일이다.

안내한 엘프가 물러가자 메티스는 서기관 에노크와 둘만 있게 되었다.

"엘프와 성공적으로 친목을 다진 것 같군요."

에노크가 말을 건넸다.

"젤디스하고도 친목을 다졌어. 히로토처럼 동족 같은 관계는 아니지만 전과 같은 경계심은 보이지 않는군."

메티스가 대답했다.

"밀 건은 언제 말을 꺼낼 생각이십니까? 각하가 방문한 가장 큰 목적은 밀이지 않습니까?"

"그리 안달하지 마라. 난 만족하고 있으니. 전번에 만나지 못했던 한 연합 대표하고도 얘기를 할 수 있었잖나?"

메티스가 대답하자,

"전 불만입니다. 일주년 기념식을 한다고 해서 어떤 곳인가 했더니 이런 촌구석이라니── 우리를 초대할만한 장소가 아닙니다. 우리를 바보 취급하고 있어요."

에노크는 불만을 쏟아냈다.

"넌 네가 나고 자란 고향에 사람을 초대해본 적이 있나?"

메티스가 질문을 던졌다.

"네?"

"히로토는 우리를 고향에 초대한 거다. 그만큼 우리에게 흉금을 털어놓았다는 거지. 덕분에 누구도 제대로 만난 적이 없는 뱀파이어족 소녀를 만날 수 있었다. 프리마리아에선 불가능했던 일이 아니냐. 난 충분히 만족한다."

대답을 기다리고 있었던 것처럼 노크 소리가 났다. 들어온 건 엘프── 저택 주인이었다.

"히로토 님이 부르십니다. 메티스 님만 오셨으면 한다고."

5

히로토가 평소 쓰는 방은 2층에 있었다. 1층에서 계단을 올라가 복도를 조금 걸어가면, 침실이 있다.

문은 열려 있었다. 문틈으로 히로토와 발큐리아의 모습이 보였다. 방에 들어간 순간 메티스는 사람의 기척을 느꼈다. 얼굴을 돌리자 이마에 금장식을 하고 하얀 장의에 갈색의 폭발할 듯한 가슴을 감싼 고귀한 여성이 의연한 분위기를 풍기며 조용히 서 있었다.

저도 모르게 메티스는 한쪽 무릎을 꿇어 예를 갖춘 뒤, 걸어서 다가갔다.

"또 만나 뵙게 돼 영광이에요."

고귀한 여자가 말했다.

"뵙게 돼 영광입니다."

메티스도 대답했다. 방에서 기다리던 이는, 북 퓨리스 왕족 라켈 공주였다. 1달 정도 전에 메티스는 프리마리아에서 라켈 공주를 만났다. 그때 공주의 고결함에 감동했다.

설마 와 있을 줄은.

"히로토 님은 소중한 분이세요. 축하하러 오지 않을 수 없지요."

라켈 공주가 말했다.

"하지만 공주님이 여기까지 오시는 건 위험합니다. 저도 호위병이 있습니다. 만에 하나 호위병이 알아차리면——."

"하지만 이럴 때가 아니면 당신과 만날 수 없잖아요?"

라켈 공주는 메티스의 말을 가로막았다.

"그대는 양국의 평화를 구축하는데 빠뜨릴 수 없는 사람이에요. 히로토 님도 그렇지만, 양국의 평화는 히로토 님과 메티스 님, 두 분 없이는 성립되지 않아요. 설령 적과 한편이라 할지라도 서로 대화는 계속 해야지요."

하고 라켈 공주가 말했다.

생각이 그야말로 공주—— 왕족답다. 동생 요아힘보다도 라켈 공주 쪽이 훨씬 왕에 어울렸다.

"동생 이 벌인 사건은 퓨리스에선 뭐라고 이야기 하나요? 국내에서 이런저런 말을 듣고 있죠?"

"일부가 왜 요아힘의 인도를 요구하지 않았나, 왜 죽이지 않았나, 하며 화내고 있습니다. 평화조약의 의미를 모르는 어리석은 자들입니다."

라켈 공주가 고개를 끄덕였다.

"공주님께서는 폐하의 암살에 관여 하셨습니까?"

"난 명령하지 않았어요. 왕을 죽여도 장군이 버티고 있으며, 왕의 목숨을 빼앗아도 우리 조국이 부활하지는 않습니다."

하며 메티스는 질문에 대답했다.

"동생 분은?"

"근신 중이에요. 히로토 님이 테르미나스 강까지 데려가 줘서, 지금은 안정된 듯해요. 강의 모래를 소중히 지니고 있어요. 솔무에 오기 전에 얘기를 했더니 재건을 포기한 건 아니지만, 지금은 무리라는 걸 잘 안다고 말하더군요."

히로토가 한순간 한쪽 눈썹을 올렸다. 메티스는 고개를 끄덕였다.

"그럼, 건강하시길. 당신은 퓨리스의 보석이에요. 당신을 잃는 건 퓨리스에게도 히브리드에게도 그리고 북 퓨리스 사람들에게도 큰 손실입니다."

하고 메티스가 공손히 말하자,

"멋진 인물은 적이든 아군이든 관계없어요. 그런 분을 소중히 여기기 때문에 나라가 바르게 다스려지는 거예요. 내가 바라는 건 사람들이 평온하게, 행복하게 사는 거예요. 그러기 위해선 당신과 히로토 님이 필요해요."

6

라켈 공주가 엘프 기사들에게 둘러싸여 퇴실하자, 메티스는 히로토와 발큐리아, 이렇게 셋만 남게 되었다.

"설마 이런 놀라운 일을 준비하고 있을 줄이야."

메티스는 히로토를 향해 말했다.

"좀처럼 만날 기회가 없잖아?"

하며 히로토는 웃었다.

"퓨리스가 국경 안전을 지키기 위해선 북 퓨리스와 어떻게 마주 볼지가 중요하다고 생각해. 하지만 북 퓨리스를 적대시하고만 있으면 파괴적인 충돌밖에 없어. 득실만 따지다가 서로 죽이려고 혈안이 되겠지. 그래서는 국경을 지킬 수 없어. 적대 관계에서 서로 알아가는 화해로 나아갈 필요가 있고, 지금이 바로 그때라고 생각해."

"라켈 공주는 언제 돌아가지?"

"이미 떠났어."

히로토는 대답했다. 분명 뱀파이어족 바구니를 타고 날아오른 것이리라. 이웃 마을이나 혹은 네카 마을로 피난시킨 모양이다.

"퓨리스에는 라켈 공주를 암살하라는 명이 나와 있었지?"

히로토가 말했다.

"명을 거둔다는 이야기는 없었어."

"일시 동결이나 취소는 안 될까?"

히로토가 말을 꺼냈다.

"폐하가 허락지 않으실 거다."

"라켈 공주는 향후를 생각해도 꼭 필요해. 라켈 공주는 북 퓨리스의 양심이야. 일종의 제동장치인 거지. 지금 그녀를 잃으면 고삐 풀린 북 퓨리스 잔당은 더욱 과격해질 거야."

"또 북 퓨리스 왕족이 국경을 넘어올 거란 말인가?"

히로토는 고개를 가로저었다.

"아니, 왕족이 움직이는 게 아니라 왕족에게 공감하는 히브리드 귀족이 도발할 가능성이 있지. 하지만 라켈 공주가 《난 도발을 바라지 않는다》라는 입장을 고수하면, 제법 억누를 수 있으니까."

"너와 나 둘이서 각각 멍청이들을 뭉개버리면 되는 거 아냐?"

"물론 그렇지. 하지만 국경 문제는 어느 한쪽의 힘만으로 처리할 수 없어. 양국이 협력 및 연대가 필요하지. 나와 메티스 둘만으론 위험해."

"위험하다고?"

"만약 네가 실각당하면 어떻게 되지?"

메티스는 한순간 입을 다물었다.

"내가 그럴 리가."

"자슈르 가와 카인 가 사람들은 원수를 갚고 싶다고 떠들고 있는 모양이던데? 그들은 평화조약이 복수를 방해하고 있다 생각하겠지. 메티스, 너도 탐탁지 않게 보고 있을걸?"

거기까지 알고 있었나. 아마 퓨리스를 여행하는 엘프를 통해 들은 모양이다.

"난 메티스의 실각이 걱정이야. 네가 실각하고 강경파 장군이 유그르타 총독으로 부임하면 골치 아파. 다른 장군이면 평화조약을 무시하고 침입할지도 모르니까. 그렇게 되면 퓨리스는 국가 신용에 큰 상처를 남기겠지. 그땐 더 이상 정상적인 외교교섭은 불가능해. 히브리드는 분명 조약 위반을 핑계로 족쇄를 채우려 들 거야. 교섭은 결렬되고 결국 남는 건 전쟁밖에 없겠지. 하지만 퓨리스에겐 전쟁을 벌일만한 체력이 남아 있지 않아. 반대로 히브리드도 그만한 군사력은 없고. 결과적으로 전쟁이 길어지면서 양국은 피폐해지는 거지. 회복이 불가능할 만큼."

메티스는 잠자코 있었다.

히로토는 깊고 멀리 내다봤다. 이 남자는 언제나 넓은 범주를 그리고 먼 미래까지 내다보려고 한다.

"평화를 지키기 위해선 엘프의 협력이 필요해. 메티스와 사라브리아의 엘프와 퓨리스의 엘프, 그리고 나, 이렇게 넷이서 평화를 파괴하려는 자를 막아야 하는 거지. 외부의 적을 상대하는 시대에서 내부의 적을 상대하는 시대로 변하고 있어. 나와 메티스만으로 평화조약 반대파를 봉쇄하는 건 어려워. 루키티우스의 힘이 필요해. 차라리 루키티우스가 메티스를 지지한다, 라켈 공주를 지지한다고 말해주면 편할 텐데."

"루키티우스가 그럴 일은 없을 거다. 그자는 정치에 관여하지 않기로 작정했어. 평화조약 건이 예외였을 뿐이야."

"거리를 두는 것도 슬슬 한계일걸? 퓨리스 왕국의 엘프는 정치에 관여하면서 살아갈 수밖에 없어."

"그럼 바비로스에 와서 직접 말해볼래?"

가볍게 놀리자,

"그럴 수만 있다면 좋겠지만."

하며 히로토는 쓴웃음을 지었다. 히로토가 바비로스에 가지 못하는 건, 히로토 자신이 가장 잘 알고 있다.

"실은 루키티우스에겐 사라브리아를 방문해달라고 부탁했어. 셋이서 만나면 분명 재미있어지겠지."

"루키티우스는 움직이지 않을 거야."

"정말 그럴까?"

"네가 직접 만나러 간다면 혹시 모르겠지만, 갈 수 없지. 즉 방법은 없다는 거야."

히로토는 대답하지 않았다. 최선의 방법은 없다는 말을 듣긴 했지만, 방법을 궁리하고 있었던 걸까.

"에크세리스라면 마음이 움직일까?"

"같은 엘프니까 어쩌면 그럴지도. 하지만 네가 직접 가는 것만은 못할걸?"

히로토는 깊이 생각하며 고개를 끄덕였다.

"참."

하며 메티스는 장난스런 미소를 히로토에게 지어보였다.

"역시 요아힘에게 몰래 퓨리스 땅을 밟게 해줬더군. 능청스런 너구리같은 녀석."

히로토가 북북 머리를 긁적였다.

"이것 참, 공주님도 큰일 낼 사람이군. 이런 비밀 얘기를 술술 하고 말이야. 오랜만에 두근두근했어."

"또 선상 스모를 할 기회가 있다면 강에 빠뜨려 주마."

웃으면서 메티스는 말했다. 히로토도 웃었다.

"요아힘 전하는 어릴 적 즐겨갔던 테르미나스 강의 모래를 잊지 못했던 거야."

"어리군."

메티스가 말했다.

"맞아, 아직 어린애지. 나도 그렇고."

바로 그 순간 메티스는 귀엽다는 듯 웃었다.

"네 어디가 어린애냐. 넌 이미 늙었어."

7

서기관 에노크는 줄곧 엘프 저택에서 기다리고 있었다. 아직 히로토와 얘기를 하는 걸까?

자기가 보기엔 장군은 히로토에게 착 들러붙어 있는 것처럼 보였다.

설마 홀딱 반했나?

그럴지도 모른다. 노골적으로 반한 모습은 보이지 않았지만, 반한 건 틀림없다.

에노크는 1달 전 일을 떠올렸다. 그때도 두 번, 장군은 긴 시간 부재였다. 혼자 외출했다 혼자 돌아왔다.

《뱀파이어족을 만나고 왔어. 꽤 박력 있는 흡혈귀더군. 히로토와의 유대감은 생각 이상으로 강력해. 히로토를 건들면 반드시 복수할 기세였다.》

그리 말했던 게 인상에 남아 있다.

두 번째는 돌아와서 도통 아무 말을 하질 않더니,

《진짜 공주라는 건 있는 거더군.》

하고 중얼거렸다.

《공주라뇨?》

하고 부관이 묻자,

《요아힘을 보고 왔어.》

하고 돌연 고백했다.

《만나고 오신 겁니까?》

《만나진 않았어. 비밀 창이 있는 방에서 본 거야. 요아힘 옆엔 페르키나라는 백작이 있었어. 히로토를 비판하며 제멋대로 입을 놀리더군.》

하고 말했다.

《반면 라켈 공주는 훌륭한 공주야. 백작을 완전히 논파했어. 동생도 엄하게 꾸짖더군. 자신은 평화조약을 지지한다고 말했어.》

에노크는 부관과 서로 얼굴을 마주보았다.

《요아힘도 라켈도 암살 명령이 나와 있습니다. 아직 유효한 것으로 압니다만?》

부관이 고했다.

《그럼, 그 자리에서 죽이는 게 좋았다고? 그랬다면 양국의 관계는 즉시 파탄으로 달렸을걸? 엘프도 격노했겠지. 퓨리스 내의 엘프는 퓨리스 탈출을 불사 했을 거다. 그래도 죽이는 게 좋았다고 말할 작정인가?》

부관은 잠자코 있었다. 에노크도 잠자코 있었다.

《아직 왕국이 통일되기 전에 라켈 공주와는 만난 적이 있어. 상당히 현명한 공주였지. 그러나 거기서 본 공주는 그때보다 더 깊은 풍격을 가지고 있었다. 가히 존경할만한 인물이었지.》

《하지만 죽이지 않은 걸 들키면——.》

《너희들이 잠자코 있으면 아무 문제도 없지 않나? 너희를 신뢰하니까 말한 것뿐이야.》

——문이 열렸다.

"변경백의 용건은……?"

"이렇다 할 용건은 아니었어."

말수가 적었다. 그때와 똑같다.

"설마 라켈 공주——."

메티스가 눈만 돌려 쳐다봤다.

맞다.

라켈 공주를 만났다. 그래서 변경백은 메티스 장군만 부른 것이다.

"그녀는 지금은 어디에?"

"네가 알 바 아니다. 처음부터 이 마을엔 없었어."

바구니인지 뭔지를 이용했구나, 하고 에노크는 생각했다. 분명 뱀파이어족 바구니로 솔무로 와서 메티스를 만나고 바구니로 다시 돌아간 것이다.

"두 번이나 만나는 건 위험합니다."

"준비한 건 히로토야."

"장군을 함정에 빠뜨리려는 작전이 아닙니까?"

"지금 내가 실각당하면 가장 손해 보는 건 히로토야. 그럴 리는 없어."

그건 그렇다.

"히로토는 어떻게 평화조약 반대파를 봉쇄할지 생각하고 있었어. 얼마전 히브리드에서 평화조약 반대파의 모반이 있었지. 퓨리스도 머지않아 일어날 거라고 말하더군. 그걸 봉쇄하는 것도 국경 문제도 어느 한쪽 혼자서 해결하는 건 불가능하기에 양국의 연대가 필요하다고 했다."

"좋을 대로 우리를 써먹을 작정이 아닙니까?"

에노크가 추궁하자 메티스가 노려보았다.

"히로토는 그런 남자가 아니야."

"설마, 협력하실 생각이십니까?"

"물론 히로토 생각에 고분고분 따를 생각은 없어. 다만 저 남자는 언제나 재미있는 말을 한다. 그는 외부의 적을 상대하는 시대에서 내부의 적을 상대하는 시대로 바뀌고 있다고 했다. 히로토는 우리나라의 엘프도 끌어들여 평화조약 반대파를 봉쇄하고 싶은 듯했어. 히브리드 국내의 평화조약 반대파는 라켈 공주를 이용해 봉쇄할 생각이고."

"공주는 우리의 적입니다."

"공주는 폐하를 암살할 생각이 없다고 했다."

"그 말을 믿으십니까?"

"난 믿어. 라켈 공주의 인간성은 믿을만 해."

메티스는 대답했다. 에노크는 아무 말도 하지 않았다. 하지만 마음속으론 이리 생각했다.

(장군은 적장에게 너무 가까이 다가갔습니다. 북 퓨리스 왕족에게도——. 배신자라는 말을 들어도 어쩔 수 없을 만큼 말이죠…….)

제5장 엘프 파견

1

이른 아침 노브레시아 주의 주 수도 파토리스 근교 숲에서 전신에 하얀 붕대를 감은 남자들이 동굴 앞에 모여 있었다.

일족의 소녀가 강간당했다.

범인은 기사 둘의 호위를 받던 약간 통통한 남자라고 한다. 비싸 보이는 옷을 입고 있었다고 한다.

용서할 수 없다고 미라족들은 강하게 생각했다.

제아무리 귀족이라도, 해도 되는 일과 안 되는 일이 있다. 미라족 사이에선 강간은 즉시 사형이다.

"해야 할 말은 하고 올게."

안쪽의 여자들에게 얼굴을 돌리자, 미라족 남자들은 저 멀리 있는 성관을 향해 걸어가기 시작했다.

2

메티스는 엘프 저택에서 혼자 눈을 떴다. 꽉 닫힌 문틈 사이로 아침 해가 살며시 스며들고 있었다.

어제는 수확이 많은 하루였다. 확신은 없었지만 '악마'라 불리는 자의 모습도 확인할 수 있었다. 게젤키아하고도 젤디스하고도 만났다. 사라브리아 엘프하고도 친목을 도모했다. 라켈 공주하고도 두 번째 만남을 가질 수 있었다.

카인 가나 자슈르 가 사람이 알면 격노할 일이다.

틀림없이.

하지만 라켈 공주를 죽이는 건 좋은 수가 아니다. 저 공주는 존경받을 만한 인물이다. 거기다 북 퓨리스 과격파의 억제력으로 작용한다면 더욱 죽여선 안 된다.

히로토가 주창하는 사자(四者)에 의한 평화조약 반대파 봉쇄에 대해선 찬성이라고도 반대라고도 말하기 어려웠다. 다만 카인 가나 자슈르 가 사람들과 체데크를 꼼짝 못하게 할 필요는 있었다. 체데크는 북 퓨리스 왕족에 대해선 강경한 생각을 가진 자이다. 북 퓨리스 왕족에 대해 잔학한 처형을 주장을 했던 것도 체데크였다. 북 퓨리스 편을 든 엘프를 처형하라 주장했던 것도 그였다. 하지만 엘프가 맹렬히 반대하며 국외 탈출 카드를 꺼냈기에 결국 무죄방면 되었고 지금은 문제없이 국내에 머물고 있다. 이번에 우리가 솔무를 방문했다는 소식을 듣는다면 체데크는 반드시 반감을 품을 것이다. 퓨리스의 엘프와 좀 더 긴밀한 관계를 다져두는 편이 좋을지도 모르겠다. 잘 되면 엘프로부터 밀 지원을 받을 수 있을지도 모르니.

한번 폐하에게 말을 하는 편이 좋겠다고 메티스는 생각했다. 이번엔 수확이 많았다. 직접 얘기를 하는 편이 좋으리라.

문제는 밀이다. 밀이 손에 들어오면 유그르타를 비워도

문제는 없다. 그렇게 되면 폐하에게 안셀에서의 일, 그리고 어제 일을 직접 말할 수 있다.

3

히로토가 솔무 성 2층 침실에서 눈을 뜨자 상황이 이상했다. 같이 자고 있었을 터인 발큐리아가 없다. 미미아도 없다.

뭐지?

어디 간 거야?

악마 도래를 가리키는 것처럼 으스스하게 문이 열렸다. 창문이 꼭 닫힌 방에 수상한 붕대 모습의 악당이 셋──. 하지만 셋 다 압도적으로 가슴이 부풀어 올라 있다. 엄청나게 쑥 솟아 있다.

하나는 등에 검은 날개를 접고 있었다. 하나는 등 뒤로 긴 흑발의 포니테일을 늘어뜨리고 있었다. 하나는 귀가 크고 뾰족했다.

발큐리아, 솔세르, 에크세리스── 세 사람이 미라족으로 분장한 것이다. 세 사람 뒤로 원조인 미미아가 붕대 차림으로 들어왔다. 이걸로 미라족 소녀는 넷이다.

가슴이 엄청 큰 붕대소녀 넷은 히로토의 침대를 둘러쌌다.

뭐지?

나, 붕대에 칭칭 감기나?

두근두근하고 있는데,

"붕대로 빙글빙글 놀이 안 할래?"

하고 발큐리아가 말을 꺼냈다. 빙글빙글 놀이—— 즉 붕대 벗기기 놀이를 하라는 것이다.

발큐리이가 붕대 끝을 내밀었다. 당기라고 말하는 듯하다.

에크세리스도 붕대 끝을 내밀었다.

솔세르도 붕대 끝을 내밀었다.

미미아는 사양하듯 조심스럽게 있다.

히로토는 발큐리아의 붕대를 잡았다. 단숨에 당긴다. 발큐리아가 웃으며 빙글빙글 돈다. 금세 붕대가 얇아진다. 이윽고 붕대 아래로 발큐리아의 로켓 가슴이 드러났다. 그 순간 발큐리아는 히로토에게 안겼다. 뭉실뭉실한 로켓 가슴이 그대로 히로토 뺨이 닿는다.

(엄청난 젖가슴~~!)

"히로토!"

하며 에크세리스가 안겨왔다. 붕대 끝을 히로토에게 잡게 하려고 한다. 히로토는 돌아보며 붕대를 잡아당겼다. 에크세리스가 빙글빙글 돈다. 일본 사극에서 주군이 허리에 두른 띠를 잡아당기면 여성이 "어~머~" 하며 소리를 지르며 도는 놀이가 있는데, 그 '놀이'를 실컷 즐기는 듯한 기분이 든다.

붕대가 벗겨지고 뭉실뭉실한 하얀 풍만한 가슴이 확 튀어나왔다. 그 순간 에크세리스는 히로토에게 안겨왔다. 볼륨 백배에 부드러움 백배, 그럼에도 충만한 탄력도 백배인 너무나 기분 좋고 위험한, 폭발할 듯한 가슴이 히로토를 기분 좋게 압박한다.

(흥분한다~!)

"히로토 님!"

하며 솔세르가 다가왔다. 히로토는 솔세르의 붕대를 단숨에 잡아당겼다. 안경을 안 낀 솔세르가 빙글빙글 돈다. 뾰족하게 휜 경사면과 그 정점의 유두가 눈에 들어왔다. 그 순간 솔세르가 안겨왔다. 뾰족한 보기 좋게 튀어나온 젖가슴이 히로토의 얼굴에 밀착된다.

(으아아……! 아침부터 욕정……!)

"히로토 님."

마지막은 원조인 미미아였다. 분명 세 사람에게 붕대를 감은 건 미미아일 터이다. 히로토가 붕대를 잡아당기자, 미미아가 돌았다. 빙글빙글 붕대가 풀리면서 미미아의 발아래에 붕대가 쌓여나간다. 동시에 몸을 덮은 붕대가 얇아져 간다. 이윽고 겨드랑이가 보였다. 가슴 상부가 보이고, 그리고 풍만한 반구형의 가슴이 그대로 드러났다. 미미아가 부끄러운 듯이 히로토를 본다. 히로토는 자기 쪽에서 미미아에게 안겼다. 뭉실뭉실한 입체적인 가슴이 히로토의 얼굴을 튕긴다. 튕기면서 축 늘어진다.

(솔무는 최고……!)

어딘가가 불끈 건강해지면서 히로토는 생각했다.

4

대접견실 정중에 놓인 긴 테이블에, 손님들이 한곳에 모여 있었다. 퓨리스 장군 메티스와 그 서기관, 재상과 대사제 대리, 엘프 장로회의 지부장 둘, 사라브리아 북부의 성주들——.

젤디스와 게젤키아의 모습은 없다. 설령 살해엔 관여하지 않았다고 해도 메티스는 퓨리스 군인. 자기 연합의 동료를 살해한 퓨리스 인과 아침식사를 함께 하는 건 피하고 싶었던 것이리라. 젤디스도 거기에 동조한 모양이다. 발큐리아와 큐레레도 자리하지 않았다.

《아버지가 안 가는 편이 좋다고 해서.》

하며 발큐리아는 조금 미안해하는 듯한 모습이었다.

《괜찮아, 신경 안 써. 거기다 아버지가 말하는 건 언제나 옳아.》

히로토는 긴 테이블 정중앙 자리를 차지하고 있었다. 건너편은 메티스이다. 그 옆은 서기관이다. 히로토의 양옆은 재상과 대사제 대리다.

"묘한 일이군요. 이렇게 퓨리스 장군과 함께 테이블에 둘러앉아 아침식사라니."

재상 대리가 말했다.

"꿈꾸는 것 같나요?"

메티스가 도발적인 눈빛을 보낸다.

"나도 꿈꾸는 것 같아. 그러니까 메티스, 볼을 꼬집어."

히로토가 얼굴을 내밀자 메티스가 웃었다.

"손이 안 닿아."

"그럼, 거기까지 갈게."

히로토가 자리에서 일어났다. 일부러 테이블을 돌아 메티스 옆까지 간다. 얼굴을 내밀자 메티스는 히죽히죽 웃으며 히로토의 볼을 꼬집었다.

"응, 꿈이 아니야."

메티스가 웃는다. 재상 대리도 대사제 대리도 웃는다. 히로토는 다시 테이블을 돌아 자리로 돌아왔다.

"히로토 님은 실로 재미있는 분이시구려."

하고 대사제 대리가 속삭인다.

"어려워하기만 하면 재미없어요."

하고 대답하며 히로토는 스프를 먹었다. 버섯과 대구를 우려 국물을 냈다. 꽤 맛있다.

"히로토."

에크세리스가 히로토에게 편지를 내밀었다. 보낸 이는 퓨리스 왕국의 엘프 대표 루키티우스이다. 재빨리 읽어보았다.

양국의 평화는 항구적으로 유지되어야 하는바, 히로토 님의 활약에 감사드리오. 다만 전 고령인 까닭에 이웃나라까지 여행할 순 없소.

사라브리아 방문을 거절하는 편지였다.

(움직이지 않겠다는 거군.)

히로토는 살짝 신음소리를 냈다.

다만—— 편지엔 이리 적혀 있었다.

우리가 변경백을 싫어한다고는 생각지 말아주시오. 우리는 변경백을 존경하고 있소.

(안 온다고 했지만 엘프는 내 기분이 상하는 걸 원치 않나 본데?)

그럼 아직 가능성은 있는 거 아닌가. 메티스는 에크세리스라면 조금은 가능성이 있다고 했다. 사라브리아 주 부장관이 왔다고 하면, 조금은 마음이 움직일지도 모른다고 한다. 다만 자신이 가는 것만큼의 확실성은 없다.

그럼——.

"나쁜 소식이야?"

메티스가 직시하고 있었다. 눈 안에 조금 짓궂은 빛이 깃들어 있다.

"또 왕족이 도하라도 시도한 거야?"

어쩐다?

한순간 히로토는 생각했다. 정말은 지금 당장 의논하고 싶지만, 모두가 있는 앞에서 말할 순 없는 노릇이다. 그렇다고 돌연 메티스 곁으로 가는 것도 부자연스럽다.

문득 히로토는 번쩍 생각이 떠올랐다.

"나쁜 소식. 하지만 분명 꿈이야."

하며 히로토는 웃었다.

"아직도 볼을 꼬집히고 싶어?"

"그런 것 같아."

히로토는 다시 테이블에서 일어났다. 메티스 곁에 볼을 꼬집히러 간다. 얼굴을 내밀며,

"루키티우스 일인데 나중에 와줬으면 해. 마니에리스와 에크세리스를 포함해서 의논할 게 있어."

하고 히로토는 속삭였다. 메티스는 말없이 히로토의 볼을 꼬집었다. 이번엔 꽤 아팠다.

5

식사 후, 메티스는 히로토의 침실로 집합했다. 자신 이외에는 대부분이 엘프였다. 장로회 세콘다리아 지부의 마니에리스, 프리마리아 지부의 아스티리스, 부장관 에크세리스, 고문관 엘빈, 그리고 마찬가지로 고문관이자 디페렌테인 소이치로와 히로토——.

서기관 에노크가 동석하겠다고 우겼지만 메티스는 거절했다.

《장군 각하는 알고 계십니까? 변경백은 각하를 고문관 취급하고 있습니다! 각하는 히브리드의 고문관이 아닙니다. 변경백 주제에 너무 버릇없이 기어오르고 있단 말입니다!》

《히로토가 나만 부른 건 나름 생각이 있기 때문이야. 쓸데없는 짓 하지 마.》

에노크는 불만스러워 보였지만 같은 레벨이 아닌 자가 섞

이면 결말이 날 얘기도 결말이 안 난다.

"모두 모이라 한 건 퓨리스 왕국의 엘프 일을 의논하기 위해서야. 국경 안전을 어떻게 지킬지와 직결된 것이기도 해."

하고 히로토가 맨 먼저 선언했다.

쓸데없는 인사는 없다. 단칼에 의도를 말한 설명이다.

"메티스 님에게 참가해달라고 한 건 국경 문제는 일국의 문제가 아니라 양국의 문제이기 때문이야. 우린 서로를 적대시하고 경계하는 무대에서 융화의 무대, 어떻게 양국의 협력을 바탕으로 국경의 위기를 막을지 하는 무대로 들어섰어. 국경 위기는 쌍방에 의해 쌍방에게 발생할 가능성이 있어. 그 위기를 방지하기 위해선 쌍방 주의 톱, 쌍방 엘프의 톱이 연대하는 것이 바람직해. 난 루키티우스 님을 연대로 끌어들이려고 마음먹고 있어."

하며 다시금 히로토는 자신의 의도를 설명했다. 대충은 메티스도 어젯밤에 들은 얘기다. 그 얘기를 굳이 말함으로써 히로토는 루키티우스와의 연대가 시대적으로도 필요하다고 설득하려는 것이리라.

히로토의 말을 에크세리스가 이어받았다.

"조금 전에 루키티우스 님이 보낸 답장이 도착했어요. 사라브리아 방문에 대해선 동의하지 않는다. 다만 변경백을 존경한다는 한 문장이 덧붙여져 있어요."

에크세리스의 설명에 마니에리스가 즉시 반응했다.

"히로토 님과 깊은 관계가 되고 싶지 않다는 거절의 답신

이군. 어리석기는! 누가 자신들이 원하는 평화를 찾아왔다
고 생각하는 건가!"

"메티스 님이나 가르데르 님, 재상 아브라힘 님과 뱀파이
어족들이에요."

사이를 두지 않고 히로토가 대답한다. 자신의 이름은 꺼
내지 않는 부분이 히로토답다. 이런 곳에서도 제대로 퓨리
스 측의 면을 세워주려는 게 히로토이다.

"사자조차 파견할 마음이 없는 모양이군."

아스티리스가 말한다. 아스티리스는 에크세리스의 친아
버지이다.

"포기할 수밖에 없나요?"

히로토가 마니에리스에게 물었다.

"단적으로 말하면 가망이 없소."

"어젯밤 메티스 님과 얘기했을 땐 가능성이 있지 않을까
생각했어요. 최선은 제가 직접 바비로스로 가는 겁니다만."

"설마 갈 작정이오?!"

마니에리스가 노골적으로 경계했다.

"갔으면 좋겠지만 보내주지도, 갈 수도 없는 상황이죠. 하
지만 에크세리스라면 가능성이 있을지도 몰라요."

"내가?!"

에크세리스가 목소리 톤을 올리며 소리를 질렀다. 아름다
운 표정이 기습공격에 일그러진다. 그래도 아름답다.

"지금 퓨리스에 엘프를 박해하거나 위해를 가하는 사람은

없어. 엘프를 건들면 어떻게 되는지 간부는 물론 말단 병사도 알고 있지. 그런데도 아직 엘프가 퓨리스를 돌아다니는 건 위험하다고 생각하고들 있어. 그 인식을 이용하여 사라브리아 주의 넘버2가 바비로스를 찾아온다면 루키티우스 님도 조금은 마음이 움직일지도 몰라."

"그럴지도 모르지만, 그런 이유로는 승낙이 떨어지지 않을 거요."

하고 아스티리스가 반론했다.

"내 딸이라 말하는 건 아니지만, 루키티우스 한 분만 설득한다고 되는 문제가 아니오. 답장이 급한 상황은 아니라고는 하나, 이런 중요한 문제는 우리도 그들도 고위급들이 모여 평의회에서 토의를 거쳐야만 하오. 내 딸만으로 평의회를 설득할 수 있다고는 도저히——."

"엘빈 님도 동행한다면?"

히로토의 다그침에 엘빈도? 하며 아스티리스가 되물었다. 그리고는 곧 생각에 잠겼다. 그러면 가능성이…… 하고 생각하는 걸까.

마니에리스는 여전히 강한 눈빛을 하고 있다. 역시 무리라 생각하는 걸까.

"두 사람이 함께 간다면, 이는 큰 의미가 있습니다."

하고 히로토는 연거푸 쏘아붙였다.

"하지만 만에 하나 퓨리스 병사에게 습격을 당하면 어떻게 하오?"

하고 아스티리스가 묻는다.

"괜찮을 거예요. 걱정되면 텔세베르 성까진 메티스 님에게 동행해달라고 하면 되고."

흥, 하고 메티스는 코웃음을 쳤다.

(나를 호위병 대신으로 써먹을 작정인가? 꽤 재미있는 일을── 아니, 잠깐……. 밀 얘기를 꺼낼 거면 지금이 베스트가 아닐까?)

"난 이렇게 하는 게 좋지 싶어요. 메티스 님의 설득으로 사라브리아 부장관이 급거, 이슈 왕에게 인사 차 방문하게 되었다. 그렇게 하면 메티스 님에겐 왕께 인사차 들고 가는 선물이 되겠지요."

메티스는 입가에 미소를 지었다.

호위병 취급은 문제가 있지만, 자신이 그들을 설득해 퓨리스에 발을 들이게끔 했다면 이야기가 다르다.

확실히 사라브리아 넘버2를 인사차 데리고 왔다 하면 폐하껜 그만한 선물이 될 터이다. 적장을 축하했다는 다른 장군들의 비판도 덮을 수 있으리라. 하지만 그것만으론 부족하다.

"좋아, 그렇게 하도록 하지."

메티스가 자청해서 말했다.

"단── 그에 상응하는 걸 대가를 준다면 말이야."

"볼을 꼬집게 해달라고?"

하며 히로토가 웃는다.

메티스는 미소를 지었다. 이 농담은 이미 히로토가 이쪽이 뭘 바라는지 알고 있다는 의미였다.

히로토가 아스티리스에게 얼굴을 돌렸다.

"밀을 구할 수 있겠습니까?"

"안셀 주 장관이라면 준비할 수 있을 거요."

히로토는 고개를 끄덕였다. 메티스는 만족스런 미소를 입가에 떠올렸다.

역시 히로토는 알고 있었다. 알고 있었기 때문에 자신을 초대한 것이다. 에노크를 데려오지 않아 다행이다. 만약 서기관이 동석하고 있었다면 밀 얘기를 먼저 꺼내 엘프들의 마음을 상하게 했을 거다.

하지만 히로토는 천천히 일을 진행시켰다. 메티스가 바비로스까지 데려다준다는 말을 꺼내길 기다렸다. 그리고는 교환조건으로 밀을 자연스럽게 내게끔 엘프들에게 양해를 얻어낸 것이다.

여기까지 일부러 찾아온 목적은 달성했다. 밀 문제만 해결하면 어차피 바비로스에 보고하러 갈 작정이었다.

히로토가 그것까지는 못 읽었을까?

생각한 그 순간 히로토가 윙크해 보였다.

(간파했구나.)

히로토는 굳이 모른 척 하고 있었다.

선물을 쥐어주는 방식이 능숙한 남자라고 메티스는 생각했다. 그래서 이번 기념식에 참가를 결정한 것이다.

6

반시간 후——.

히로토는 별채에 마련된 거품이 가득한 욕조에 들어갔다. 수많은 하얀 거품이 욕조에서 흘러넘칠 듯이 차 있다.

하지만 히로토는 혼자가 아니었다. 같이 몸을 담그고 있는 건——.

"히로토♡"

성인의 무르익은 부드러운 젖가슴이 히로토의 등에 찰싹 달라붙어 있었다. 히로토는 부르르 몸을 떨었다.

가는 손가락이 히로토 가슴을 감았다. 꽉 히로토의 몸을 잡고 가슴을 문질러댔다. 주르르 풍만한 구체가 히로토의 등을 미끄러져 내려간다.

(아악······!)

"잔인한 사람이야. 나더러 바비로스에 갔다 오라니."

하며 에크세리스가 한층 더 가슴을 밀어붙인다. 하얀 풍만한 구체가 축 늘어져, 눌린 고기만두처럼 찌부러지면서 닿는 면적을 넓힌다. 매끈한 살갗의 뭉실뭉실한 육감이 흉악한 무리를 지어 히로토 등을 쾌감으로 마구 공격해왔다.

(우와······불끈 건강해진다······!)

"이쪽을 봐."

에크세리스가 요청했다.

아니.

지금 건강해져서.

"어떤 상태인지, 알아."

에크세리스가 요염한 목소리로 말했다.

에크세리스가 팔을 풀었다.

자, 어서.

와.

히로토는 천천히 돌아보았다. 그 순간 에크세리스가 안겨 왔다. 이번엔 히로토의 가슴팍에 에크세리스의 가슴이 착 밀착된다.

"무지 슬퍼. 히로토는 내가 싫어서 날 바비로스에 가라고 한 게 아닌가 싶어서."

"그렇지 않아."

히로토가 재빨리 부정했다.

"하지만 나, 죽을지도 몰라."

"메티스랑 함께 가면 괜찮아. 지금 퓨리스에서 엘프한테 손댈 자는 없어."

그리 말하고 나서 히로토는 최선의 대답을 하지 않은 걸 깨달았다. 히로토는 바로 그 자리에서 최선의 대답을 다시 말했다.

"사실은 나도 죽으면 어쩌지 싶어. 절대로 잃고 싶지 않 아. 사실은 에크세리스를 파견하지 않고 일이 해결되면 얼 마나 좋을까 싶어."

너무 기뻐 에크세리스가 더욱더 안겨왔다. 가슴이 밀착되면서 뭉실뭉실한 폭탄을 작렬시킨다.

  "정말로?"

  "정말로."

  "그럼, 증거를 대봐♪"

  하며 에크세리스가 눈을 감았다. 귀엽게 입술을 내민다. 히로토는 천천히 입술을 포갰다.

제6장 청원

1

고대 그리스 양식이 연상되는 16개의 열주가 침실까지 길을 만들고 있었다. 덮개가 있는 화려한 침대에서 파란 비단 가운을 입은 얼굴이 갸름한 장년의 남자가 기분 좋은 표정을 짓고 있었다.

평소에 사려 깊은 얼굴도 지금은 완전히 풀려 있었다. 퓨리스 왕국의 국왕, 이슈 왕이다. 표정이 누그러진 건 훤히 들여다보이는 옷을 입은 여자들이 풍만한 가슴으로 양발을 마사지하고 있기 때문만은 아니었다.

북 퓨리스 왕족이 테르미나스 강을 건너 이웃나라로 망명한 지 7년──. 몇 번이나 북 퓨리스 왕족은 이슈 왕에게 자객을 보내왔다. 그때마다 이슈 왕은 히브리드 왕에게 해결을 요청했고, 무시당해왔다. 하지만 처음으로 변경백 히로토가 도하를 시도한 북 퓨리스 왕족 요아힘을 체포했다.

변경백은 말이 통하는 남자다, 하고 이슈 왕은 생각했다. 지금까지 히브리드 사람은 말이 통하지 않는 상대라 생각했지만, 변경백은 다른 듯하다. 적어도 자신의 요구를 계속 무시해온 히브리드 왕 모르디아스 1세하고는 다르다. 자슈르 장군의 군사를 물리쳤을 땐 밉살스러웠지만, 지금은 그런 감정은 없다. 오히려 믿음직하다는 기분조차 든다.

"폐하."

검은 구레나룻와 턱수염과 콧수염으로 네모난 얼굴을 치장한 장신의 남자가 하얀 장의를 몸에 걸치고 방으로 들어왔다. 히브리드 왕국의 재상 아브라힘이다.

"자슈르 가 사람과 카인 가 사람이 뵙기를 청하옵니다."

"들라하라."

재상이 신호하자, 바로 자슈르 가의 대표와 카인 가의 대표가 들어왔다. 똑같이 하얀 장의를 입고 있다. 한쪽은 콧날이 가늘고 이마가 좁았다. 다른 하나는 코가 펑퍼짐하지만 역시 이마가 좁았다.

"오늘은 폐하께 부탁이 있어 찾아뵈었나이다."

하며 자슈르 가의 대표가 고개를 숙였다.

"이 나라의 위신은 땅에 떨어졌습니다. 일찍이 왕국 통일을 이룬 이 나라와 폐하의 위세는 더할 나위 없이 높았으나 지금은 그 빛을 잃어가고 있습니다."

"요점을 말하라."

하고 이슈 왕이 재촉한다.

"위세가 가려진 원인은 오직 한 사람. 유그르타 주 총독입니다. 폐하께서 부디 메티스를 경질해주시길 바랍니다."

"뭐라고?"

"히브리드에 갔으면서도 요아힘의 인도를 요구하지 않고 귀국하다니, 퓨리스 장군이라 할 수 없습니다. 폐하는 북 퓨리스 왕족을 죽이라 명하셨습니다. 그걸 알면서 인도를 요구하지 않은 건 명백한 명령위반입니다. 그런 자가 국경 방위의 요지인 유그르타 총독을 맡다니, 결코 용납할 수 있는 일이 아닙니다. 그런 자가 총독이라면 다루기 쉽다하며 히브리드에게 얕보일 겁니다. 아니, 이미 벌써 얕잡아보고 있을 테지요. 메티스를 유그르타 총독에 계속 남겨두면 점점 나라의 위세가 기울고 경시당할 겁니다. 꼭 메티스를 경질하고, 바라건대 우리 일족 혹은 카인 가의 사람에게——."

장황한 설득을 시도하는 자슈르 가 대표에게 이슈 왕은 불끈 화난 표정을 지우며,

"짐은 메티스의 움직임에 만족한다."

하며 일축했다.

"인도를 하지 않아도 좋다는 말씀이십니까?! 메티스는 히브리드에게 아첨을 떨고 있습니다! 우리의 원수, 증오스런 변경백하고도 그저 친밀하게 밀월을 즐기고 있을 뿐, 도저히——."

"짐은 변경백의 움직임에도 만족하고 있다!"

이슈 왕의 목소리가 거칠어졌다.

"폐하는 저희에게 복수를 하지 말라고 하시는 겁니까!"

참지 못하고 카인 가 대표가 외쳤다.

"개인적인 복수를 최우선시 하는 게 폐하의 임무는 아닐세!"

재상 아브라힘도 끼어들었다.

"메티스의 행동에 대해 의문을 품은 자는 저희만이 아닙

니다! 유그르타 총독의 임무는 몇 번이고 적장과 만나, 친밀해지는 게 아닙니다!"

하고 카인 가의 대표가 반론한다.

"폐하의 임무는 이 나라를 풍요롭게 하는 걸세! 지금 복수를 해서 그걸로 퓨리스가 풍요로워지는가! 변경백을 치면 뱀파이어족이 바비로스를 습격, 폐하의 목숨을 뺏으려 들걸세! 그런데도 이 나라가 풍요로워진다고 하는 건가!"

재상의 일갈에 마침내 카인 가와 자슈르 가 대표는 침묵했다. 재상이 말을 계속했다.

"변경백은 평화조약에 근거해 북 퓨리스의 만행을 저지하고 벌했네. 메티스는 적국을 방문 중이라는 의미를 잘 이해했고, 사태가 만족스레 해결되는 걸 기다렸다 귀국했네. 만약 인도를 강하게 주장해 요아힘을 탈환하려고 했다면, 히브리드와의 사이에 큰 균열이 생겨, 전쟁이 일어날 참이었어. 지금, 히브리드와 전쟁을 할 순 없네. 장군들 전원이 메티스에게 의문을 나타내는 일이 있다면 폐하도 생각하시겠지만, 폐하는 메티스의 움직임에 꽤 만족하고 계시네. 평화를 유지하는데 있어서도, 전쟁을 하는데 있어서도, 적국과 적장에 대해 잘 알아두는 건 필요하네. 그래서 폐하는 메티스를 유그르타 총독으로 임명하신 걸세. 폐하의 판단에 잘못은 없네. 귀하들은 절대로 멋대로 행동하지 마시게. 폐하는 평화조약이 지켜지는 걸 강하게 바라고 계시네."

퓨리스 왕국의 엘프 대표 루키티우스는 부하로부터 자슈르 가 대표와 카인 가 대표가 이슈 왕을 알현했다는 보고를 받았다. 똑같이 변경백에게 원한을 가진 일족이다.

부하의 보고론 양가 대표는 상당히 기분이 언짢아보였다고 한다. 그렇다면 이슈 왕이 좋은 대답을 하지 않은 것이다. 아마 양가 대표는 복수를 하게 해달라는 부탁이라도 한 것이리라. 하지만 폐하는 복수를 금했다.

혹은——.

자신들 일족을 유그르타 총독으로 임명해달라는 부탁이라도 했는지 모르겠다. 상세한 건 내일이라도 관료들 입을 통해 알려지리라. 주시는 필요하지만, 일단 안심이라고 생각하던 참에, 또 다른 부하가 뛰어들어왔다.

양가 대표가 대성당에 들어가 이번엔 한숨 돌린 표정으로 나왔다고 한다. 그리고 그 바로 뒤에 체데크 대주교가 궁전으로 향했다고 한다.

체데크 대주교는 북 퓨리스 왕족의 박멸을 호소했다. 북 퓨리스 왕국을 멸망시켰을 때, 붙잡힌 왕족들은 전부 처형당했다. 북 퓨리스 왕의 피를 이은 자는 남녀노소 할 것 없이 단 한 명도 사정을 봐주지 않았다. 주도한 건 체데크 대주교이다.

《폐하의 적은 신(神)의 적입니다. 북 퓨리스 왕족은 모두

신의 적이며, 폐하의 적입니다. 신의 적을 방치하는 건 결코 용서받지 못할 일입니다. 백성은 인정하지만 왕족은 인정할 수 없습니다.》

그리 진언했다고 들었다. 명예로운 참살이 아니라, 불명예스러운 교수형을 진언한 것도 체데크 대주교였다. 교수형은 장시간 사체가 사람들 눈에 노출된다. 죽어서 썩고 부패돼이윽고 뼈만 남게 되는 모습을 백성에게 내보이게 된다.

《누가 왕인지, 누가 왕에게 덤볐는지. 백성에게 보여줄 필요가 있습니다.》

그리 진언했다고 들었다.

그 체데크 대주교가 궁전으로 향했다? 타이밍으로 보면 자슈르 가와 카인 가 대표로부터 청원을 받고 행동한 것이리라. 체데크는 이슈 왕에게 무슨 말을 할 작정일까.

3

체데크 대주교는 이슈 왕의 침실에 모습을 보였다. 이슈 왕은 약간 심기가 불편했다. 자슈르 가와 카인 가의 간청이 귀찮았던 것이리라.

양가는 복수금지에 대한 불만을 드러냈다. 메티스는 유그르타 총독으로 부적임자다. 자슈르 가의 사람, 혹은 카인 가의 사람이 유그르타 총독을 맡는 게 본래의 흐름이다. 이미 평화조약이 성립된 지금, 메티스가 총독을 맡을 필요는 없다. 그리 불평했다.

자신도 동감이다. 메티스는 총독에 어울리는 여자가 아니다. 장군이 적장에게 아첨을 떨어 어쩐단 말인가.

"짐에게 무슨 일인가."

하고 이슈 왕은 우선 경계했다.

"메티스가 적장을 축하하기 위해 적장의 고향으로 갔다고 하더군요."

체데크가 말하자,

"폐하는 변경백과 뱀파이어족을 살피라고 명하셨소. 기념식에 참가해 적의 사정을 살피는 것도 장군이 일이오."

재상 아브라힘이 반격을 퍼부었다.

"그런 건 밀정에게 맡기면 되는 게 아닌지?"

"밀정으론 두 뱀파이어족 연합에게 다가가지 못하오. 장군이니까 연합 대표에게 다가갈 수 있는 거요. 밀정에게 가능한 일과 가능하지 않는 일의 구별 정도도 못할 메티스가 아니오."

아브라힘이 일축했다.

(기념식 참가 건으로 메티스를 몰아세우는 건 무리인가.)

그럼, 하며 체데크는 전술을 변경했다.

"전 메티스 장군이 악마에게 홀리지는 않을까 걱정하고 있습니다."

"우리나라에서 가장 뛰어난 지장이 악마에게 홀리는 일 따위는 없을 거요."

하고 아브라힘이 다시 반론한다.

"아브라힘 님. 사람도 역시 악마. 흡혈귀도 역시 악마. 그리고 적도 역시 악마, 폐하의 길을 방해하는 자도 악마입니다. 예전 폐하의 목숨을 노린 자도 역시 악마입니다. 폐하의 군대를 물리친 자도 역시 악마입니다."

"요점을 말하라."

이슈 왕이 살짝 언짢아하며 재촉한다.

"악마는 화염입니다. 적국에게는 야망이기도 하지요. 작을 땐 괜찮지만 불이란 결국 크게 타오르는 법. 미리 불을 끄지 않으면 그 불길이 폐하께 향할 것입니다. 듣자하니 변경백이라는 자가 꽤 대단한 인물인 모양이더군요. 상대가 걸물이면 일수록 미래에 대비가 필요한 법입니다. 아무리 변경백이 좋은 인물로 보여도 그 뒤엔 폐하의 목숨을 줄곧 노린 악마들을 줄곧 방치한 모르디아스 1세가 있다는 걸 잊지 마십시오. 나라 안의 성당을 순례하며 지방 고관들, 장군들과도 얘기를 했습니다. 모두 악마를 잊지 않고 있었습니다. 먼 장래를 생각하고 계획을 세워야 하는데, 지나치게 적장과 사이좋게 지내는 메티스 장군을 어여삐 여기시면 장군들 사이에 반감이 퍼질 겁니다. 폐하를 향한 충성심도 사라지겠지요. 적장을 평가하시는 것도 메티스를 평가하시는 것도 적당히 하십시오. 악마는 결국 악마입니다."

"간언은 필요 없소."

아브라힘이 가볍게 응답했다. 이슈 왕은 말이 없었다.

"부디, 악마를 조심하시기를."

체데크는 이슈 왕 앞에서 물러갔다.

오늘은 이 정도로 됐다, 하고 걸으면서 체데크는 생각했다. 결국 밀정이 찾아내줄 것이다. 그때 메티스를 추락시키면 된다. 그땐 폐하도 악마가 누군지 알 게 될 것이다.

첫 번째 악마는 변경백 히로토.

두 번째 악마는 유그르타 주 총독, 메티스——.

제7장 미라족 집결

1

노브레시아 주는 사라브리아 주 동쪽 옆, 오리시아 주 서쪽 옆에 위치한다. 주장관을 맡고 있는 건 대대로 대귀족으로 군림해온 불고르 백작이다.

주 수도 파토리스에서 10킬로미터 정도 남쪽 방향에 있는 언덕을 향해 가면, 불고르 백작의 성관이 있다. 성관 부지는 사방 수 미터에 걸쳐 높이 3미터의 울타리로 덮여 있었다. 울타리엔 대기소가 있고, 대기소까진 근 1킬로미터의 직선로가 이어지고 있다.

대기소에 있던 수비병 둘은 평소처럼 지루한 시간을 보내고 있었다. 어제는 성주 아들 포랄이 늦게 돌아왔지만, 오늘은 줄곧 저택에 틀어박혀 있다.

수비병 둘은 좁은 대기실에서 체스를 즐기고 있었다. 하나가 이기고 있어 히죽대고 있다. 지고 있는 쪽은 미간을 찌푸리고 있다.

쓸데없는 짓을 하고 있어. 이제 졌다고 어서 말을 해.

그리 생각하면서 무심히 도로 쪽을 바라본 수비병은 이상한 하얀 무리가 다가오는 걸 알아차렸다.

(뭐지?!)

무리는 자신들 쪽을 향해 오고 있었다. 직선로를 걸어 곧장.

"어이."

수비병은 말을 걸었다.

"그러니까, 지금 생각 중이라고."

"아니, 이상한 게 오고 있어."

그 지점에서 동료도 하얀 무리를 알아차렸다. 무리는 이미 대기소 근처로 바싹 다가와 있었다. 하얀 붕대를 전신에 감은 큰 남자들이 20명 가까이 집단을 이루고 있었다.

(미라족의 습격이라고……?!)

수비병 둘은 체스를 내팽개치고 검을 손에 들고 대기소 밖으로 나왔다.

"뭐야, 너희들은!"

거칠고 흥분된 목소리였다.

"우린 프레브 동굴의 미라족이다. 백작님께 중요하게 할 얘기가 있다."

"돌아가! 백작님은 너희들을 만날 시간이 없어!"

위압적으로 말을 돌려주자,

"그럴 순 없어. 어제 우리 동료인 소녀가 백작님 아들에게 강간당했다고. 제대로 사과하고 속죄하길 바라는 바다."

어처구니없는 말을 꺼냈다.

"뭔 헛소리야! 터무니없는 트집을!"

"생트집이 아니야. 기사 둘이 있었고 다홍색 망토에 황색 바지를 입은 살짝 통통한 남자가 백마를 타고 있었다고 세세라가 말했어. 그런 차림은 백작님 아들밖에 없지. 우리 동굴에서도 결코 멀지 않고."

"역시 생트집이잖아! 뭐가 아쉬워서 애벌레 같은 너희 여자를 범하겠냐! 그런 별난 물건을 좋아하는 취미는 백작님한테도 아드님한테도 없어!"

"우린 별난 물건이 아니야!"

미라족들이 웅성거렸다.

"이 이상 방해한다면 벨 거다! 돌아가, 어서!"

수비병이 살짝 검을 들었다. 그에 미라족들이 후퇴하는가 싶더니 3미터 정도 물러서고는 그대로 자리에 앉았다.

"어서 돌아가라니까?! 방해되잖아!"

"백작님을 만나게 해줘. 백작님이 제대로 사과하고 속죄해주길 바라."

같은 말을 미라족이 반복했다.

"멋대로 해!"

수비병들은 대기소로 돌아갔다.

2

1시간이 경과했다.

2시간——.

3시간——.

미라족은 움직이지 않았다.

(설마 밤까지 움직이지 않을 작정인가? 아무리 그래도 저녁 전까진 돌아가겠지.)

그리 생각했지만 해가 기울어도 미라족 집단은 자리를 지키고 있었다. 용의주도하게 물통까지 들고 있어, 목이 마르면 돌아가며 마셨다. 때때로 보리로 만든 변변찮은 빵도 먹었다.

서쪽 하늘에 붉은빛이 비치고 하늘빛에서 보랏빛으로 아름다운 그러데이션을 그리기 시작했다. 아무리 그래도 저녁까지 눌러앉아 있는 건 곤란하다. 혹 울타리를 타고 넘으면 큰일이고, 가만 있어도 어쩐지 으스스했다.

"어이."

하나가 턱으로 명령하자, 다른 수비병 하나가 대기소에서 성관을 향해 달려갔다.

성관 주인은 홀로 당구장에서 큐대를 쥐고 있었다. 꽤 굴곡이 뚜렷한, 쑥 들어간 눈에 냉담한 가는 콧날. 희끗희끗한 콧수염과 턱수염. 머리는 그다지 길지 않았지만 귓전 너머로 웨이브진 머리는 목 훨씬 위에서 깨끗하게 쳐져 정돈돼 있었다.

불고르 백작, 바로 그 본인이었다. 백작은 기장이 짧은 다홍색 재킷을 걸치고 왼손을 당구대에 얹어놓은 채 공을 응시하고 있었다.

딱, 딱, 기분 좋은 소리가 났고 두 번째 공이 홈에 떨어졌지만 그의 표정은 하나도 변하지 않았다.

"주인님."

집사가 방으로 들어왔다. 가령이 아니라 집사다. 백작 저택엔 가령과는 별도로 집사가 있다.

"지금 대기소에서 연락이 왔습니다. 미라족이 불만을 제기하러 왔다고 합니다."

"누가 샘이라도 더럽혔다더냐?"

돌아보지도 않고 충분히 겨냥하며 공을 친다. 이번엔 3번이 홈으로 빨려 들어간다.

"아드님이 일족 소녀를 범했다고 합니다. 사과와 속죄를 원한다고."

"공갈 협박이군. 우리 성에 그런 취미 나쁜 녀석은 없어. 아니면 정령의 불이 꺼지기라도 했나?"

역시 고개를 돌리지 않고 4번 공을 향해 쳤다. 노렸던 대로 4번 공은 홈에 빨려 들어갔다.

"정령의 불이 꺼졌다는 말은 없습니다."

"그럼, 역시 공갈 협박이군."

"허나, 낮부터 줄곧 눌러 앉아 있다고 합니다. 이대로 밤까지 눌러 앉아 있으면——."

불고르 백작은 5번 공을 목표로 삼았다.

"은화를 주고 내쫓아."

다시 딱, 경쾌한 소리가 울렸다. 5번 공이 홈으로 빨려 들어간다. 집사는 가볍게 고개를 숙이고는 방을 나왔다.

백작이 6번째 공을 목표로 삼자, 다시 문이 열리고 살짝 통통한 황색 바지의 청년이 모습을 나타냈다. 불고르 백작은 처음으로 얼굴을 돌렸다.

"포랄. 너, 미라족 소녀에게 무슨 짓 했느냐? 범했다는 이야기가 있던데."

아들은 발끈 화난 모습으로 대답했다.

"할 리 없잖아. 저런 애벌레한테."

3

대기소로부터 4미터 떨어진 곳에서 미라족들은 기다리고 있었다. 하늘에서 푸른빛이 사라지고 서쪽 하늘의 삼분의 일은 붉은빛에 잠겨 있다. 하지만 그 보다 더 동쪽은 보랏빛, 한층 더 짙은 남빛으로 변하고 있었다.

밤을 꼴딱 새우게 될까.

그리 생각하던 참에 수비병 하나가 돌아왔다. 뭔가 주머니를 들고 있다.

미라족은 제각기 일어섰다. 천천히 대기소로 다가간다. 수비병이 둘, 대기소에서 모습을 보였다.

"백작님의 대답을 전한다. 이거다!"

갑자기 은화를 내던졌다. 맨 앞줄 바로 뒤에 있던 미라족이 머리를 누르며 웅크려 앉는다.

"냉큼 돌아가! 백작님은 명예가 손상당해 아주 화내고 계셔! 명예훼손으로 너희들을 고소할 거야!"

다시금 은화를 내던지고는 수비병은 대기소로 들어갔고, 거기다 문 너머로 사라졌다. 은화에 맞은 동료 곁으로 우르르 미라족이 모여들었다.

"피는 괜찮아?"

"아파……!"

은화를 맞은 미라족이 대답한다.

"우린 그저 사과해주길 바랐을 뿐인데. 제대로 속죄해주길 바랐을 뿐인데. 험한 꼴을 당하게 하다니."

하고 하나가 슬픈 듯이 그리 말한다.

"인간 따위, 모두 똑같아. 우리가 아주 오래 전에 여기로 도망쳐왔을 때도 그랬어. 좋은 얼굴을 한 건 모두 병으로 죽었을 때뿐이야. 누구도 우리를 사람 취급해주지 않아."

한 미라족의 말에,

"엘프는……?"

하고 물었다.

"파토리스에 가면 재판소가 있어. 재판소엔 엘프가──."

제8장 고등법원

1

　사라브리아 주 세콘다리아 부근의 간선도로에서 겉모습은 아무리 봐도, 딱 히브리드 사람처럼 보이는 남자가 인근 주민에게 얘기를 다 들은 참이었다.

　많은 기병의 호위 속에 엄중하게 경호를 받던 마차가 동쪽에서 다가와 서쪽으로 사라졌다고 한다. 그 이틀 후 이번엔 같은 마차가 서쪽에서 동쪽으로 달려갔다고 한다.

　그날 중에 프리마리아에 같은 마차가 들어온 건 확인했다. 마침 메티스 장군이 프리마리아에 숙박했던 마지막 날이다.

　틀림없다고 남자는 생각했다.

　요아힘과 페르키나 백작을 태운 마차는 메티스 장군의 체류 중에 도착한 것이다.

　다만 이상한 건, 엄중하게 경호를 받던 마차가 동쪽에서 서쪽으로 사라진 수 시간 후, 다른 마차 한 대가 동쪽에서 서쪽으로 향한 일이었다. 그 마차도 많은 호위가 딸려 있던 모양이다. 상인의 마차 같았다고 주민은 말했지만——설마 요아힘과 페르키나 백작은 마차를 나눠 탔던 걸까, 하고 남자는 생각했다. 알 수 없지만 어쨌든 대주교에게 전해야만 한다. 그러고 나서 뒤에 생각하면 된다. 자신은 좀 더 확실한 증거를 찾아내기만 하면 된다.

2

건물 앞만은 흡사 고대 그리스 신전 같았다. 정면에만 12개의 그리스식 하얀 열주가 늘어서 있다.

노브레시아 주 고등법원이다.

각 주의 주 수도엔 고등법원이 있다. 통상 서민은 고장의 정령교회 재판소에 호소하지만, 결과를 수긍하지 못했을 경우나 귀족 상대로 재판할 경우, 고등법원에 호소할 수 있다. 고등법원은 5명의 재판관으로 심의하지만, 반수 이상은 엘프다. 엘프는 히브리드 왕국의 사회기반 시설을 유지하는 고도의 기술자임과 동시에 재판관 같은 법적 기관을 지배하는 지식계층이다.

미라족 20명은 고등법원의 엘프 서기관에게 말하던 참이었다. 상대가 엘프라면 공평성을 기대할 수 있다.

엘프 서기관은 잠자코 미라족 얘기를 들었다. 하나가 말을 끝내자 다시 두 번째 사람이 말을 하기 시작한다. 대충 얘기가 다 나오자 서기관은 확인에 나섰다.

"불고르 백작의 아드님을 고소한다는 거네? 그런데 어느 쪽이야? 형, 포랄? 동생, 코랄?"

미라족들이 놀라 어찌할 바를 몰랐다.

117

형……? 동생……?

"불고르 백작의 아드님은 쌍둥이야."

"어느 쪽인지 몰라요. 하지만 어느 한쪽이 한 건 틀림없어요. 기사가 둘 있었고 상대 남자는 백마를 타고 황색 바지를 입고 있었다고…….'

하며 미라족이 변명한다.

"세세라 이외의 목격자는?"

서기관의 질문에, 미라족들은 서로 얼굴을 쳐다보았다.

"그건…….'

"재판으로 가져가기 위해선 확실한 증거가 필요해. 그래서 목격자가 필요해."

"목격자는 없어요. 혼자 있는데 덮쳤어요. 하지만 세세라는 거짓말 같은 거 안 해요."

반론하는 미라족에게,

"나도 거짓말을 한다고는 생각지 않아. 다만 강간죄로 고소하기 위해선 본인 이외의 목격자가 필요해. 목격자가 없을 경우, 고소해도 되레 명예훼손으로 맞고소 당하게 돼."

"세세라는 거짓말하지 않았어요!"

미라족은 외쳤다.

"재판에서 강간한 사람을 유죄로 만들기 위해선 목격자가 필요해. 어쨌든 강간 현장을 목격한 자가 필요해. 목격자가 없는 한 수리할 수 없어."

"우리를 안 믿는 건가요? 세세라는 거짓말하지 않았어요!"

하고 미라족이 물고 늘어진다.

"본인 이외의 목격자가 없는 채, 너희들의 고소를 수리하면 너희들은 재판에서 져. 그렇게 되면 백작으로부터 명예훼손으로 고소당하고, 경우에 따라선, 지금 살고 있는 동굴에서 내쫓기게 돼. 그래도 좋아?"

미라족들은 마침내 입을 다물었다. 서기관이 숨을 내쉬었다.

"백작에겐 내 쪽에서 불러 주의를 줄게. 귀족다운 행동을 하도록 노력하라고 충고해둘게. 하지만 그게 지금 우리가 할 수 있는 최대한이야."

3

고등법원을 나오자 다시 저녁을 맞았다. 어제 은화를 던졌을 때도 저녁이었다. 그리고 고소를 접수할 수 없다고 완강히 거절당한 오늘도 저녁이었다.

어제도 분한 마음을 안고 하루가 끝났고, 오늘도 분한 마음을 안고 하루가 끝나고 말았다. 재판소라면 어떻게든 해주지 않을까 기대했지만, 어쩔 도리가 없었다.

키가 큰 미라족들은 모두 어깨를 축 늘어뜨렸다. 고개를 떨구고 터벅터벅 주 수도 파토리스 마을을 걷기 시작했다. 거리에 2인승 마차가 지나갔다.

"결국 우리는 어쩔 도리가 없네."

하고 하나가 말했다.

"우린 아무도 지켜주지 않아. 엘프도……."

두 번째 사람이 말하자 전원 침묵했다.

이윽고 세 번째 사람이 푸념했다.

"여기가 사라브리아라면……."

제9장 여행

1

히로토는 한발 먼저 프리마리아에 돌아온 참이었다. 미라족 소녀 리치아에겐 천천히 지내다 가라고 전했다. 여분의 여행비도 건넸다.

프리마리아까지는 메티스랑 에크세리스와 동행했다. 메티스는 십분 기념식에 만족한 듯했다.

에크세리스하고는 헤어지기 직전까지 줄곧 루키티우스에 대해 얘기했다. 루키티우스는 사라브리아 방문을 거절했다. 번복은 어렵다. 이별 얘기를 꺼내든 여자의 결심을 바꾸는 것보다 어려울지도 모르겠다.

우선 반반으로 상황을 되돌려야 한다고 히로토는 생각했다. 반반으로 되돌리면 희망은 가질 수 있다. 그러기 위해서 에크세리스와 엘빈을 선택했다.

(아마, 괜찮을 거야.)

에크세리스는 헤어질 때 슬퍼보였다. 안긴 채 한참동안 떨어지지 않았다. 날 좋아하고 있구나 하는 생각이 들었다.

에크세리스를 배웅하고 돌아오는 마차 안에선 꽤 오랫동안 발큐리아에게 꽉 안겨 있었다. 질투한 걸까.

집무실로 돌아오자 당연한 일이지만, 에크세리스는 없었

다. 히로토의 집무실엔 히로토의 책상과 에크세리스의 책상이 있다. 일을 하는 중에도 언제나 에크세리스가 보였다. 그런 에크세리스의 모습이, 없다.

역시 히로토는 쓸쓸했다. 보내는 게 아니었나 싶다. 하지만 루키티우스와의 연결고리는 만들어둬야 한다. 볼티우스가 살해당한 사건으로 엘프는 그 영향력을 내보였다. 정치엔 관여하지 않아도 막상 일이 생겼을 땐, 강렬한 정치력을 발휘하는 것이다.

히로토는 서류를 집었다. 흘끗 에크세리스 책상을 본다. 역시 에크세리스가 없다.

쓸쓸한데……하고 생각하던 참에 미미아가 방으로 들어왔다. 잠자코 히로토에게 물을 내민다.

바로 나가는가 싶었는데 미미아는 한참동안 방에 있다 갑자기 에크세리스 자리에 앉았다.

내가 에크세리스 책상 본 거, 들켰나?

미미아가 웃었다.

들켰을지도.

하지만 기쁘다.

"오늘은 거기에 있어."

히로토가 말하자 미미아는 크게 고개를 끄덕였다.

2

솔무 동쪽 옆에 셀카가 있다. 거기다 셀카 동쪽 옆에 네카가 있다. 상업 유통이 번창해 유복한 마을이다.

그 네카의 대로변을 파란 노 슬리브 차이나 드레스를 입은 소녀가 걷고 있었다. 장신에 긴 금발이라 지나가는 인간들이 뒤돌아보며 간다. 아무도 만난 적이 없는 소녀였다. 그도 그렇다. 그녀는 처음 인간 옷을 입은 것이다.

소녀는 먼 노브레시아 주에서 온 미라족 소녀, 리치아였다. 솔무에서 귀향하던 도중, 네카에 들러 옷을 맞췄다.

싫은 얼굴을 하지 않을까 싶었는데 가게에 들어가도 점원은 이상한 표정을 짓지 않았다. 솔세르의 이름을 꺼내자 아아, 아가씨의, 하며 얘기를 하자마자 상냥해졌다. 솔세르 님은 네카 성 성주의 영애인 듯하다. 히로토 님의 기념식에서 춤을 추고 돌아가는 참이라고 얘기하자, 히로토 님은 대단한 분이라고 역설했다.

《솔세르 아가씨 소개라면 제대로 만들어야겠네.》

평소보다 더 제대로 만들 거라는 의미였으리라. 완성된 옷은 최고였다. 거울에 비친 자신의 모습을 보고 다른 사람이 있는가 싶었다.

넓적다리에 슬릿이 들어간 섹시한 차이나 드레스. 파란천 위로 하얀 모란과 빨간 장미 문양이 드러나 있다.

꿈같다고 리치아는 생각했다. 재봉사도 경탄했다. 역시 미라족은 미인이네……하는 감탄이 새어나왔다.

자신이 있는 노브레시아 주에선 미라족은 꺼리며 피했다.

주 수도 파토리스에서도 미라족이 걷고 있으면 지나가는 인간은 이런 곳에 오지 말라며 노골적으로 싫은 얼굴을 한다. 표정을 바꾸지 않는 건 엘프와 해골족뿐이다.

하지만 솔무에선 그런 일은 없었다. 미라족과 스치고 지나가도 얼굴을 찡그리는 사람은 없다. 냄새난다는 몸짓을 하는 사람도 없다. 네카에서도 마찬가지였다. 그 뿐만 아니라, 자신을 보고 눈이 휘둥그레진다. 태어나서 처음 있는 일이었다.

(빨리 세세라에게 얘기해주고 싶다⋯⋯!)

하고 리치아는 생각했다.

3

메티스는 유그르타 주 텔세베르 성 근처까지 말을 타고 돌아온 참이었다. 가는 길엔 퓨리스 인뿐이었지만 돌아가는 길엔 엘프도 동행했다.

간선도로의 양측은 밭이었다. 밭에서 작업하던 북 퓨리스 인 여자가 얼굴을 들었다. 옆엔 어린 소녀가 있다.

아는 얼굴이었다. 굶주림에 허덕이고 있는 걸 메티스가 구해준 모녀이다. 자신은 소녀에게 사과를 건넸다.

엄마는 고개를 숙였다. 소녀는 눈을 빛내며 자신을 봤다.

(히로토 흉내를 내볼까.)

메티스는 손을 흔들어 보였다. 그 순간 어린 소녀는 활짝

웃으며 메티스에게 손을 흔들었다. 저절로 메티스도 미소가 흘러나왔다.

이게 통치라 생각한다.

지배가 아니다.

통치는 오래 이어지지만 지배는 바로 끝난다. 지배는 그저 힘으로 굴복시키는 것뿐이지만, 힘은 몇 십 년이나 지속되는 게 아니다.

메티스는 에크세리스에게 얼굴을 돌렸다.

미인 엘프이다.

이런 미인이 히로토의 부관을 하고 있다니 놀랍다. 솔무에서 줄곧 함께 여행을 했지만, 몇 번을 봐도 미인이다. 그리고 이 여자는 아마——.

"변경백에게 홀딱 반했지?"

갑작스런 질문에 에크세리스는 쩔쩔맸다. 지적인 아름다운 얼굴에 당황하는 기색이 스쳤고 홍조가 번졌다.

그런가. 반한 건가.

"결혼 안 해?"

한층 더 다그쳐봤다.

"그런 건——."

"결혼 안 하고 싶어?"

"메티스 장군은——?"

"난 국가와 결혼했어. 시집갈 곳 따위 없어."

메티스는 대답했다.

한참동안 말이 없다.

"저건……?"

문득 에크세리스가 서쪽의 울퉁불퉁한 바위덩어리를 손가락으로 가리켰다.

"유적이야. 오래 전, 여기엔 미라족이 살고 있었지만 우리 지도자가 쫓아냈어. 유적은 좋은 땅에 세워져 있었어. 유적 위에 세워진 성채는 많아."

"히브리드에도 유적은 많이 있어요. 다만 미라족 이외의 사람이 들어가면 죽는다고 해요."

"소문이야?"

"아니오. 사실이에요. 무모한 시도를 하다 목숨을 잃은 인간이 몇 명이나 있어요."

"그런 위험한 걸 어째서 부수지 않지?"

"엘프가 금하고 있어서."

에크세리스가 대답했다.

"왜 금하는 거지?"

"그곳에 있는 건 이유가 있기 때문이에요. 거기다 예전에 어떤 인간 성주가 유적을 부수려던 참에, 정령의 저주가 발동한 적이 있어요. 그래서 우리나라에선 유적을 파괴하는 자는 아무도 없어요."

정령의 저주인가. 미도라슈교를 믿는 자신에겐 정령 신앙은 알 수 없는 영역이다.

"정령의 저주는 왜 생기는 거야?"

메티스는 물어봤다.

"그 땅을 지배하는 자나 그 관계자들이 지위에 걸맞지 않는 짓, 그 땅에 걸맞지 않는 짓을 했을 때 징벌처럼 발생한다고 해요."

"높은 사람들한테만 벌을 내리는 신이군."

"메티스 님 나라의 종교로 말하면 그렇지요. 엘프가 고결한 건 정령을 거울삼아 스스로를 통제하기 때문이에요."

하고 에크세리스가 대답했다.

4

그날 밤, 에크세리스는 텔세베르 성에 묵었다. 저녁식사 때도 메티스와는 즐겁게 얘기를 나눴다.

메티스는 루키티우스 일을 물었다.

《내가 방문하면 루키티우스는 어떻게 생각할까?》

《왜 왔는지 의아해하겠죠. 루키티우스 님은 경계심이 강한 분이세요. 하지만 엘프가 소중히 여기는 걸 자극하지 않으면 문제는 없어요.》

《소중히 여긴다는 건 뭐야?》

《자유와 평화와 고결함이에요.》

메티스는 고개를 끄덕였다. 이 여행 덕분에 메티스하고의 거리는 좁혀진 기분이 든다. 그렇다고는 해도 히로토와 메티스의 관계만큼 친밀하지는 않다.

자신의 역할은 루키티우스를 설득하는 것이다. 현명한 루키티우스는 우리가 온 목적을 바로 알아차릴 것이다.

　목표는 반반으로 상황을 되돌리는 일. 히로토가 있으면 가장 좋겠지만 히로토는 갈 수 없다. 자신이 할 수밖에 없다.

　(어쨌든 성공시켜야만…….)

제10장 행동

1

노브레시아 주, 주 수도 파토리스는 리치아에겐 그다지 즐거운 마을이 아니었다. 하지만 지금은 어떨까.

평소의 붕대차림이면 누구든 얼굴을 찌푸린다. 저쪽으로 가라며 손으로 내치는 사람도 있다. 하지만 차이나 드레스 차림으로 걷자 지나가는 남자들이 돌아본다. 재미있을 정도로 몇 사람이나 돌아본다. 자신을 매력적인 여자로 보고 있는 것이다.

리치아는 즐거워졌다.

저기.

나, 사실은 미라족이야. 내가 사는 곳에 오면, 당신, 내 뻘걸.

젊은 남자 하나가 용기를 내 리치아에게 말을 걸었다.

"어디서 왔어."

"솔무."

"솔무?"

"히로토 님 기념식에 갔다 왔어."

리치아는 대답했다.

"히로토? 누구야, 그 녀석은."

"변경백이야."

대답한 순간 젊은 남자가 얼어붙었다.

"허, 허, 변경백이라면 그 변경백 말이야."

"맞아. 디페렌테로 오신지 일주년이 돼서 축하하러 갔어. 아주 멋진 분이셨어."

남자는 따라오지 않았다. 떡 입을 벌리고 있다. 헌팅은 포기한 모양이다.

(변경백이라 했더니 얼어붙었어. 히로토 님은 엄청난 분인가 봐.)

새삼 리치아는 생각했다.

나중에 들었지만 히로토 님의 기념식엔 재상 파노프티코스와 대사제 소브리누스의 대리가 출석했다고 한다. 이웃나라 퓨리스에선 장군도 왔다고 한다. 국내외 귀빈까지 기념식에 온 것이다. 생각해 보면 엄청난 분이다. 그런 분 앞에서 자신은 춤을 췄던 것이다. 그리고 그 분은 분장실까지 와주셨다. 자신의 손을 잡고 감사 인사를 해주셨다. 그뿐인가, 멋진 선물을 받았다.

리치아는 히로토 일을 떠올렸다.

미라족하고는 체격적으로 전혀 다른 분이지만 남자는 몸이 아니다. 남자는 눈과 마음이다. 마음은 눈에 나타난다.

빨리 모두에게 말하고 싶다. 여행비용은 많이 받은 터라 모두의 선물도 사왔다.

불고르 백작 저택으로 가는 직선로를 가로질러 리치아는 숲으로 들어갔다. 미라족만이 다니는 들길을 총총 걸어 동굴로 들어간다.

"여러분~~! 나, 왔어~~~어!"

차이나 드레스 차림으로 리치아는 뛰어들어갔다. 미라족 남자들이 그리고 여자들이 얼굴을 돌렸다.

(뭐지?)

리치아는 위화감을 느꼈다.

자신의 옷차림 때문에 알아보지 못한다── 그런 위화감하고는 달랐다. 동굴이, 완전 어두웠다. 자신에게 얼굴을 돌린 동료들 시선도 어두웠다. 그다지 놀란 표정이 아니다. 그래도 몰라보는가 싶어 말해보았다.

"나, 리치아야."

"아아, 돌아왔구나."

미라족 남자가 대답했다. 목소리도 낮았다.

무슨 일이 있었다. 분명 안 좋은 일이. 누군가가 사고로 죽었는지도 모르겠다.

"왜 그래?"

리치아는 목소리를 낮췄다.

애기를 듣고 리치아는 쇼크를 받았다. 절친 세세라가 불고르 백작 아들에게 강간당했다. 기사 둘에게 꼼짝 못하게 잡혀 저항 못하는 상태에서 당한 강간이었다.

세세라하곤 같은 동굴에서 자란 절친이었다. 자신이 솔무로 여행 갔을 때도 조심하라며 일부러 주 수도 파토리스까지 배웅해주러 왔었다.

그 세세라가…….

세세라는 퇴적물처럼 아무렇게나 누워 있었다. 뒷모습은 마치 절망의 화석 같았다. 리치아가 이름을 부르자 세세라는 돌아보았다. 생기가 사라진 무표정한 얼굴이 일그러졌다. 리치아는 절친을 꽉 안았다. 눈물을 흘린 건 리치아뿐이었다. 세세라는 울지 않았다. 더 이상 흘릴 눈물은 남아 있지 않았던 것이다. 그게 리치아에겐 고통스러웠다.

슬픈 재회를 절친과 하고 나자,

"고등법원은?"

리치아는 미라족 남자들에게 얼굴을 돌렸다.

"엘프라면 분명 공평하게 판가름해줄 거잖아?"

"다른 목격자가 없으면 고소해도 안 된대. 쌍둥이라서 누가 했는지 모르면 고소할 수 없대."

"그런!"

리치아는 언성을 높였다.

"그건 이상해! 세세라는 강간당했어! 그 이상 무슨 증거가 필요해!"

"하지만 목격자가 없으면 안 된다고 했어."

엘프까지 우리를 차별한다?

엘프까지 우리를 냉대한다?

우리가 더러운 붕대를 감고 있어서? 그래서 그렇게 말했나?

리치아는 동굴을 뛰어나갔다.

세세라는 소중한 친구다. 이대로 넘어갈까 보냐.

2

저녁이 되기 전까진 고등법원에 도착했다. 재판소는 유달리 장엄한 분위기가 지배하고 있었다. 들어가는 것만으로 몸이 움츠러들 것 같았다. 하지만 리치아는,

"세세라 강간을 각하하신 분을 뵙고 싶어요."

하고 딱 잘라 말했다.

"나다."

온화한 얼굴의 엘프가 앞으로 나왔다.

"전 프레브의 미라족 리치아라고 합니다. 어째서 세세라의 고소를 받아들여주지 않은 거죠?"

갑자기 다그쳤다.

"히브리드 법으론 그렇다. 강간 현장을 잡든지, 혹은 피해자 이외에 목격자가 있든지, 어느 한쪽이 아니면 고소할 수 없다."

"그건 이상해요! 세세라는 강간당했어요! 지금도 동굴에서 줄곧 엎드려……."

눈물이 흘러내릴 것 같다.

일껏 세세라의 선물도 사왔는데, 아무 힘도 못 되다니…….

"피해자의 고백만으로 고소할 수 있게 한 적도 옛날엔 있었어. 하지만 그랬더니 피해를 입지 않은 자들이 잇달아 재판소로 몰려와 귀족들로부터 돈을 갈취해갔어. 그래서 지금처럼 되고 말았어."

"그런 멍청한 자들 때문에 세세라가 눈물을 흘려야 되나요!"

리치아는 외쳤다.

"넌 그 애의 친구로구나."

엘프의 한 마디에 리치아는 울음을 터트릴 것 같았다. 참으려고 했지만 이미 눈물은 나오고 말았다.

"나도 사실은 미라족 편을 들어주고 싶단다. 하지만 난 고등법원 서기관이야. 엘프가 법을 따르지 않고 감정만으로 움직일 순 없어."

"하지만 세세라는……."

말이 이어지지 않았다. 리치아는 마침내 오열하기 시작했다.

반시간 후 리치아는 고등법원을 나왔다. 질질 끌릴 듯한 무거운 발걸음으로 근처 대성당에 들어갔다. 대성당 안엔 등대처럼 커다란 탑이 있고, 탑 꼭대기엔 직경 50센티미터 정도의 빛의 구슬이 반짝이고 있었다.

어째서? 리치아는 생각했다.

백작 아들이 내 친구를 범했는데 어째서 정령님은 화내지 않으시지? 어째서 저주를 내리지 않으시지? 개의치 않는다는 말씀인가?

분하고 슬펐다.

결코 냉정한 서기관이 아니었다. 엘프는 역시 엘프였다. 하지만 어쩔 도리가 없었다.

법이 그래서?

어째서?

세세라는 강간당했는데. 지금도 몸을 가누지 못하는데.

이 근처에서 기사 둘이 호위하고 비싸 보이는 다홍색 망토에 황색 바지를 입는 녀석 따위, 불고르 백작 가밖에 없다. 기사가 호위하고 있었다는 건 절대로 백작 아들이다.

하지만 목격자가 없으면——.

누구나 부러워하는 옷을 입고 있어도 리치아는 비참했다. 자신은 미라족—— 아무리 발버둥쳐도 미라족인 것이다. 귀족이면 이런 슬픔은 맛보지 않아도 됐을 텐데.

난 어쩌면 좋지.

동굴로 돌아가 역시 안 됐다고 세세라한테 말한다?

여기가 사라브리아였다면 이렇게는 되지 않았을 텐데. 여기가 네카라면, 아니, 솔무 마을이라면——.

울음이 나올 것 같은 리치아의 뇌리에 기억이 딱 떠올랐다. 분장실에서 히로토와 만났을 때의 기억이었다.

《무슨 어려운 일이 있으면 말해. 도와줄 테니까.》

화들짝 놀랐다.

맞다.

히로토 님——.

리치아는 급히 동굴로 돌아왔다. 아직 돈은 있다. 사라브
리아까지라면 충분히 갈 수 있다.

내일 아침이 되면 만사 제쳐놓고 출발하자…….

제11장 알현

1

루키티우스는 사라브리아에서 엘프가 온 걸, 메티스도 함께 상경한 걸 들었다. 엘프는 남녀 둘이라고 한다.

목적은 간파하고 있다. 사라브리아 방문을 재촉하는 것──.

사자들은 차가운 처우를 받게 될 것이다.

루키티우스가 놀란 건 메티스의 상경 쪽이었다. 유그르타에서 일부러 바비로스까지 뭘 하러 온 걸까. 무슨 일이 있었나. 메티스의 목적은……?

2

체데크 대주교도 바비로스 대성당 안에서 엘프 방문과 메티스 상경 소식을 들은 참이었다.

(엘프는 아무래도 좋다. 사라브리아에서 온 자라면 히브리드 왕국의 정식 사자가 아니다. 문제는 메티스다. 폐하의 귀에 독이 되는 얘기라도 불어넣으러 왔나?)

게다가 부하가 밀정이 전한 정보를 전해주었다. 북 퓨리스 왕족 요아힘은 메티스가 체류했을 땐 프리마이아에 송환

중이었다. 메티스 바로 지척에 요아힘이 있었다는 것이다. 메티스가 요아힘을 만났을 가능성은 상당히 높다. 만나지 않았다 해도 충분히 책망할 재료가 된다.

체데크의 눈 깊은 곳이 번득였다.

악마의 약점을 찾았다.

아직 결정적인 증거는 아니지만 충분히 악마를 흔들 수 있다. 적국에 아첨을 떠는 여자를 이 이상 제멋대로 날뛰게 해선 안 된다. 필요 이상으로 적국에 다가가는 건, 자국의 우위성을, 자국의 주체성을 잃게 한다. 히브리드와의 관계는 어디까지나 퓨리스가 주도권을 쥐고 해결하는 형태가 돼야 한다. 주체적으로 움직이는 건, 히브리드가 아니라 퓨리스여야 한다. 주도권을 적국에 건네면 퓨리스는 쇠퇴한다. 주도권 없이 번영은 없는 것이다.

3

바닥도 벽도 천정도 짙은 남색의 라피스 라줄리로 덮여 있었다. 세상 모든 게 푸르게 돼버린 듯한 공간이다.

라피스 룸── 이슈 왕이 외국 사절이나 가신들 접견을 하는 장소이다.

에크세리스는 엘빈과 메티스와 함께 이슈 왕을 알현한 참이었다. 물론 만나는 건 처음이다.

사려 깊지만 모르디아스 1세보다도 무인의 분위기가 강

한 남자였다. 모르디아스 1세보다도 패기가 있다. 과연 남북 퓨리스 왕국을 통일한 남자다.

바로 옆엔 재상 아브라힘이 대기하고 있었다. 에크세리스는 평화협정엔 참가하지 않았다. 아브라힘을 만나는 것도 처음이다.

명석한 남자라고 에크세리스는 생각했다. 이 남자가 사라브리아 침공 작전을 진행했다. 하지만 평화협정 자리에선 히로토의 웅변에 응답해 양국을 평화모드로 전환시켰다. 상당히 유연한 머리의 소유자라 봐도 좋을 것이다. 재상 파노프티코스와 마찬가지로 명석한 자임에 틀림없다.

이슈 왕은 기분이 좋았다.

"그렇구나, 변경백의 부관이구나."

하며 싱글벙글 웃었다.

"변경백은 어떤 남자이냐?"

물음에 에크세리스는 에피소드를 피로했다.

"축하연에서 이런 일이 있었습니다. 우리나라 재상 대리가 메티스 장군과 함께 아침식사를 하다니 묘한 일이라고 말했습니다. 메티스 장군은 꿈꾸는 것 같나요? 하고 물었습니다. 그러자 히로토 님은 꿈꾸는 것 같으니까 볼을 꼬집으라 했습니다. 그것도 일부러 테이블을 돌아, 메티스 님 곁으로 가서 볼을 내밀었습니다."

이슈 왕은 웃는다.

"그래서 메티스여, 어떻게 했느냐?"

"꼬집었습니다. 아주 기분 좋은 볼이었습니다."

"재미있구나! 재미있어!"

이슈 왕이 무릎을 치며 폭소한다.

"꼭 만나보고 싶구나! 짐은 변경백을 높이 사고 있다! 지금까지 히브리드 사람들은 짐이 북 퓨리스 멍청이들을 어떻게든 하라고 해도, 전혀 귀를 기울이지 않았다. 못 들은 척을 했다. 하지만 변경백은 처음으로 짐의 말에 귀를 기울였다!"

하며 아주 기분이 좋다.

"히로토라는 남자는 재미있는 것 같구나. 늘 그러하냐?"

"덕분에 부관인 제가 고생하고 있습니다."

"그렇겠지!"

하며 다시 이슈 왕이 떠들썩하게 웃는다. 이슈 왕은 상당히 히로토가 마음에 든 듯하다. 히로토가 뱀파이어족을 이용해 요아힘의 도발을 저지한 일, 구속, 체포한 일은 자신이 생각했던 이상으로 이슈 왕을 감격시킨 듯하다.

"히로토라는 남자는 북 퓨리스 일족을 싫어하느냐?"

이슈 왕은 대답하기 어려운 질문을 해왔다.

"나라는 결코 한 덩어리로 된 바위가 아닙니다. 북 퓨리스 왕족도 역시 마찬가지입니다. 라켈 공주는 예전 가신들과 함께 히로토 님에게 인사차 오신 적이 있습니다. 그때 가신들이 히로토 님에게 폐하를 암살해달라고 요청했습니다. 히로토 님은 거절했습니다. 라켈 공주도 그런 일은 하지 않아도 된다며 일축했습니다."

"허어. 그 소녀가 말이지."

하며 이슈 왕의 눈빛이 날카로워진다.

"라켈 공주는 이번 일에 대해서도 요아힘 님을 엄청 질타했습니다. 자신은 평화조약을 지지한다고 했습니다. 그런 분을 어떻게 싫어하겠습니까?"

"그럼, 북 퓨리스 편이라는?"

하고 이슈 왕이 다그친다.

"히로토 님의 생각은 이렇습니다. 양국은 대립의 시대에서 융화의 시대를 맞이하고 있다. 융화를 지지하는 자에겐 종족은 상관없다. 퓨리스 인이든, 북 퓨리스 인이든, 히브리드 인이든, 융화를 지향하는 자는 좋은 친구다. 라켈 공주는 친구입니다. 그러니 대립을 유도하는 자에겐, 히로토 님은 자신을 저지하는 적이 됩니다. 그것이 일전의 안셀 건입니다."

"평화를 지향하면 좋은 일이 있느냐?"

다시금 이슈 왕이 추궁한다.

"전쟁이 일어나면 밭이 황폐해집니다. 양국 모두 수입이 줄고 백성이 고통을 받습니다. 백성이 고통스러우면 왕에 대한 경의도 사라집니다."

"히로토는 우리나라를 공격할 작정이냐?"

다시금 이슈 왕이 날카로운 질문을 던진다.

"공격하기 위해선 우선 유능한 적장의 목숨을 뺏는 일이 선결입니다. 메티스 님은 퓨리스에서도 첫째 둘째를 다투는 명장이라 들었습니다. 하지만 변경백은 목숨을 뺏기는 커녕 볼을 꼬집히러 갔습니다. 그것이 대답입니다."

만족스레 이슈 왕은 고개를 끄덕였다.

"바비로스엔 한동안 체류하느냐?"

"오래 머물며 폐하의 모습을 몇 번이고 뵙고 싶지만, 변경 백이 다시 누군가에게 볼을 꼬집히고 있을까 걱정인지라."

이슈 왕이 다시 웃는다.

"보고 싶은 것, 가고 싶은 곳이 있으면 짐에게 말하라. 할 수 있는 일은 하마."

물러가라는 신호였다.

에크세리스와 엘빈은 깊숙이 고개를 숙여 인사하고는 라 피스 룸에서 물러났다.

4

반시간 후——.

에크세리스와 엘빈은 바비로스의 엘프 장로회 건물 안쪽 의 장로실로 안내된 참이었다. 높다란 창문에서 빛이 들이 치고 있다. 그 빛 앞에 고령의 엘프가 서 있었다. 에크세리 스 일행에게 등을 돌리고 있지만, 얼굴을 보지 않아도 알 수 있다.

퓨리스 왕국 엘프 장로회 대표 루키티우스——.

에크세리스의 설득 상대다.

이슈 왕의 알현은 만족스러웠지만, 루키티우스는 어떨까. 이슈 왕은 기분이 좋았지만 루키티우스는——?

"오셨습니다."

안내한 젊은 엘프가 고하자 상당히 탐스러운 하얀 눈썹의 노인이 돌아보았다. 하얀 턱수염도 탐스럽다.

"루키티우스입니다. 일이 일인지라 먼저 말씀드립니다. 방문한 목적은 이해합니다. 그 대답에 대해선 이전 편지로 말씀드린 대로입니다. 즉 안 된다는 거지요. 부디 돌아가 주십시오."

부드러운 말투에 아주 정중한 어조로 처음부터 부정적인 대답을 쑥 내밀었다.

옆에서 엘빈의 표정이 굳어졌다.

싸우기도 전에 물러난다?

갑작스런 선제공격이었다. 루키티우스는 문전박대 동연의 조치를 들이댔다. 초장에 상대를 꺾어놓고 승리를 챙기는 전법이다.

(이대로 돌아갈 순 없다……!)

5

자, 어떻게 나올까?

엘빈은 옆에서 에크세리스를 보고 있었다. 히로토라면 선제공격에도 간단히 대처해 무너뜨릴 것이다. 하지만 에크세리스는?

정면에서 반론한다?

아니.

그거야말로 최악의 방법이다. 반론하며 상대는 완고해진다. 방비를 공고히 한다. 분명 그저 부정적인 답변을 거듭할 것이다. 그 부정적인 답변을 무너뜨리려고 이쪽은 기를 쓸 것이고 저쪽도 한층 더 완고해진다. 그렇게 되면 설득은 끝이다. 방비의 외피를 두른 자를 설득할 순 없다.

히로토는 주의할 건 완전히 설득하려 들지 않는 거라 얘기했다.

《이번 건은 확률로 말하면 거절당할 확률이 90%로 결심을 바꿀 확률이 10%라 생각해. 결심을 바꿀 확률 90%를 10%로 되돌리려고 하면, 필요 이상으로 개입하게 돼, 되레 강경해질 거라고 봐. 애초 가능성은 10%밖에 없으니까 반반까지 들고 가면 그것만으로도 충분해.》

에크세리스는 반반으로 상황을 되돌리는 걸, 노리는 걸까? 하지만 결심을 바꿀 가능성은 10%이기는커녕 제로다.

엘빈이 주시하는 가운데 에크세리스는 가볍게 고개를 숙여 인사하며,

"사라브리아 주 부장관, 에크세리스입니다."

하고 자기소개를 했다.

루키티우스는 침묵했다. 남자와 여자 엘프가 온다고 들었는데 설마 사라브리아 주 부장관이 올 줄은 생각지 못했던

145

모양이다.

"엘빈입니다."

하며 엘빈은 고개를 숙였다. 그리고 자기소개로 다음 두 마디를 덧붙였다.

"마니에리스는 제 백부. 죽은 볼티우스는 어릴 적부터 자주 놀았던 제 사촌입니다."

루키티우스는 살짝 입을 열었다.

"그렇군요……. 그 볼티우스의……."

하며 고개를 끄덕인다.

그러고 나서 루키티우스는 소파 쪽으로 손을 내밀었다.

"자, 앉으세요."

애기를 듣지 않고 되돌려 보낼 작정이었던 듯하지만, 애기를 들을 마음이 생긴 모양이다. 일단 제1관문은 돌파다.

엘빈은 에크세리스와 함께 자리에 앉았다.

(제2관문은 어떨까.)

"전 사라브리아로 와주십사 하고 온 게 아닙니다. 변경백의 생각을 전하러 왔을 뿐입니다."

정중하게 에크세리스가 말을 시작했다.

"그걸로 우리 결심을 바꾸게 하려는 생각이신 건?"

루키티우스가 추궁한다.

"어떻게 생각하시든 개인의 자유입니다. 저희가 개입할 영역이 아니지요. 하지만 같은 국경을 공유하는 자로서, 그리고 같은 엘프로서, 저희 생각을 말씀드리지 않으면 후회가 남을 것 같습니다."

"그건 당신들 생각이 아니라 변경백의 생각이신 건?"

다시 루키티우스가 추궁한다.

"변경백의 생각이지만, 저 역시 같은 생각입니다."

"내가 안 듣겠다고 하면 어쩔 작정입니까?"

다시 루키티우스가 곤란한 물음을 던진다. 어조야말로 정중하지만 여느 방법으론 통하지 않을 상대다. 상당히 만만치 않은 듯하다.

"히브리드가 지금, 국경 문제를 어떻게 파악하고 있는지, 변경백이 어떻게 양국 관계나 위기를 보고 있는지 알아두는 건 동포 여러분께도 결코 손해는 아닐 겁니다. 혹 변경백의 생각에 잘못이 있다 하더라도, 루키티우스 님은 그 잘못에 흔들리지 않을 분이라 생각합니다."

막힘없이 에크세리스가 대답한다. 과연 히로토의 오른팔 —— 부장관을 맡을 만큼의 역량은 있다. 자신보다 훨씬 언변이 좋다. 히로토가 없었으면 주장관은 에크세리스가 됐을 것이다.

"——들어보지요."

겨우 루키티우스는 말을 듣겠다고 대답해줬다. 드디어 지금부터다. 에크세리스의 장황한 연설이 시작됐다.

"변경백이 생각하는 건 평화조약에 반대하는 자들을 어떻게 봉쇄하여 평화를 지킬 것인가입니다. 변경백은 현재 양국은 전쟁할 수 있는 상태가 아니라고 생각하고 있습니다.

147

히브리드는 설령 퓨리스가 침공하더라도 이겨낼 군사력이 없고, 퓨리스는 중세로 인해 북 퓨리스 백성을 과도하게 수탈해, 전쟁을 지속할 수 있는 자금력을 가지고 있지 않습니다. 전쟁은 양국 국력을 좀먹을 뿐입니다. 하지만 두 나라에 각각 평화조약에 반대하는 세력이 나타나고 있습니다. 히브리드에선 페르키나 백작과 요아힘 전하. 퓨리스에선 카인 가와 자슈르 가 일족. 먼저 움직임을 보인 건 히브리드 쪽입니다. 다행히 밴경백과 메티스 장군의 연대로 개전의 위기를 면할 수 있었습니다. 변경백 단독으론 군사충돌을 막을 수 없었을 테지요. 쌍방의 긴밀한 연대, 긴밀한 관계가 있었기에 비로소 막을 수 있었다고 변경백은 생각하고 있습니다. 변경백은 히브리드에서 일어난 것 같은 일이 퓨리스에서도 일어날 거라 걱정하고 있습니다. 국내의 일이라면 한 나라가 단독으로 해결하는 일이 가능하지만, 국경 문제는 적국의 내정도 더해지기 때문에 한 나라의 세력이 단독으로 해결하는 건 상당히 어려워집니다. 해결하기 위해선 안팎의 협력, 안팎의 연대가 필요합니다."

루키티우스는 잠자코 얘기를 듣고 있었지만,

"그럼 변경백과 메티스 장군이 긴말한 관계를 맺고 있으면 되는 일. 우리가 필요할 것 같진 않습니다만."

하며 찬물을 끼얹었다. 물론 그걸로 굽힐 에크세리스가 아니다.

"현재 양국의 평화는 변경백과 메티스 장군이라는, 개인간의 유대로 단단히 지탱되고 있습니다. 안셀의 위기는 그 유대에 의해 피할 수 있었습니다. 다만 개인의 유대로 유지된다는 건, 그 개인이 사라지면 평화도 사라지게 된다는 겁니다. 만약 메티스 장군이 실각되면 암운이 자욱하게 되겠지요. 퓨리스 자객에 의해 변경백이 목숨을 잃어도 양국은 평화시대에서 균열의 시대로 돌입하게 될 겁니다. 그런 일이 없도록 퓨리스의 엘프 여러분, 우리 사라브리아의 엘프, 메티스 장군, 변경백, 사자(四者)가 긴밀한 연대를 유지하는 일이 중요하다고 변경백은 생각하고 있습니다."

막힘없는 설명이다. 상당한 웅변이다. 하지만 루키티우스는 예상 이상으로 만만치 않은 자였다.

"우리는 정치엔 개입하지 않아요."

루키티우스는 온화하게 차가운 대답을 되돌려주었다.

"알고 있습니다."

"그럼, 혹 말은 끝나신 건지?"

루키티우스가 얘기를 끝내려고 나선다.

엘빈은 조금 안달이 났다. 여기서 끝나면 본전도 못 찾는다.

"우리가 염려하는 건 라켈 공주의 일입니다. 공주는 북 퓨리스의 과격파를 꼼짝 못하게 하는 힘이 되고 있습니다. 메티스 장군도 두 번 라켈 공주를 만났습니다. 두 번 다 공주를 살해하려고 들진 않았습니다. 다만 혹 분별없는 자가 이 일을 알면——."

이번엔 루키티우스는 추궁하지 않았다. 라켈 공주와 만난 건 루키티우스도 처음 듣는 얘기다.

에크세리스가 끝맺음을 하려고 나섰다.

"집단으로 사람이 사는 지역에서 떨어지지 않는 한, 인간이 완전히 비정치적일 수는 없습니다. 비정치적으로 살려고 하는 것 자체가 정치적입니다. 그리고 자신들과 관계하려는 자가 있으면, 그 자들을 아무리 비정치적으로 대하려고 해도 정치적인 의미를 가집니다. 카인 가나 자슈르 가를 배려해 지금까지처럼 정치엔 관여하지 않는 입장을 취하는 쪽이 양국의 평화가 유지되는지. 평화조약 반대파에게 평화를 손상당하지 않고 그치는지. 아니면 사자연대를 하는 쪽이 평화조약 반대파에게 평화를 손상당하지 않고 그치는지. 알고 있는 건 사자연대를 구축하기 전에 메티스 장군이 실각되면 평화조약 반대파를 봉쇄하는 일이 불가능해진다는 겁니다. 라켈 공주가 암살당해도 변경백을 자객이 노려도 마찬가지입니다. 변경백도 저도 그런 미래를 원치 않습니다."

6

엘프 장로회 건물을 나오자, 에크세리스는 저도 모르게 하늘을 올라다봤다. 개인적으론 제대로 히로토의 주장을 전했다고 생각한다. 벽두에 돌아가십시오, 라는 말을 들었을 땐 솔직히 어찌해야 하나 싶었다. 하지만 자신의 신분과 엘빈의 혈족 덕분에 어떻게든 얘기는 들어주었다.

루키티우스는 결심을 바꿀까?

모르겠다.

도중까지 루키티우스는 몇 번이고 질문으로 찬물을 끼얹었다. 우리는 설득 안 당해, 우리는 결심을 안 바꿔, 라는 신호이다. 마지막엔 추궁은 침묵으로 바꿨지만, 평의회를 연다는 말은 못 들었다.

"시무룩한 얼굴이군요."

엘빈이 미소를 지어보였다.

"역시 강자였어. 평범한 방법으론 안 돼요."

"반반으로 상황을 되돌릴 수 있을까?"

에크세리스가 묻자,

"모르겠어요. 할 수 있는 건 다 했어요. 그건 사실이에요."

엘빈은 대답했다.

분명 할 수 있는 건 다했다. 나머진 정령님만 알뿐이다. 설득에 실패했을 때의 일을 진지하게 생각해야 할지도 모르겠다. 사라브리아의 엘프와 히로토와 메티스 장군, 삼자로 평화조약 반대파를 봉쇄하는 방법을——.

아니.

역시 장기의 말이 하나 부족하다. 퓨리스 측에 또 다른 말 하나를 원한다. 메티스가 실각했을 때, 대신할 수 있는 말을 원한다. 내일 다시 한 번 설득을 시도해야 할까?

생각하며 큰길을 걷고 있는데, 대성당에서 하얀 모자를 쓰고 녹색의 소매 없는 상의를 걸친, 멋진 턱수염과 구레나룻를 기른 남자가 걸어오는 게 보였다. 남자는 에크세리스 일행을 응시하고 있었다.

"저 모자, 대주교의 표식이에요."

엘빈이 귓속말을 한다. 강경파로 유명한 체데크 대주교임에 틀림없다. 체데크 대주교는 곧장 에크세리스를 향해 왔다.

"변경백의 사자인가?"

하고 묻는다.

"사라브리아에서 왔습니다. 엘프 에크세리스예요."

하며 에크세리스는 머리를 숙였다.

"아이고, 멀리서 잘 오셨소. 물론 청소는 하고 오셨겠지요?"

청소?

무슨 소리를 하는 걸까?

에크세리스는 생각했다.

"세상엔 반드시 악마가 있소. 어떻게 악마를 청소하는지가 윗사람이 해야 할 일이오."

그걸로 에크세리스는 이해했다. 북 퓨리스 왕족을 악마라 부르고, 그걸 청소 안 하느냐고 말하는 것이다.

"히브리드엔 악마는 없어요. 청소할 필요도 없지요. 그래도 청소하라는 말씀?"

"주제넘지만 말씀드리오. 악마는 재앙을 부르오. 국내에 악마가 있는 한, 반드시 악마는 재앙을 불러일으킬 거요."

"변경백이 있는지라 문제없어요."

술술 대답하자 갑자기 체데크 대주교는 얼굴을 바싹 갖다 댔다.

"메티스를 너무 믿지 마시오. 자는 사이에 목을 칠 거요. 귀로, 조심하시길."

그리 말을 남기고 체데크는 큰길을 건너 궁전으로 걸어 갔다.

제12장 장군과 대주교

1

　에크세리스와 엘빈이 사라진 방에서 루키티우스는 두 사람과의 대담을 회상하고 있었다.

　《"변경백이 생각하는 건 평화조약에 반대하는 자들을 어떻게 봉쇄하여 평화를 지킬 것인가입니다.》

　에크세리스의 설명은 명쾌했다. 양국에 나타나는 평화조약 반대파를 어떻게 양국이 협력해 막을지. 그러기 위해선 밀접한 연대가 필요하고, 퓨리스 왕국에 사는 엘프와의 연대가 불가결하다. 지금의 평화는 히로토와 메티스 장군이라는 개인에 의존하고 있기에, 제삼자적인 존재로서 각국의 엘프가 연대에 가세하는 일이 필요하다.

　설득력 있는 의론이었다. 히로토는 히브리드에 유리하게, 라는 시점에서 사태를 보고 있지 않다. 자국의 이익이라는 관점보다도 훨씬 넓고, 훨씬 높은 시점, 양국의 시점에서 양국의 관계라는 시점에서, 사태를 보고 있다. 그런 높은 시점이 평화조약을 성립시킨 것임에 틀림없다.

　사실은 만나 바로 쫓아낼 작정이었다. 하지만 상대는 그냥 사자가 아니었다. 사라브리아 주 부장관이었다.

　사자의 격에 따라 자신들이 어떻게 취급되는지 알 수 있다. 변경백은 넘버2를 보냈다. 즉 변경백이 명석한 사자 카드로선 최고 레벨의 사람을 내놓은 것이라 할 수 있다. 거기다 죽은 볼티우스의 혈족까지 보내왔다. 그래서 바로 돌려보낼 수 없게 되었다. 그런데도 자신이 얘기를 듣지 않을 거라 하면 어찌할 작정인가 싶어 흔들어봤지만, 자신들의 생각을 듣는 건 결코 손해가 아닐 터라고 에크세리스는 되받아쳤다.

밀어붙일 생각은 아닌 듯하다. 그럼──하고 얘기를 듣기로 했는데…….

《카인 가나 자슈르 가를 배려해 지금까지처럼 정치엔 관여하지 않는 입장을 취하는 쪽이 양국의 평화가 유지되는지. 평화조약 반대파에게 평화를 손상당하지 않고 그치는지. 아니면 사자연대를 하는 쪽이 평화조약 반대파에게 평화를 손상당하지 않고 그치는지.》

2달 전에 자신들이 외국 탈출을 이슈 왕에게 고한 건, 평화를 파괴하기 위해서가 아니다. 평화를 지키기 위해서이다.

역시 변경백을 걸물인 듯하군, 하고 루키티우스는 생각했다. 평화조약을 성립시키고, 안셀의 위기를 면하게 할 만한 역량이 있다.

비정치성을 관통시킬 것이지. 정치성으로 전향할 것인지.

루키티우스는 방울을 울려 사람을 불렀다. 바로 젊은 남자 엘프가 들어왔다. 루키티우스는 젊은 엘프에게 명했다.

"당장 평의회를 소집해주게."

2

라피스 룸에서 메티스는 이슈 왕에게 안셀 사건에 관한 얘기를 다 마친 참이었다. 자신이 있었음에도 히로토가 모든 걸 얘기해준 일. 재빠른 판단으로 요아힘을 체포한 일. 뱀파이어족에 의존한 정보망이 얼마나 엄청난 것이었는지 하는 등의 일──.

"우리가 이삼일에 걸쳐 파악할 정보를 변경백은 두세 시간 만에 파악할 수 있습니다. 만약 변경백과 전쟁을 하면, 언제나 이삼일 빨리 정보를 취득해 항상 선수를 치게 될 겁니다. 속도는 힘입니다. 고전은 필연적입니다. 이길 기회를 찾는 건 상당히 어렵습니다."

이슈 왕은 신음한다. 정보전달의 속도가 그 정도 줄은 생각지 못했던 것이리라.

"그럼, 변경백을 죽이는 편이 좋은 거 아니냐?!"

재상 아브라힘의 지적에,

"죽이면 반드시 뱀파이어족 두 개 연합이 보복하러 찾아오겠지요. 폐하의 목을 칠 때까지 포기하지 않을 겁니다. 전 변경백이 뱀파이어족과 처음 만난 솔무까지 갔었는데, 솔무의 뱀파이어족들은 변경백과 형제 동연이었습니다. 변경백은 연합 중 하나인 젤디스의 장녀 발큐리아와 연인관계라 개인적으로 강한 유대관계를 맺고 있지만, 그것만이 아니라 뱀파이어족 전체하고도 깊은 유대관계를 맺고 있습니다. 그들은 반드시 폐하에게 복수할 겁니다. 그리고 하늘에서 해오는 공격을 피할 방법은 우리에겐 없습니다. 변경백암살은 최악의 악수입니다."

메티스는 되받아쳤다.

"다만 뱀파이어족은 히브리드 병사는 아닙니다. 히브리드와 군사 동맹을 맺고 있는 것도 아닙니다. 개인적인 관계로 협력하고 있을 뿐입니다. 뱀파이어족은 말하자면 벌 같은 존재입니다. 자극하면 상당히 험한 꼴을 당합니다. 잘못하면 죽습니다. 하지만 자극하지 않으면 문제는 없습니다."

"벌인가……. 나는 모습도 똑같구나."

이슈 왕이 중얼거렸다.

"만약 변경백이 공격해오면 어찌하느냐? 뱀파이어족을 거느리고 우리나라를 공격하라고 모르디아스 1세가 명령하면 어찌하느냐?"

아브라힘의 추궁에 메티스는 유쾌하지 않은 표정을 지었다.

"재상 각하는 제 설명을 듣지 못하셨습니까? 뱀파이어족은 히브리드의 군사가 아닙니다. 군사 동맹도 맺지 않았어요. 뱀파이어족은 모르디아스 1세의 친구도 가신도 아닙니다. 모르디아스 1세의 명령에 따라야할 의무 따위 없습니다. 가신도 아닌데, 뱀파이어족에게 종군을 명하면 틀림없이 뱀파이어족은 반발할 겁니다."

"하지만 변경백은 모르디아스 1세의 가신이다."

"왕의 명령을 따른 탓에 뱀파이어족과의 사이에서 균열이 생길 가능성이 있다면, 변경백은 명령을 따르지 않을 겁니다."

"그래도 설득해 우리나라를 공격하라고 명령받으면?"

더욱더 아브라힘이 끈덕지게 물고 늘어졌다.

"저 남자는 따르지 않을 겁니다. 그걸로 모르디아스 1세가 변경백의 처형을 명하면, 뱀파이어족은 모르디아스 1세를 공격할 겁니다. 그 정도는 유니베스테르도 파노프티코스도 알고 있을 터입니다."

"변경백이 퓨리스 침략을 기하고자 한다면?"

질렸다는 듯이 메티스는 고개를 가로저었다.

"변경백은 우리나라 정복에 대해선 전혀 관심이 없습니다. 이전 편지에도 적었지만, 히로토는 이렇게 말했습니다. 《북 퓨리스 왕국을 재건했다고 해도, 전쟁으로 인해 북 퓨리스 국토는 완전히 황폐해집니다. 히브리드 왕국도 전쟁을 위해 상당한 식량과 전쟁비용을 갹출해야만 하기에, 히브리드도 국력이 떨어지겠죠. 그렇다고 퓨리스한테 배상은 받을 수도 없어요. 기껏해야 국경선 획정으로 타협하는 것밖에 할 수 없지요. 즉 히브리드는 북 퓨리스를 지켜줄 힘이 없어져요. 지금 퓨리스 통치 아래에 있는 것보다 농민들은 힘들어질 겁니다. 그래도 국가는 움직여야만 합니다. 굶주린 백성들 상대로 수탈이 일어나며, 농민은 피폐해지겠죠. 반란의 가능성도 있습니다. 재건하더라도 북 퓨리스 왕국의 국력은 상당히 빈약하겠죠. 결과적으로 몇 년 사이에 다시 퓨리스 왕국에 병합될 겁니다. 당신은 탈취 후의 국력이나 국가운영의 일을 생각하지 않아요. 북 퓨리스 재건 전쟁은 《나라를 재건했다!》라는 한순간의 기쁨을 맛볼 뿐, 그 뒤엔 국가의 멸망과 히브리드 왕국의 쇠퇴밖에 없습니다. 그런 미래를 히브리드 왕국의 변경백으로서 용납할 수 있을 리 없지요》."

이번엔 아브라힘은 침묵했다. 메티스가 말을 이었다.

"저 남자의 목적은 우리나라와 전쟁을 하는 게 아닙니다. 사자(四者)연대로 평화조약 반대파를 봉쇄하는 일이에요."

"사자연대?"

하고 아브라힘이 되묻는다.

"사라브리아의 엘프, 우리나라에 거주 중인 엘프, 변경백, 그리고 접니다. 변경백은 거기다 보조적인 형태로 라켈 공주도 생각하는 모양입니다."

"라켈 공주?"

아브라힘의 목소리가 조금 높아졌다.

"공주는 평화조약에 찬성을 표하고 있어요. 우리 병사를 도발한 페르키나 백작도 요아힘도 상당히 엄하게 비난했어요. 그녀는 과격파를 꼼짝 못 하게 하는 유용한 존재입니다."

"에크세리스도 그런 말을 했었지."

하고 이슈 왕이 동조한다. 하지만 오직 한 사람, 수긍하지 못한 얼굴을 하는 자가 있었다. 재상 아브라힘이다.

"지금 《비난했다》라고 했나? 《비난했다고 들었다》가 아니라? 설마 라켈 공주를――."

날카로운 시선으로 메티스를 쳐다봤다.

아브라힘은 알아차린 것이다.

"공주를 만났습니다."

선선히 메티스가 인정했다.

"폐하께서 암살 명령을 내린 일을――!"

"이웃 나라에 친선방문 중에 공주를 암살해 평화조약을 엉망진창으로 만들라는 겁니까?! 지금 전쟁으로 치달으면 분명히 내란이 일어납니다! 폐하가 이루신 남북통일의 위업도 완전히 사라지겠지요! 그래도 좋다는 겁니까?!"

메티스는 엄청나게 성난 목소리로 말을 가로막았다. 계속해서 메티스는 말을 잇는다.

"저도 득실은 따집니다! 라켈 공주는 북 퓨리스의 과격파를 꼼짝 못 하게 하고 있어요! 그런 자를 죽이면 어찌 되겠습니까?! 그 정도는 알고 계시지 않습니까?!"

아브라힘은 메티스의 성난 외침에도 머뭇대지 않고 조금 딱하다는 듯이 조용히 메티스를 응시했다.

"일전에 카인 가와 자슈르 가 일족이 항의하러 왔다. 퓨리스의 장군이 적장에게 아첨을 떨고 있으니 경질하라고 말이야. 혹 귀하가 라켈 공주를 만난 일이 들키기라도 하면 어찌 되겠나? 불만을 가진 자들이――."

그 뒷말을 병사가 가로막았다.

"폐하, 체데크 대주교가——."

병사가 말을 마치기도 전에, 흰색의 원형 모자를 쓴 체데크 대교주가 라피스 룸에 모습을 드러냈다.

3

(이 남자, 뭘 하러 왔지?)

메티스는 조용히 체데크 대교주를 매섭게 노려보았다. 메티스가 보고 중에 마치 방해라도 할 심산인 듯이 체데크가 나타난 것이다.

"체데크여. 짐은 메티스와 중요한 얘기를 하던 중이다. 대기하라."

이슈 왕이 명하자,

"그 메티스에 대해 상당히 중대한 보고가 있습니다."

하고 체데크가 대답했다.

(중대한 보고라고?)

"메티스 장군이 적국에 체류 중이었을 때, 마침 요아힘이 있었다는 보고가 올라왔습니다."

메티스는 침묵했다.

"요아힘은 안셀 주에서 체포당한 후, 사라브리아 주로 이송당했습니다. 마침 사라브리아에 도착했을 때, 여전히 장군은 프리마리아에 체류 중이었지요. 즉, 메티스 장군은 사라브리아에서 요아힘을 만났다는 겁니다."

그 자리의 모두가 침묵했다.

요아힘은 북 퓨리스의 제1왕위 계승자이다. 이슈 왕에게 자격을 보냈다는 소문도 있다.

증거를 잡은 건가? 메티스는 의심했다.

자신이 요아힘과 라켈 공주를 만난 건, 히로토의 측근과 자신의 부관, 그리고 에노크 서기관밖에 모를 터이다.

어디선가 정보가 샜나?

아니.

그럼, 라켈 공주를 만난 것도 말했을 터이다.

"증거는?"

메티스는 차갑게 되물었다.

"시치미를 떼는 게요? 요아힘이 도착한 걸 몰랐다는 말이라도 하는 거요?"

"변경백이 나한테 요아힘이 거기 있었다고 말할 이유가 있나?"

"변경백은 안셀에서 요아힘이 우리나라 병사를 도발한 걸 귀하에게 전한 자요? 그런 자가 요아힘의 도착에 대해 아무 말도 전하지 않았다고?"

"내가 알면 칼이라도 빼 들까 걱정이었나 보지."

"거짓말은 안 하는 게 좋아요."

대주교가 웃는다.

"거짓 고백을 강요하는 게 대주교의 일인가요?"

메티스가 도발하자,

"요아힘과 라켈 공주는 발견 즉시 사살하라는 폐하의 명이오. 그런데 그들을 앞에 두고도 아무것도 하지 않았다니, 이게 항명이 아니면 무엇이오?"

체데크가 추궁했다.

"폐하는 평화조약에 만족하고 계십니다. 나에게 변경백과의 우호를 돈독히 하고 변경백을 잘 알아보라고 명하셨어요. 무익하게 요아힘의 인도를 요구하는 건, 그거야말로 폐하의 명령을 어기는 게 아닙니까?"

메티스가 반론하자,

"무엇보다 요아힘의 인도가 우선이오."

체데크도 반론했다.

"전의 명령보다도 뒤의 명령이 우선이에요."

메티스도 되받아친다.

"자기 손으로 폐하의 적을 섬멸할 수 있었음에도 어이없이 호기를 놓쳤다는 거요?!"

체데크가 도발했다.

"대주교는 이웃 나라와 우호를 다지기는 어려워보이는 군요. 귀하는 싸움밖에 할 수 없겠습니다."

"사이좋게 지낼 필요는 없지요."

메티스는 싸늘한 눈으로 체데크를 보았다. 역시 허세인가?

"그런데 내가 요아힘을 만났다는 증거는?"

"증인들이 여럿 있소."

"허세 부리는 거지요."

메티스는 단호하게 물리쳤다.

"부하도 없이 두 번, 단독으로 어딘가로 갔다죠?"

체데크가 끈덕지게 물고 늘어졌다. 의외로 묘한 정보를 입수했다.

역시 알고 있나?

아니.

날 조사한 모양이다만 아직 중요한 핵심은 모를 터이다.

"뱀파이어족 간부와 만나게 해달라고 부탁했습니다. 뱀파이어족은 우리와 원수지간에 가까웠습니다. 공공연히 만날 수는 없는 노릇아닙니까?"

"첫 번째는 그럴지도. 허나 두 번째는 뱀파이어족이 아니라 요아힘을 만났잖소?"

하고 체데크는 단언했다.

"어디서?"

"말 안 해도 알고 있을 터."

그 대답으로 메티스는 확신했다.

체데크는 확증이 없다. 추측만으로 블러프를 치고 있는 거다. 이쪽이 허점을 드러내게끔. 만약 체데크가 진실을── 밀정에게 확실한 정보를 입수했다면 내가 어디서 요아힘을 만났는지 알고 있어야 한다. 《알고 있을 터》라고 대답하며 얼버무린 건, 상황 증거만으로 추측하고 있기 때문이다.

메티스는 일부러 깊이 숨을 내쉬었다.

"언제부터 교회는 믿음이 아니라 의심을 가르치는 장소가 됐나요? 귀하가 말하는 신앙이란 의심을 말하는 건가요?"

체데크 대주교가 입을 벌린 순간,

"이제 됐다. 짐은 변경백에게 만족하고 있다. 대주교는 물러가라."

하고 이슈 왕이 말을 가로막았다.

"하지만 폐하. 장군은 요아힘을 만났습니다. 요아힘을 만났으면서 목숨을 빼앗지 않은 건 퓨리스 장군으로서──."

여전히 끈덕지게 물고 늘어지는 체데크 대주교에게,

"짐은 자객들에게 요아힘을 찾아내 죽이라고 명했지만, 메티스에겐 같은 명령을 내리지 않았다. 근간 히브리드와 분쟁을 일으키기 위해, 메티스에겐 변경백과 친목을 다지고 변경백과 뱀파이어족에 대해 살피고 오라고 명했다. 귀하에게 비판받을 만한 일을 메티스는 하지 않았다."

하고 딱 잘라 말했다. 대주교를 향한 통고였다. 요아힘 건으로 몰아세우려는 대주교로부터 이슈 왕이 메티스를 지킨 것이다.

(폐하. 감사합니다.)

메티스는 깊숙이 머리를 숙였다. 때가 됐다고 판단했는지, 체데크 대주교도 가볍게 고개를 숙이고는 라피스 룸에서 물러갔다.

훼방꾼은 없어졌다. 하지만 완전히 얘기는 무산돼버렸다. 이 이상, 폐하에게 말하는 건 어려울 듯하다. 폐하께 하는 보고는 여기서 일단 끝내고 엘프를 만나야 할지도 모르겠다.

"폐하의 말씀, 이 메티스, 기쁘기 그지없습니다."

하고 말하자,

"너는 잘하고 있다. 네 덕분에 변경백의 일, 뱀파이어족의 일을 잘 이해할 수 있었다. 천천히 쉬거라."

하고 위로의 말을 건넸다. 메티스는 다시 한 번 가볍게 고개를 숙여 인사하고는 라피스 룸에서 물러났다.

궁전 안에서 체데크가 기다리는가 했더니만, 대주교의 모습은 보이지 않았다. 꼬리를 내리고 도망친 건가.

아니.

그럴 남자가 아니다. 저 남자는 집념이 강하다.

(분명 밀정한테 찾아내게 할 작정이다. 아니면 측근을 무너뜨릴 작정인가……?)

4

메티스가 사라지자,

"귀찮은 녀석."

진절머리 난다는 기색으로 이슈 왕은 투덜거렸다. 귀찮은 녀석이란 체데크 대주교를 말한다.

어쩌면 체데크가 말한 게 사실일지도 모른다고 아브라힘은 생각했다. 라켈 공주와 만난 이상, 요아힘하고도 만났다고 생각하는 편이 자연스럽다. 다만 상황 증거밖에 없는 터라 메티스를 몰아세우지 못했을 뿐이다.

메티스는 변경백의 장황한 연설을 인용했다. 그 말은 메티스에게 말한 게 아니다. 우리나라를 도발한 자——페르키나 백작이나 요아힘에게 말한 것이다.

성가신 일이 될지도 모르겠군, 하고 아브라힘은 생각했다.

제13장 비정치성과 정치성

1

라피스 룸에서 나온 체데크 주교는 확신했다. 메티스는 중요한 걸 숨기고 있다. 재상도 마찬가지다. 이슈 왕도 숨기고 있다. 메티스는 능숙하게 둘러댄 듯하지만, 체데크가 메티스는 요아힘을 만났다고 딱 잘라 말했을 때, 이상한 분위기가 감돌았다. 아마 자신이 오기 전에 메티스는 중요한 비밀을 두 사람에게 말한 게 틀림없다. 아니면 자신에게 들키면 곤란한 일을——.

아브라힘은 한순간이지만 얼어붙었다. 평정심을 잃지 않은 것처럼 행동했지만, 딱 한순간 멈칫했다.

설마 비밀을 알고 있는 건가?

분명 아브라힘은 그리 생각했음에 틀림없다. 요아힘 건은 언급당하고 싶지 않은 일이었으리라.

메티스는 요아힘을 만났다. 필시 대면하고 말을 했다. 분명 대면했으면서 죽이지 않고 돌려보냈다.

만난 건 그 누이인가?

동생인지 누이인지 모르겠지만, 북 퓨리스 왕족을 만난 건 틀림없을 터이다. 그렇지 않고서야 아브라힘이 얼어붙을 이유가 없다.

좀 더 파내야 한다. 혹은—— 측근에게 손을 쓰든지. 메티스는 단단히 비밀을 지키고 있는 듯하지만, 측근에게는 진실을 밝혔을 터이다. 측근을 털면 분명 약점이 드러날 것이다. 그때야말로 퓨리스에서 악마를 쫓아내고 퓨리스를 되찾을 때이다.

앞으로 메티스는 어떻게 나올까, 하고 체데크는 생각했다. 만약 북 퓨리스 왕족을 만났다면 그 일을 엘프에게 말할지도 모른다. 메티스는 밀에 굶주려 있다. 밀을 달라고 매달리는 참에 왕족 얘기를 할지도 모른다. 엘프가 왕족 보호를 선언하면 메티스는 큰 비호 세력을 얻게 된다.

(먼저 손을 써 메티스를 봉쇄해버릴까.)

라피스 룸 밖에서 기다리던 하얀 장의를 걸친 부하가 다가왔다.

"어땠습니까?"

"암여우를 잡을 거야. 밀정에게 요아힘뿐만 아니라 라켈 공주가 사라브리아에 오지 않았는지, 어떻게든 알아내라. 그리고 메티스 측근을 흔들어."

"흔들 거면 서기관이 좋을 듯싶습니다."

체데크는 고개를 끄덕였다.

"난 암여우의 앞발을 묶겠다."

2

체데크가 안내받은 건 장로실이었다. 창가엔 하얀 풍성한 눈썹의 노인이 등을 돌리고 서 있었다.

퓨리스 왕국에 사는 엘프 대표, 루키티우스이다. 루키티우스는 두 번이나 국외 탈출을 선언해, 이슈 왕의 뜻을 꺾으려 들었다. 첫 번째는 북 퓨리스 편을 든 엘프를 엄벌에 처한다고 결정했을 때. 두 번째는 히브리드 왕국의 엘프를 살해했을 때.

두 번째 국외 탈출 시도 때, 엘프의 협박이 평화조약 성립을 불렀다. 엘프가 국외 탈출을 이슈 왕에게 선언하지 않았다면, 퓨리스가 히브리드와 외교 교섭 자리를 마련하는 일은 없었다. 어떤 의미에선 체데크에겐 적대적인 존재다.

"대주교가 일부러 저한테 무슨 볼일이시오?"

루키티우스는 돌아보자 평소처럼 정중한 어조로 물었다.

그 상냥한 말투엔 속지 않을 테다, 하고 체데크는 생각했다. 넌 그 말투로 두 번이나 이 나라를 흔들었다. 이 이상 흔들릴 성 싶으냐.

"메티스 장군의 일로 드릴 말씀이 있소."

그리 말하자,

"말씀하실 상대가 틀리신 것 같습니다만, 전 이 나라의 왕도 중신도 아닙니다."

하며 평소의 겸손한 대답이 돌아왔다. 빤히 속이 들여다보인다. 사실은 자신이 이 나라를 좌지우지하고 있다고 생각하고 있을 터이다.

"북 퓨리스 왕족은 우리 왕의 적. 즉 우리 퓨리스의 적. 폐하로부터 북 퓨리스 왕족을 말살하라는 명령이 내려져 있소. 그런데 그 명령을 실행하지 않은 장군이 있소. 만약 그 장군이 왕족의 지지를 표명하도록 간청한다면 거절해 주시오. 그게 내 용건이오."

대놓고 말했다.

"역시 말씀하실 상대가 틀리신 듯합니다만. 엘프는 정치엔 관여하지 않습니다."

루키티우스가 일축했다.

"그럼, 사라브리아에 가는 일은 없도록 해주시오. 메티스는 적장에게 아첨을 떠는 여자요. 엘프가 사라브리아에 가는 건 메티스와 같은 짓이 아니겠소? 이는 엘프의 자긍심에도 관계될 거요."

하얀 풍성한 눈썹에 숨겨진 두 눈동자가 돌연 엿보였다. 예상 이상으로 그 두 눈동자는 날카로운 광채를 빛내고 있었다. 가는 눈 안에 마치 예리한 칼날 같은 날카로움이 있다.

"엘프를 협박하는 건 대주교의 자긍심에 관계되는 거 아니오? 우리 엘프는 어떤 주교에게 이러쿵저러쿵 행동을 규제당해야 할 이유가 없소."

어떤 주교, 하고 구태여 루키티우스는 말했다. 자신은 대주교이다. 어떤 주교가 아니다.

(화났나.)

이 남자한테도 감정이 있었구나 싶어 체테크는 웃음이 나올 것 같았다.

"정치엔 관여하지 않는다는 건 적국을 방문하지 않는다는 얘기가 아닌지? 내가 틀린 말을 하는 거요?"

가볍게 도발하자,

"우리 엘프는 쓸데없는 얘기를 좋아하지 않소. 부디 돌아가시오."

그리 말하고는 등을 돌렸다. 종을 울리자 바로 젊은 엘프가 방으로 들어왔다.

"이쪽입니다."

하며 퇴실을 재촉한다. 루키티우스의 가냘픈 등을 흘끗한번 보고 체테크는 방을 나왔다.

3

한참 지난 뒤에 같은 방에 다른 여자가 찾아왔다. 유그르타 주 총독 메티스이다.

엘프는 엘프 전용의 곡창지대가 있어 비축분도 풍부하다. 유그르타의 안정을 생각하면 엘프와 연결고리를 구축해둬야 한다.

신경이 쓰이는 건 자신이 오기 전에 체데크 대주교가 루키티우스를 방문한 일이었다. 도대체 무슨 얘기를 한 걸까.

"오늘은 분주한 날이구려."

루키티우스는 흐뭇하게 웃었다. 하지만 진심으로 웃는 것처럼은 보이지 않는다. 미소 안에 경계심이 담겨있었다.

"폐하께 드릴 보고가 있어 돌아왔을 뿐입니다. 이곳은 그저 인사차 왔습니다."

하고 메티스는 간결한 상황보고부터 시작했다.

"아이고, 정중하기도 하셔라. 감사드리오."

하며 루키티우스가 고개를 숙인다.

"유그르타의 안정은 농민들의 식량에 달렸어요. 사라브리아에서 밀을 기부해줘서 최악의 난은 피했지만, 아직 수확기는 한참 남았어요. 만일의 경우 지원을 부탁드리고 싶어요."

"메티스 장군은 우리 동포를 호위해서 바비로스까지 와주셨소. 할 수 있는 일은 하지요."

루키티우스는 즉답했다. 거절당할 거라 생각했는데 의외의 진전이었다. 최상이다.

"그런데 체데크 대주교가 조금 전에 다녀간 것 같습니다만."

"얘기 내용에 대해선 말씀드릴 수 없습니다. 우리 엘프는 정치엔 관여하지 않아요."

돌연 차가운 벽이 앞을 가로막았다. 교섭은 없다, 관계없다, 라는 벽이다. 우리는 사회기반 시설에 전념하기 때문에 정치엔 개입하지 않는다. 늘 하던 대로 무관여의 의미표시이다.

"날 나쁘게 말하던가요?"

"우리 엘프는 정치엔 관여하지 않아요."

역시 같은 대답이 돌아왔다.

잠시 생각하다 메티스는 다른 화제를 입에 올려봤다.

"변경백이 루키티우스 님을 만나고 싶어했습니다. 나도 셋이서 만났으면 합니다."

대답하는데 조금 간극이 있었다.

"──우리 엘프는 정치엔 관여하지 않아요."

메티스는 실망감을 느꼈다.

(사라브리아에 갈 생각은 없다는 건가.)

회견은 끝이었다. 이 이상, 말할 게 없다. 사라브리아에서 마니에리스나 아스티리스를 만났던 만큼 퓨리스의 엘프가 겁쟁이처럼 보였다. 마니에리스도 아스티리스도 정치에 대해선 적극적이었다. 자신들의 주를 지킨다. 자신들의 주를 번영시킨다. 그리고 국가를 지킨다. 그런 강한 의식을 가지고 있었다. 그런 엘프가 뒤에 있기에 더욱 히로토가 강하게 느껴졌다. 엘프와 히로토의 일체감에 선망을 느꼈다.

사라브리아의 엘프와 비교하자 퓨리스의 엘프는 모든 게 소극적으로 보인다. 표현은 나쁘지만, 근성이 없어 보인다.

(히로토여. 이런 자와 연대할 가치가 있을 것 같지 않구나.)

4

메티스가 퇴실하자, 루키티우스는 몹시 불쾌한 표정을 지었다. 자신 안에 돋아나버린 독을 억지로 뱉어내려는 그런 표정이었다.

체데크는 사라브리아에 가지 말라고 명령했다. 자신들은 정치엔 관여하지 않는다고 대답했지만, 그 직후 메티스가 나타나 사라브리아 행을 요청했다. 정치엔 관여하지 않는 게 엘프의 원칙이다. 자신들은 정치엔 관여하지 않는다 —— 그런 원칙을 거듭한 결과, 체데크의 명령에 따르는 꼴이 돼버렸다. 비정치적으로 행동하려다 정치적으로 관여하게 돼버린 것이다.

몹시 불쾌한 모순이었다.

비정치성을 관철했건만 정치라는 길에 부닥쳤다. 에크세리스의 말이 뇌리에서 하나하나 되살아났다.

《집단으로 사람이 사는 지역에서 떨어지지 않는 한, 인간이 완전히 비정치적일 수는 없습니다. 비정치적으로 살려고 하는 것 자체가 정치적입니다. 그리고 자신들과 관계하려는 자가 있으면, 그 자들을 아무리 비정치적으로 대하려고 해도 정치적인 의미를 가집니다.》

에크세리스의 지적대로였다. 비정치적으로 행동하려다 정치적인 행동을 연출하게 돼버렸다. 비정치성의 길, 즉 정치엔 관여하지 않는 길은 이미 암초에 걸려있었다.

하지만 그 이상으로 루키티우스의 감정을 흔든 건 체데크 대주교의 발언이었다. 결정의 자유와 평화와 고결함이야말로, 엘프가 존중하는 것이다. 하지만 체데크는 금단의 영역에 발을 들여놓았다. 엘프의 자유를 협박하려고 했다. 그건 결코 용납할 수 있는 일이 아니었다.

마음을 정한 뒤 루키티우스는 방을 나섰다.

그는 접견실로 갔다.

좁고 긴 장방형 연못을 사각형 형태로 긴 의자가 둘러싸고 있었다. 지적으로 생긴 엘프가 긴 의자에 앉아 있었다. 거의 남자이지만 여자도 있다.

소환 명령을 받고 달려온 바비로스에 사는 고위급 엘프들이다.

"소환이라니 무슨 일이오. 소환할 만한 긴급한 일이오?"

하나가 질문해왔다.

"사라브리아에서 부장관 에크세리스 님과 돌아가신 볼티우스의 사촌인 엘빈 님이 오셨소. 에크세리스 님의 설명에 의하면, 변경백의 생각은 이렇다 하오. 양국에 평화조약에 반대하는 자들이 나타났다. 먼저 히브리드에서 평화조약 반대파가 사건을 일으켰다. 다음은 퓨리스에서 일어날 것이다. 한 나라가 단독으로 막아내는 건 어렵다. 양국이 협력해서 막아내는 게 중요하다. 막아내기 위해선 우리 퓨리스 왕국의 엘프와의 연대가 불가결하다. 지금의 평화는 변경백과 퓨리스 장군, 단 두 사람에게 의존하고 있는 터라 취약하다. 누군가가 실각, 혹은 살해당하면 평화는 즉시 붕괴할 것이다. 그렇게 되지 않기 위해선 제삼자가, 각국의 엘프가 연대에 가담하는 게 필요하다고 한다."

루키티우스의 설명에,

"그 말대로요."

하고 바로 사라브리아 방문 찬성파 하나가 소리를 높였다.

"이제 조용히 보고만 있는 것만으로는 우리의 이익을 지킬 수 없소. 시대는 변하고 있소. 변경백의 생각은 지당하오."

"우리는 일절 정치적인 일에 휘말려선 안 되오."

하고 방문 반대파인 지스티리스가 곧장 반론한다.

"우리의 권익에 차질이 생긴다니까요! 평화가 붕괴해도 좋소이까?!"

"정치적으로 행동하면 그 만큼 휘말려 우리가 손해를 볼 것이오!"

지스티리스가 반론했고 벌써부터 찬성파와 반대파가 격론한다.

루키티우스는 가볍게 손을 들어 침묵을 요청했다. 바로 소요가 진정된다.

"오늘 난 그저, 변경백 생각의 옳고 그름에 대해 의논할 작정이었소. 하지만 우리에겐 결코 무시할 수 없는 굴욕적인 일이 일어났소. 대주교 체데크 님이 사라브리아엔 절대로 가지 말라고 다짐받으러 왔소."

"체데크가?!"

하고 누군가가 묻는다.

"그건 명령인가요?"

"형식상은 간청이오. 체데크는 다음과 같이 말했소.《북 퓨리스 왕족은 우리 왕의 적. 즉 우리 퓨리스의 적. 폐하로부터 북 퓨리스 왕족을 말살하라는 명령이 내려져 있소. 그런데 그 명령을 실행하지 않은 장군이 있소. 만약 그 장군이 왕족의 지지를 표명하도록 간청한다면 거절해 주시오. 그게 내 용건이오》. 내가 수긍치 않자 이같은 말도 했소.《그럼, 사라브리아에 가는 일은 없도록 해주시오. 메티스는 적장에게 아첨을 떠는 여자요. 엘프가 사라브리아에 가는 건 메티스와 같은 짓이 아니겠소? 이는 엘프의 자긍심에도 관계될 거요》. 내가 우리 엘프는 정치엔 관여하지 않는다, 어떤 주교에게 이러쿵저러쿵 행동을 규제당한 기억은 없다고 대답하자, 이리 말씀하셨소.《정치엔 관여하지 않는다는 건 적국을 방문하지 않는다는 얘기가 아닌지?》라고."

루키티우스의 말이 끝나기 무섭게 하나가 격노하며 외쳤다.

"부탁이라고 하면서 실제는 명령이 아니오?! 우리에게 압력을 가하고 있는 거요! 대주교에게 우리 엘프의 행동을 속박할 자격은 없소!"

"그 말대로요!"

다른 엘프가 호응한다.

"우리 엘프는 자유와 평화를 신조로 하오! 자유란 스스로 생각할 자유, 스스로 결정할 자유요! 우리 엘프가 사라브리아에 갈지 말지를 결정하는 건 우리 엘프로, 대주교가 아니오!"

그 말대로다, 하고 다른 엘프들도 동의한다.

"우리가 결코 굴하지 않는 존재라는 걸, 우리의 자유는 결코 침범할 수 없다는 걸 표해야 하오!"

하고 다시 엘프가 소리를 높인다.

"대주교가 우리에게 사라브리아로 가지 말라고 명령하는 건 대체 뭣 때문이오?!"

한 엘프의 물음에,

"변경백과 연락을 하지 말았으면 하는 거겠지요. 메티스 장군하고도 친해지길 원치 않는 듯하오."

루키티우스는 대답했다.

"누구와 연락을 취하고, 누구와 관계를 맺는가는 우리 엘프의 자유요! 대주교에게 지도받을 일은 아니지요!"

곧장 노여움의 소리가 터져 나온다.

"실수를 고치는 건 결코 수치가 아니오! 대주교에게 우리는 결코 고분고분 복종하는 상대가 아니라는 걸 알게 해야 하오!"

하고 다른 엘프가 말했다.

"지스티리스 님이여, 당신은 사라브리아 방문엔 반대인 걸로 아는데, 체데크의 무례한 행동에 대해선 어떻게 생각하시오?! 그래도 사라브리아 방문엔 반대시오?!"

반대파 엘프가 침묵한다. 목소리는 방문 찬성파 쪽이 크다.

"우리는 감정적으로 움직여선 안 되오. 우리는 엘프요."

반대파 하나가 항변했다.

"그럼, 체데크에게 복종하라는 말씀이시오?!"

"대주교가 명령해도 필요 없으면 사라브리아엔 가지 않소. 필요하면 사라브리아에 가오. 응당 그리 해야 하오. 만약 대주교와 대립하는 일로 우리 엘프가 큰 이익을 잃게 되면, 사라브리아를 방문하는 일은 삼가야 하오."

"삼가면 우리는 체데크의 개가 되오! 그자의 개가 돼도 좋소이까?! 그러고도 우리 엘프를 지킬 수 있겠소?!"

아니오!

여기저기서 큰소리가 터져 나왔다.

"북 퓨리스 때와 같은 전철을 밟아선 안 되오!"

다른 반대파 사람이 소리를 높인다. 하지만 바로,

"이건 북 퓨리스 때와 같지 않소! 북 퓨리스 땐 누가 전쟁에 이길지, 누가에게 붙어야할지, 하는 사한이었소! 하지만 지금은 우리 엘프가 자유로울 권리가 침해당하려고 하오! 여기서 소리를 높이지 않으면 우리는 체데크의 심부름꾼으로 전락하오!"

그 말대로다! 하며 다시 큰소리가 터져 나온다.

"하지만 사라브리아를 방문하면 우리 엘프는 변경백에게 가담한다고 생각할 거요! 카인 가나 자슈르 가 사람들에게 습격이라도 당하면 어쩌려고 그러시오?!"

"그땐 국외 탈출을 하면 되오! 우리 엘프가 그런 염려 때문에 자숙하면 어쩐단 말이오! 그걸로 엘프의 이익을 지킬 수 있겠소?! 엘프의 미래를 지킬 수 있겠소?!"

옳소! 다시 소리가 터져 나온다.

"체데크에 대한 반감만으로 사라브리아 방문을 결정해선 안 되오! 필요하니까 방문한다. 필요하지 않으니까 방문하지 않는다. 그렇게 돼야 하오!"

"필요하니까 방문하는 거요!"

찬성파가 반박한다.

"루키티우스 님은 어떤 생각이시오! 물론 반대──."

방문 반대파가 도움을 요청했다.

모인 동지들 시선이 루키티우스에게 집중됐다. 루키티우스는 천천히 자신의 의견을 늘어놓기 시작했다.

"나는, 변경백을 만나고 싶다는 생각은 없소! 하지만 우리 엘프가 사라브리아로 갈 자유, 사라브리아 방문을 결정할 자유는, 누구에 의해서도 침해당해선 안 되오. 물론 대주교라 칭하는 무례한 사람에게도 말이오. 그런 생각을 표하지 않으면 우리는 미도라슈교의 애견으로 전락할 거요. 그게 얼마나 굴욕적인 일인지는 다들 잘 알고 있을 테지. 다시 말하겠소. 난 변경백을 찾아갈 생각은 없소. 다만, 볼티우스의 조문을 가는 건 당연한 일 아니겠소? 비명횡사한 일족을 위로하러 가는 건 동지로서 당연한 일이오. 당연한 권리요. 그리고 여행엔 우연이 따르는 법이오. 우연을 피하는 건 정령님도 할 수 없는 일이오."

　우연── 즉 사라브리아에서 변경백을 만난다고 하더라
도 그건 우연이며, 비판받을 일은 아니다. 그리 루키티우스
는 대답한 것이다.

　일제히 박수가 울려 퍼졌다. 동지들이 동의한 것이다.

제14장 노브레시아에서 온 손님

1

유그르타 항에 남자 하나가 나타났다. 항구엔 많은 사람이 온다. 그 사람들에게 삼베옷을 팔러 온 남자였다. 남자는 올메크라 했다.

서기관 에노크가 올메크와 알게 된 건, 올메크가 혼자서 낚시를 하고 있을 때였다. 보고 있자 쉴 새 없이 고기를 낚고 있었다.

"저기, 사형, 고기 가져가시겠소?"

하며 올메크는 말을 걸었다.

"자네는 고기를 파나?"

"옷이요. 여자들이 전혀 안 낚여서 말이오. 하지만 대신 고기는 잘 낚고 있소."

저도 모르게 에노크는 웃었다. 구김살 없는 미소가 매력적인 남자였다.

"그럼, 고기 좀 얻어갈까."

"내일도 오시오. 아마 내일도 엄청 낚일 거요."

"기대하지."

에노크는 웃으며 항구를 떠났다. 그게 올메크와의 첫 만남이었다.

2

소이치로 방 침대에서 큐레레가 새근새근 숨소리를 내며 자고 있었다. 조금 전까진 둘이서 공차기 놀이를 즐겼다. 다소 과도하게 떠들며 놀았던 모양이다.

소이치로는 하루의 대부분을 큐레레와 보내고 있었다. 큐레레에게 책을 읽어주고, 큐레레와 공차기 놀이를 하고, 큐레레와 둘이서 업무 차 외출하고……. 1년 전엔 상상할 수 없는 일이었다. 하지만 1년 전, 소이치로는 큐레레와 만났다.

큐레레가 살며시 눈을 떴다.

"책 읽을까?"

큐레레가 다시 눈을 감는다. 졸리는 듯하다.

소이치로는 정무관 퀸티리스에게 빌린 법령집을 펼쳤다. 주장관에 관한 왕령을 모아놓은 것이다. 정무관은 모두, 이걸 암기한다고 한다.

큐레레 옆에서 뒹굴며 소이치로는 법령집을 읽기 시작했다. 형벌의 대부분은 처형이나 채찍질이다. 징역형은 없다. 형무소는 근대 국가가 생겨난 이후의 것이다. 근대 국가가 생기고 처음으로 범죄자를 갱생하는 시설로서, 감옥이나 형무소가 생겨났다. 그때까지 감옥은 처벌을 행하기 전에 일시적으로 감금하는 장소에 불과했다.

법령집을 읽고 재미있다고 여긴 건, 귀족에겐 참수형이

184   고1이지만 이세계 성주로 부임했습니다 11

서민에겐 교수형이 행해지는 것이었다. 교수형의 경우, 마을 광장에 시체를 매달게 된다. 즉 구경거리가 된다. 귀족에겐 그건 치욕일 것이다. 단두대는 실로 귀족의 체면을 지켜준, 귀족이 처형당할 때 고통스럽지 않게 해준, 획기적인 발명이었다고 책에서 읽은 적이 있다.

따분한 조문을 읽고 있는 사이에 소이치로도 졸려왔다. 법령을 내려놓고 눈을 감는다. 바로 솔무 일이 떠오른다.

미라족 소녀들이 펼쳐 보인 춤. 리치아가 준 꽃다발. 미라족 소녀들이 준 거베라. 그 후 방문한 분장실. 미라족 소녀들과 한 악수──.

정말로 멋진 시간이었다. 도신엔 고등학교에 다니고 있었으면, 절대로 맛보지 못했을 것이다. 분장실 같은 건 볼 수 없었을 테고, 저런 미인과 악수하는 일도 불가능했으리라.

리치아라는 아이, 이제 노브레시아로 돌아갔겠구나, 하고 소이치로는 생각했다. 다시 만날 수 있으면 만나고 싶은데…….

3

하얀 붕대를 몸에 감은 장신의 소녀가 사라브리아 주, 주수도 프리마리아에 도착한 참이었다. 솔무에 갈 땐 세콘다리아를 지나서 간 터라 프리마리아는 처음이다.

겨우 왔어, 하고 소녀는 생각했다.

붕대를 감고 있는 탓에 여관에 머물 땐 꽤 꺼려하는 기색이 느껴졌지만, 사라브리아 주로 들어간 이후엔 조금 분위기가 바꿨다.

마차 4대가 병행해 달릴 정도의 큰 거리에 소녀는 놀라 눈이 휘둥그레졌다.

넓다.

이곳이 그 분이 계신 마을인가.

보는 모든 게 신기해 좌우로 두리번거리며 걷게 된다. 목적지는 마을 북부에 있을 터였다. 품위 있는 첨탑이 보였다.

왔구나.

드디어 왔구나.

하지만 감격은 바로 절망으로 변했다. 성 정문 앞에 장사진을 친 행렬이 있었다.

무슨 행렬일까.

하는 생각을 하다 행렬을 지나쳐버려 수비병에게 말을 걸었다.

"변경백을 만나고 싶습니다만──."

"무리야."

수비병이 대답했다.

"만나고 싶으면 그 행렬에 줄을 서. 하지만 지금부터 줄을 서도 만나진 못할 거야."

그런……

오늘은 만나지 못한다니?

일껏 여기까지 왔는데…….

터벅터벅 행렬로 돌아온다.

한 명.

두 명.

세 명.

행렬은 열 명, 스무 명 차원이 아니다. 백 명 이상 있다. 소녀는 맨 뒤로 가서 앉았다. 열은 전혀 움직일 기미가 없다.

도대체 언제 만날 수 있을까?

큰길은 쉴 새 없이 마차와 당나귀, 그리고 마차와 당나귀가 끄는 짐마차가 지나간다. 마차가 도미나스 성 정문 쪽으로 향하자 부러웠다.

오늘 만나는 건 분명 무리야.

그럼, 내일은?

모레는……?

4

말 하나가 끄는 이륜마차가 앞뒤로 말을 탄 호위 둘을 거느리고 프리마리아 시 정중앙에 있는 운하에서 북단의 도미나스 성까지 뻗어 있는 큰길을 달리고 있었다. 덮개가 있는 뒤쪽 객차에 탄 건, 노 슬리브보다 한층 더 어깨가 노출된 원피스를 입은 금발의 소녀이다. 원피스 위로 보이는 가슴은 높다랗고 풍만하게 돌출돼 있었다.

미라족 소녀이자 히로토의 시녀, 미미아였다. 수비병 숙소로 심부름 가는 길에, 돌아오면서 노란 꽃을 샀다.

히로토 님을 만난 지 1년이 지났다. 미미아는 매일이 행복했다. 하루하루 자신은 정말로 축복받았다고 느꼈다. 심부름 간다고 이륜마차까지 내주고 호위도 붙여준 것이다. 그런 미라족 따위, 자신 이외엔 한 명도 없으리라.

솔무의 동료에게서 편지가 도착했다. 무도 사례로 받는 돈과 천으로 네카까지 외출해 드레스를 만들었다고 한다. 가게 사람이 아주 친절했다. 솔세르 님의 성 사람도 친절했다, 방도 아주 기분 좋았다──. 그리 적혀 있었다.

다행이다. 자신은 히로토 님 덕분에 행복했다. 그러니까 동료들도 행복해졌으면 좋겠다.

말 하나가 끄는 이륜마차는 도미나스 성 성문으로 다가갔다. 히로토가 있는 성이다. 거리를 따라서 이미 행렬이 늘어서 있었다. 늘 있는 풍경이다. 히로토를 알현하려고 매일 사람들이 늘어선다. 물론 전원은 만날 수 없다. 히로토는 몹시 바빴고, 스케줄이 꽉 차 있었다. 성에 있을 때 알현에 할애할 수 있는 시간은 오후 몇 시간으로 한정된다.

(엄청 늘어섰네…….)

그리 생각하며 미미아는 시선을 앞으로 돌렸다. 돌린 참에 행렬 맨 뒤에, 하얀 붕대 차림의 사람이 줄을 선 게 보였다.

(미라족……!)

장신이다. 뒤에서 보자 아무래도 여자 같다.

(리치아도 저런 느낌이었는데.)

마차가 행렬 맨 뒤로 다가간다. 장신의 미라족의 모습이 다가왔다. 왠지 낯익은 느낌이다.

마차는 소녀 옆을 지나갔다. 미미아는 붕대 차림의 여성을 보았다. 여성의 옆얼굴이 눈에 들어왔다.

(아!)

그 순간,

"마차, 세워요!"

저도 모르게 미미아는 외쳤다. 마부가 말을 세운다. 뒤에서 허둥지둥 호위 기사도 멈춰 섰다. 미미아는 마차에서 뛰어내렸다. 장신의 미라족이 얼굴을 돌린다. 놀라 떡 입을 벌렸다.

틀림없다.

미미아는 미라족 소녀에게 말을 건넸다.

"무슨 일이야?"

5

하얀 원통의 온천수 풀장에 세 사람이 몸을 담그고 있었다. 한 사람은 히로토이다. 그 히로토의 양팔을 발큐리아와 솔세르가 꼼짝 못하게 잡고 있었다. 어깨와 히로토의 오른팔은 발큐리아의 가슴 사이에 끼워져 있었다. 어깨와 왼팔은 솔세르의 풍만한 가슴 사이에 끼워져 있었다. 두 사람의 가슴이 히로토의 양팔을 마사지하고 있는 것이다.

"히로토, 기분 좋지 ♪"

발큐리아는 히죽대고 있다.

"기분 좋으세요?"

솔세르는 뺨이 상기되었다.

"너무 기분 좋아……."

극락의 세계였다. 목욕 중에 다시 어딘가가 불끈 건강해질 것 같다.

"한껏 일하고 난 뒤엔 팔이 피곤하잖아."

발큐리아가 말한다.

"이렇게 사이에 끼워두지 않으면 히로토 님이 쓰러져버려요."

솔세르가 말을 잇는다.

(아니, 가슴 사이에 끼여 있는 게 쓰러질 일이야…….)

갑자기 발큐리아가 히로토에게 안겨왔다. 뭉실뭉실 로켓 가슴을 얼굴에 짓누른다.

(으흐~~흑!)

"아, 약았어."

하며 뒤에서 솔세르가 안겨왔다. 히로토의 등에 뾰족하게 튀어나온 풍만한 가슴을 짓누른다.

(으흐!)

"히로토 님은 이쪽이 좋으시죠?"

솔세르는 가슴을 떼고 살짝 유두를 가슴에 누르며, 쓰~

윽, 쓰~윽, 문지르기 시작했다.

(으아~악! 흉악~~악!)

"아! 나도 할 거야♪"

발큐리아가 로켓 가슴을 히로토의 가슴팍에 정말 살짝만 갖다 댄다. 그리고 쓰~윽, 쓰~윽, 미끄러뜨렸다.

(위험해~~해!)

히로토가 폭발할 듯한 순간,

"히로토 님!"

하며 미미아가 뛰어들어왔다.

(히?!)

설마 세 번째 등장으로 사랑의 난투극이 펼쳐진다?

그런 것치곤 미미아의 표정은 진지했다. 발큐리아와 솔세르가 미미아에게 얼굴을 돌린다.

"부탁이에요. 지금 당장 만나주셔야 할 애가 있어요. 사실은 순서를 기다려야 한다는 건, 알고 있어요. 하지만——."

다급한 기색으로 미미아는 말을 꺼냈다. 평소와 다른 분위기다. 미미아가 사람을 만나달라고 부탁한 적은 지금까지 거의 없었다.

"누구? 내가 아는 애야?"

히로토는 발큐리아와 솔세르를 거느리고 접견실로 들어간 참이었다. 이미 큐레레와 소이치로가 와 있다. 큐레레는 소이치로의 손을 잡고 줄곧 눈을 비비고 있다. 분명 낮잠을 자고 있었던 것이리라.

평소라면 있었을 에크세리스와 엘빈의 모습은 없다. 두 사람은 퓨리스 왕국에서 엘프들을 설득하고 있을 터이다.

두 사람 대신 정무관 퀸티리스가 와 있었다. 변함없이 네모진 얼굴이다.

히로토가 앉은 자리에서 삼사 미터 떨어진 곳에 장신의 붕대소녀가 정좌를 하고 고개를 숙이고 있었다. 금발은 붕대에 가려져 보이지 않는다.

"히로토 님이시다. 얼굴을 들어라."

기사가 말을 건넸다. 미라족 소녀가 몸을 일으켰다.

소녀는 리치아였다. 히로토의 일주년 기념식을 위해 노브레시아에서 솔무까지, 미라족 소녀에게 춤을 가르치러 왔던 춤을 아주 잘 추는 미인이다. 네카 마을에서 옷을 맞췄다고 들었는데, 그 옷은 입고 오지 않은 모양이다.

"나에게 부탁이 있다고 들었는데, 무슨 일이야?"

히로토는 물었다.

"히로토 님이 도와주셨으면 합니다."

리치아가 말을 꺼냈다.

"친구가 주장관 아들에게 강간당했습니다."

제15장 법의 장벽

1

애기 도중 몇 번이고 리치아는 눈물을 흘렸다. 미미아도 따라 울었다. 솔세르는 동정 어린 표정을, 발큐리아는 험악한 표정을 지우며 침묵했다. 소이치로도 정무관 퀸티리스도 한 마디도 하지 않았다.

사건은 노브레시아 주 프레브 동굴 근처에서 발생했다. 혼자서 목욕을 하려던 리치아의 친구가, 돌연 나타난 기사 둘에게 꽉 붙들려 움직이지 못하는 상태에서, 황색 바지에 다홍색 망토를 걸친 흑발의 뚱뚱한 남자한테 강간당했다. 수행원 둘을 거느린 점이나 머리색이나 옷차림을 근거로 동료들은 주장관 불고르 백작의 아들이라는 걸 알았다고 한다. 백작 가까지 갔지만, 제대로 대응해주지 않았다. 은화를 내던졌을 뿐이었다. 그렇다면 싶어, 고등법원까지 갔지만 다른 목격자가 없으면 수리할 수 없다, 백작의 아들은 쌍둥이라 둘 중 누가 범인인지 모르면 재판에서 승리할 수 없다는 말을 들었다. 그래서 방법이 없어 히로토가 있는 곳까지 왔다고 한다.

"가장 친한 친구였어요……. 내가 솔무에서 돌아오면 한껏 여행담을 얘기해주겠다고 약속했는데……."

하며 다시 리치아는 울었다. 미미아도 손으로 눈을 가렸다.

히로토는 동정을 느꼈다.

많은 돈과 멋진 옷을 들고 리치아는 어떤 마음으로 고향에 돌아갔을까. 분명 친구에게 한껏 얘기를 해주고 싶다, 선물도 주고 싶다고 생각했음에 틀림없다.

하지만 친구는 말을 잃은 사람이 돼 있었다. 강간한 범인은 거의 특정할 수 있었다. 하지만 목격자가 없고 쌍둥이 중 누구인지를 특정할 수 없어 고소를 못하고 있다. 힘이 돼주고 싶다고 본능적으로 히로토는 생각했다.

하지만——.

자신은 변경백이다. 변경백은 국경 방위에 관에서만 다른 주에 명령을 내릴 수 있다. 하지만 국경 방위와 관계없는 일에 대해선 다른 주에 강제할 수 없다. 그리고 이번 케이스는 바로 국경 방위와는 관계가 없는 일이었다.

오르시아 주 내정에 개입했을 땐 게젤키아와의 일이 있었다. 히로토가 게젤키아와 협력 관계였기 때문에, 오르시아 문제가 그 협력 관계를 흔들어 국경 방위에 큰 영향을 준다고 판단할 수 있었다. 그 결과, 오르시아 행정에 간섭, 주장관을 강제할 수 있었다. 하지만 이번은——.

히로토는 정무관에게 얼굴을 돌렸다. 바로 퀸티리스가 얼굴을 갖다 댔다.

"먼저 말씀드리지만, 개입은 할 수 없어요. 고등법원이 수리할 수 없다고 말한 이상, 수리는 무리예요. 애초 고등법원은 주장관이나 변경백의 명령을 받지 않아요. 각하가 노프레시아 고등법원에 압력을 가해 미라족의 고소를 수리하게 하는 건 불가능합니다. 물론 각하가 노브레시아 주장관의 아들에게 벌을 내리는 것도 불가능합니다. 그걸 할 수 있는 사람은 국왕뿐입니다."

즉, 무슨 일이 있어도 히로토가 영향력을 미치는 건 불가능하다는 것이다. 그래도 히로토는 끈덕지게 물고 늘어졌다.

"미라족은 국경 방위망 건설에 한몫했어. 미라족은 감시탑 건설에 협력해줬고, 지금도 감시탑에서 감시 임무를 맡고 있어. 그래서 국경 방위와의 관련성은――."

"건설 공사에 종사한 게 그 프레브 미라족입니까? 감시탑 임무를 맡는 건? 만약 그렇다면 간섭은 가능합니다. 하지만 그렇지 않다면 간섭은 불가능합니다. 그럼에도 만약 각하가 노브레시아 주장관에게 압력을 가할 경우, 명확한 월권 행위가 됩니다. 물론 그건 고소 대상이 되겠지요."

즉, 노브레시아 주장관은 히로토가 월권행위를 했다고 국왕에게 고소할 수 있다는 것이다.

"노브레시아 주장관 불고르 백작은 페르키나 백작과 같은 대귀족입니다. 각하에 대해 호의를 가지고 있다고는 여겨지지 않습니다. 물론 백작이 고소한다고 하더라도, 폐하는 각하에게 주의를 주고 끝내시겠지만, 각하에겐 오점이 될 겁니다. 각하는 이종족을 위해서라면 법을 왜곡해 강제한다는 나쁜 인상이 나라 안에 퍼지게 됩니다. 정무관으로서 그런 일은 받아들일 수 없습니다."

히로토는 침묵했다. 솔직히 히로토가 쓸 수 있는 방도는 없었다.

"응수하지 않는 거야?"

발큐리아가 뒤에서 물었다.

"내가 그 불고르라는 녀석이 있는 곳에 가서, 협박해도 좋아. 여자를 범하는 녀석 따위, 남자 축에도 끼지 못해. 내친 김에 피도 빨아줄게."

발큐리아가 으르댔다.

"그런 짓을 하면 각하의 입장이 나빠집니다."

"왜?!"

발큐리아가 퀸터리스를 물고 늘어진다.

"확실한 증거가 없음에도 불구하고 각하의 명령으로 제재를 내린 것과 다를 바가 없습니다."

"확실한 증거는 있잖아."

"그럼, 노브레시아까지 갔다손 치고, 쌍둥이 중 누구 피를 빨 작정입니까? 형입니까? 동생입니까?"

"그건……."

발큐리아가 머뭇거렸다.

솔세르는 호소하는 듯한 눈으로 히로토를 보고 있었다.

불쌍해요.

부탁이에요. 도와주세요.

눈이 그리 호소하고 있다. 하지만 변경백은 감정으로 움직여서 되는 자리가 아니다. 다른 주의 행정 문제이고, 이미 고등법원이 불수용이라는 대답을 내렸다. 법은 히로토의 개입을 금하고 있다. 상황적으론 히로토가 힘이 돼줄 수 없다. 무리하게 무턱대고 떠맡게 되면 히로토는 월권행위로 고소당하게 된다.

"편지를 써도 위반인가?"

좀처럼 입을 열지 않던 소이치로가 입을 열었다.

"효과가 없습니다. 불고르 백작은 무시할 겁니다."

퀸티리스는 인정머리 없이 말한다.

히로토는 리치아를 보았다. 리치아는 고개를 숙이고 있었다. 때때로 코를 훌쩍이며 눈가를 닦고 있다.

난 이 아이에게 잔혹한 대답을 계속 들이밀어야 할까? 히로토는 생각했다. 노브레시아에서 걸어온 이 아이에게 할 수 있는 일이 아무것도 없다며 뿌리쳐야 한단 말인가?

그리하고 싶지 않았다. 하지만 사람 위에 서는 자는 때로는 잔혹해야 한다. 즉 자비의 마음이나 감정을 무시하고 굳이 무자비의 경지로 자신을 빠뜨려 놓고, 판단해야 할 때가 있다. 지금이 그때이지 않을까? 히로토는 왕이 아니다. 법의 장벽을 넘어 움직일 순 없다. 변경백인 이상—아니, 왕이라할지라도—감정으로 법의 장벽을 뛰어넘어선 안 된다.

미안하구나. 내가 손 쓸 방도가 있다면 좋겠지만…….

그리 말하려다 히로토는 그만두었다.

정말 그걸로 된 건가?

차가운 한마디를 하는 것에 엄청난 저항감을 느낀다. 리치아를 뿌리치면 미미아와는 어떻게 될까.

히로토는 저도 모르게 미미아를 보았다.

미미아도 고개를 숙이고 있었다. 히로토 쪽을 보지 않은 채 여전히 코를 훌쩍이고 있다. 히로토가 거절하면 분명 미미아는 슬퍼할 것이다. 미미아와의 관계에 균열이 생길지도 모른다.

둘 관계의 근저에 응어리가 생길지도 모른다. 그렇다고 법의 장벽을 뛰어넘어도 되는 건 아니다.

(리치아를 도울 수 있으면 좋을 텐데.)

히로토는 생각했다.

내 관할이었다면……. 최소한 국경 방위와 직접관계가 있었다면…….

(역시 말할 수밖에 없다.)

히로토는 리치아에게 얼굴을 돌렸다.

리치아가 초점 없는 눈으로 보았다. 미미아와 같은 푸른 눈동자이다. 눈물로 빨갛게 충혈 돼 있다. 그 안에 의욕이 완전히 꺾인 마지막 빛 같은 게 보였다. 그녀는 나쁜 소식을 예감하고 있다──. 그리 깨달은 순간.

(거절하면 안 돼……!)

반사적으로 히로토는 생각했다.

그녀는 아마 노브레시아에 도착해서 바로 사라브리아로 향했을 것이다. 어떤 기분으로 노브레시아를 떠났는지. 어떤 기분으로 사라브리아까지 여행을 했는지. 상당한 각오, 상당한 결의가 없었다면 여자 혼자서 사라브리아까지 올 수 있을 리 없다.

그녀는 나에게 마지막 희망을 보러 왔다. 그 마음, 그 기대를, 난 배신하는 건가? 변경백인 내가?

배신하면 안 돼.

배신하면 이제 두 번 다시 난 희망의 별로 보이지 않을 거야. 그러면 변경백이 아니야. 무엇보다 나는, 인간에게도 이종족에게도 엘프에게도 살기 좋은 주를 만들 거라고 솔무에서 선언했지 않았나.

가라.

움직여라.

앞으로 전진하라. 갈 수 있는 곳까지 냅다 달려라.

잠들어 있던 내면의 깊은 소리가 강하게 재촉해.

"리치아."

하고 히로토는 불렀다.

"설령 귀족이라고 해도 미라족에게 한 강간은 결코 용서될 수 있는 게 아니다. 어느 정도까지 할 수 있는지 모르겠지만, 할 수 있는 데까지 해볼게."

바로 옆에서 퀸티리스가 앗, 하며 입을 벌리는 게 보였다. 리치아도 히로토 몇 미터 앞에서 작게 입을 벌리고 눈이 휘둥그레졌다.

뭐라고?

할 수 있는 데까지 해보겠다고, 말씀하신 건가요?

그런 얼굴이다.

"시간이 걸릴지도 모르겠지만. 오늘은 성에 묵고 가."

히로토가 그리 말하자, 리치아는 이마를 바닥에 박았다. 리치아의 어깨가 조금 떨렸다. 리치아는 깊숙이 고개 숙여 인사하면서 울고 있었던 것이다.

2

모든 접견이 끝나고 히로토가 집무실로 올라가자,

"어찌 이러십니까, 각하! 안 될 일입니다!"

정무관 퀸티리스가 물고 늘어졌다.

"압력은 가하지 않아. 그저 부탁을 할뿐."

하고 히로토가 대답하자,

"그래도 상대는 압력이라 우길 겁니다."

"미라족이 이리 말하는데, 불고르 백작 쪽에서 다시 한번 조사해주지 않겠냐고 편지를 쓸 뿐이야."

"소용없습니다. 잘해야 무시, 잘못되면 백작에게 고소당합니다."

"대사제와 재상과 국왕에게도 편지를 쓸 생각이야."

"문제를 복잡하게 할 뿐입니다! 각하에겐 정당성이 없습니다! 법은 우리 편이 아닙니다!"

퀸티리스가 언성을 높인다. 두 사람의 논의에 소이치로가 가세했다.

"리치아는 우리를 위해 춤을 춰준 아이야?! 우리를 위해 일부러 노브레시아에서 와줬다고!"

"개인적인 감정은 도움이 안 됩니다. 문제인 건, 법입니다. 법적으로 어떤지 하는 겁니다! 히로토 님의 행위는 월권행위로 간주될 가능성이 있습니다. 법의 관점에서 보면 히로토 님이 개입할 여지는 없습니다."

"노브레시아에서 걸어온 아이를 향해, 나는 아무것도 할 수 없으니 포기하고 고향으로 돌아가라고 말하라는 거야?!"

소이치로가 물고 늘어진다.

"무리한 일은 무리인 겁니다. 고등법원이 수리하지 않겠다고 말한 이상, 그 죄를 물을 순 없습니다."

퀸티리스가 열변을 토했다.

"이걸 보시면 아실 겁니다."

하며 법령을 내밀었다.

· 강간한 자 및 강간미수로 끝난 자는 사형에 처한다. 상대의 손발을 구속해서 강간을 방조한 자도 사형에 처한다.
· 강간 현장을 붙잡은 경우, 혹은 피해자와 목격자의 증언이 재판에서 진실이라고 인정된 경우, 강간죄가 성립한다.

소이치로가 살짝 기막혀 하며 입을 열었다.

"목격자라니, 왜 신고제로 안 하는 거야?! 피해자 이외에 목격자가 없으면 고소할 수 없다니, 진짜 무리잖아!"

"피해자의 신고만으로 성립됐던 시기도 있었습니다. 그때 강간당하지도 않았으면서 강간당했다고 허위 주장을 해, 귀족한테 큰돈을 가로채려는 패거리가 속출했습니다. 그걸 막기 위해 목격자의 존재가 고소의 조건에 더해졌습니다."

퀸티리스가 설명한다.

"그거, 귀족 우대잖아!"

소이치로가 다시 소리를 높인다.

"그럼, 연일 고등법원에 사람이 몰려와 귀족이 범했다고 거짓 고소를 하며 장사진을 쳐도 좋다는 말씀입니까? 소이치로 님은 모르시겠지만, 그런 시대가 있었습니다. 그게 다시 되풀이돼도 좋다고 말씀하시는 겁니까?"

"하지만 그녀의 친구는 강간당했어?! 저런 녀석들은 절대로 다시 범행을 되풀이해! 그런데도 방치한다고 할 거야?!"

소이치로가 외친다. 평소와 다르게 소이치로가 성을 냈다.

되풀이한다라…… 하고 히로토는 생각했다.

"범인을 불러 대질시키는 건 안 돼?"

히로토는 물어봤다.

"안 됩니다. 대질을 한 적도 있습니다만, 강간당하지도 않았으면서 《이 사람이에요》하며 소란을 피우는 자가 속출했습니다."

"복수의 사람을 준비해 모두 같은 옷을 입혀서 대질시키면 되잖아?"

"그런 옷을 입는 건 굴욕적이라고, 귀족이 맹렬히 반대해 실현에 이르지 못했습니다."

퀸티리스의 대답에,

"바보 아냐."

소이치로가 욕을 퍼붓는다.

"정령의 저주는 어떻게 된 거야? 미라족을 강간하고 모른 체 하는데, 왜 정령의 저주가 일어나지 않는 거야?!"

"만약 저주가 일어났다면 불고르 백작도 손을 썼을 겁니다. 일어나지 않았으니까 백작은 응수하지 않는 거겠지요."

"저주가 일어나지 않았으니까 저 아이의 친구가 거짓말을 했다는 거야?!"

소이치로가 물고 늘어진다.

"개별 케이스에 대해선 모릅니다. 다만 정령의 저주는 기본적으로 신분이 높은 자의 행위에 잘못이 있을 경우, 일어난다고들 합니다."

퀸티리스의 설명에,

"이번이야말로 바로 신분이 높은 자의 행위에 잘못이 있는 경우잖아!"

다시 소이치로가 물고 늘어진다.

"왜 정령의 저주가 일어나지 않는지는 저도 모르겠습니다. 제가 할 수 있는 말은 각하에게 가능한 일은 하나도 없다는 겁니다. 아마 고등법원은 불고르 백작 아드님에게 혐의를 받지 않게끔 행동하라고 주의를 환기시켰을 겁니다.

하지만 그게 고등법원이 할 수 있는 한계입니다.”

퀸티리스는 딱 잘라 말했다.

히로토는 잠자코 있었다.

자신은 판단을 잘못한 걸까.

지금 만큼 에크세리스가 있어주길 바랐던 적은 없다. 에크세리스가 있으면 뭔가 조언을 해줄지도 모른다. 퀸티리스와 마찬가지로 아무 것도 할 수 없다고 말했을지도 모르지만—.

(아.)

히로토는 깨달았다.

(나, 생각을 잘못하고 있어.)

히로토는 아버지의 말을 떠올렸다. 도와줄 사람이 없을 땐, ‘저 사람이 있으면……’ 하고 생각하기 마련이지만, 없는 건 필요가 없기 때문이다. 지금 멤버로도 충분히 할 수 있다. 그리 생각해버리면 의외로 해내는 법이다.

(퀸티리스가 있으면 충분해.)

하고 히로토는 생각을 고쳐먹었다. 그런 뒤에 자신에게 지금, 뭐가 가능한지 생각했다. 뱀파이어족을 보내 협박하는 건 불가능하다.

리치아 마을의 미라족을 억지로 감시탑으로 끌어들여 일을 시키고, 국경 방위에 영향이 있으니까 하고 말해본다?

아니.

너무 고식적이다. 분명 사건이 발생했을 땐 일하지 않았으니 무효라는 말을 들을 게 뻔하다.

(편지밖에 없나.)

우선 편지를 한 통 적어 부탁하는 수밖에 방법이 없어보인다.

무시당한다?

아마도.

그러니까 백작에게만 편지를 보내진 않을 것이다. 대사제에게도, 대장로에게도, 재상에게도, 국왕에게도 편지를 보낸다.

성과가 있다?

알 수 없다. 알 수 없지만 할 수 있는 데까지 해야지 싶다. 그러고 나서 다음 방법을 쓰면 된다. 할 수 있는 데까지 하고 나서, 그걸로 안 되면 포기하면 된다.

(다음 방법은······.)

히로토는 묘수를 생각해봤다.

—없다. 필살기는 없었다. 떠오른 건 평범한 방법밖에 없었다. 그 평범함에 히로토는 기가 꺾일 것 같았다.

(우와. 엄청 평범해. 다음 방법도 역시 무시당할 것 같아······.)

다시금 히로토는 다음 방법을 생각해봤다.

상대는 어떻게 움직일까?

자신은?

(아······.)

오직 하나, 답이 있었다. 하지만 틀림없이 마니에리스나 퀸티리스가 반대할 것 같다. 게다가 안전한 방법이 아니다. 히로토는 미미아에게 얼굴을 돌렸다.

제16장 두 명의 미라족

1

리치아는 좀처럼 잠들지 못했다. 며칠을 기다려야 만날 수 있을까 하며, 어쩔 줄 몰라 하고 있는데, 우연히 미미아가 지나갔던 것이다. 덕분에 히로토 님을 뵐 수 있었다.

얘기를 했더니 한참동안 히로토 님은 의논을 했다. 옆에 있는 네모진 얼굴의 남자는 험상궂은 표정을 짓고 있었다.

아.

분명 안 되나보다.

히로토 님도 안 되나보다.

거의 절망하고 있었다. 히로토 님한테도 부탁해봤지만 역시 안 됐어. 돌아가 모두에게 그리 말할 수밖에 없다. 그리 생각했는데, 히로토 님이 말씀해주셨다. 할 수 있는 데까지 해볼게.

꿈같았다.

기뻐서 울음이 나올 것 같았다. 오늘 밤은 성에 묵고 가라는 말을 들었을 땐, 머리를 숙여 이마를 바닥에 박으며 울고 말았다.

역시 히로토 님은 멋진 분이셨다. 이걸로 모두에게 좋은 보고를 할 수 있다. 세세라도 분명 기운을 되찾을 것이다.

정말 다행이다. 사라브리아까지 와서 다행이다…….

2

소이치로 옆에선 큐레레가 새근새근 자고 있었다. 소이치로는 짙은 어둠 속에서 또렷이 눈을 뜨고 있었다.

히로토가 결단했을 땐 정말로 기뻤지만, 밤이 깊어지자 기쁜 마음은 싸늘하게 식어버렸다. 대신 자신은 히로토에게 쓸데없는 말을 해버린 게 아닌가, 자신은 너무 감정적이 돼버려 히로토에게 쓸데없는 말을 하게 해버린 게 아닌가, 그런 반성의 마음이 치밀려왔다.

리치아 일이면 아무리 해도 감정적이 돼버린다. 춤을 춰준 게 정말로 기뻤던 것이다. 분장실에서 그녀들과 악수를 했을 때, 정말로 가슴이 두근두근했다. 꿈같은 한때였다.

소이치로의 부모님은 맞벌이로 소이치로의 생일을 두 사람이 함께 축하해준 적이 없다. 책은 많이 사줬다. 게임 소프트는 성적이 좋으면 살 수 있었다. 물질적으론 그다지 어려움이 없었다. 하지만 생일엔 반드시 부모님 중 어느 한쪽이 빠졌다. 고등학교에 들어가자, 결국 둘 다 빠졌다.

《미안해. 케이크 예약해놨으니까, 네가 가져와.》

내가 가져오라고? 하고 소이치로는 생각했다. 내 생일인데 내가 케이크를 받으러 가는 거야?

전철을 타고 케이크를 받고 다시 전철로 돌아왔다. 달랑 혼자인 단독주택에서 혼자서만 촛불을 켰다. 8분의 1조각도 채 못 먹고, 식욕이 사라졌다. 맛있지도 기쁘지도 않았다. 이럴 거면 케이크 따위 없는 게 좋았다. 테이블에 케이크를 올려둔 채, 2층으로 올라가 침대로 파고들었다. 공연히 비참했다. 다음날 아침, 엄마가 주의를 줬다. 제대로 냉장고에 넣지 않으면 상하잖아.

그만 폭발해버렸다.

《저렇게 맛없는 케이크, 필요 없어! 이제 생일 케이크 따위 필요 없어! 축하 안 해줘도 돼!》

솔무에 온 일주년은 결코 소이치로의 생일이 아니었다. 하지만 미라족 소녀들이 총출동해 자신과 히로토를 위해 춤을 펼쳐보여 주었다. 리치아는 자신을 위해 일부러 노브레시아에서 도보로 달려와주었다.

기뻤다. 정말로 기뻤다. 자신을 위해서 이렇게나 미라족 아이들이 모여주다니……. 게다가 춤 뒤에 미라족 소녀들은 소이치로 일행에게 꽃을 주었다. 히로토가 맨 먼저 축하받을 거라 생각했는데, 리치아는 맨 먼저 소이치로 곁으로 달려와 말해주었다.

《소이치로 님, 축하드려요. 앞으로도 줄곧 계셔주세요.》

그녀는 자신을 축하해주었다. 그런데도. 그녀를 실망시키고 싶지 않았다…….

히로토는 어쩔 작정일까, 하고 소이치로는 생각했다. 네 덕분에 좋은 생각이 떠올랐어, 하고 말했지만 좋은 생각이라니, 편지? 하지만 편지론…….

3

밤중, 돌연 미미아는 눈을 떴다. 바로 옆엔 이 세계에서 가장 사랑스런 사람——히로토가 자고 있다.

리치아의 얘기를 듣고 난 뒤, 히로토 님은 정무관과 복잡한 얘기를 했다.

각하에게 할 수 있는 일은 아무 것도 없습니다.

그리 정무관은 속삭였다.

히로토 님이라도 안 되는 거야? 퓨리스군의 침공도 막았는데, 안 되는 거야?

리치아에게 슬픈 소식을 알리고 싶지 않았다. 그녀가 어떤 기분으로 왔는지, 미미아는 마음이 아플 정도로 이해됐다.

부탁이에요, 리치아를 도와주세요, 하고 히로토 님에게 간청하고 싶었다. 하지만 자신은 시녀. 그런 말을 해선 안 된다. 자신은 히로토 님에게 부탁을 하는 역할이 아니라, 히로토 님의 시중을 드는 역할이다.

하지만—— 히로토 님은 할 수 있는 데까지 해본다고 말해주셨다. 거절당한다고 생각했는데, 히로토 님은 리치아에게 협력을 약속해주셨다.

기뻤다. 퀸티리스는 엄청 화를 냈지만, 미미아는 기뻤다. 역시 히로토 님은 히로토 님이었다. 1년 전, 히로토 님은 자신에게 온정을 베풀어주셨다. 빗속에서 뛰어나가려는 자신의 팔을 잡아 비를 피하게 해주셨다. 그때의 일은 지금도 기억하고 있다. 그리고 오늘, 히로토 님은 리치아에게 도움의 손길을 내밀어주셨다. 히로토 님은 변함없이 온정 어린 히로토 님이었다.

미미아는 옆에서 자고 있는 히로토에게 눈을 돌렸다. 히로토 님을 좋아한다. 히로토 님이라면 뭐든 해주고 싶다.

앞으로 어떻게 될지는 미미아는 알 수 없었다. 퀸티리스는 아무 것도 할 수 없다고 말했다. 하지만 히로토 님이라면, 분명——.

제17장 편지

1

아무 일도 없는 평온한 오후, 노브레시아 주장관 불고르 백작은 성에서 히로토가 보낸 편지를 받았다.

미라족 소녀가 아드님처럼 보여지는 자에게 강간당한, 비극적인 사건이 일어났다. 범인은 황색 바지를 입고 다홍색 망토를 걸친 흑발의 약간 통통한 젊은 남자였다고 한다. 기사 둘을 데리고 있었다고 한다. 두 명의 아드님 중 어느 한쪽일 가능성이 상당히 높다. 백작의 명예에도 관계되는 까닭에 아무쪼록 충분히 조사를 해주시길 부탁드린다.

기사 둘을 데리고 황색 바지를 입고 다홍색 망토를 걸친 약간 통통한 흑발의 젊은 남자라는 부분이 조금 걸렸다. 아들 둘 다 기사 둘을 데리고 말을 타고 산책한다. 황색 바지는 둘 다 가지고 있고 자주 입는다.

하지만 그걸로 조사해보자는 마음은 들지 않았다. 상대는 변경백—— 저 페르키나 백작을 체포했다는, 무례하기 짝이 없는 짓을 한 신참 귀족이다. 명예에 관계되는 거면 모른 체하는 게 도리다. 일부러 조사해 집안의 명예에 관한 사건을 까발리라고 하다니, 어처구니없다. 그런 말을 듣고 조사할 어수룩한 사람은 엘프밖에 없다. 소문으론 뱀파이어족 소녀를 끈덕지게 꼬셔 변경백이라는 지위를 손에 넣었다고 한다.

말세다, 하고 불고르 백작은 생각했다. 괴물을 꼬셔서 출세하다니, 이브리드 제도도 듣고 질렸다.

"어떻게 하실 겁니까?"

집사가 물었다.

"시녀로 애벌레를 고용했다는 건 사실이냐?"

"네."

애벌레라는 건 미라족을 말한다.

"그래서 부탁받고 나한테 편지를 보냈구나."

"답장하실 겁니까?"

불고르 백작은 어이없다는 듯 코웃음을 쳤다.

"디페렌테는 모두 저쪽 세계에서 서민 출신이라 하지 않느냐. 왜 우리가 서민의 말에 귀를 기울여야 하느냐?"

"그럼, 편지는 처분하겠습니다."

집사는 편지를 받아들고는 물러갔다.

건방진 녀석이다, 하고 불고르 백작은 생각했다. 벼락출세한 녀석 따위가 귀족 면상을 하며 나에게 편지를 보내다니, 무례에도 정도가 있다.

2

히브리드 왕국 대사제 소브리누스는 히로토로가 보낸 편지를 읽은 참이었다. 노브레시아 주에서 비극적인 사건이 있었다고 한다. 미라족 소녀가 강간당했다, 그 범인은 주장관 불고르 백작의 아들 같지만, 아들은 쌍둥이인 탓에 어느 쪽인지 특정할 수 없고 목격자도 없는 터라, 고소할 수 없는 상태라 한다. 정말로 통탄할 사건이다.

히로토 님은 이브리드 제도를 지키려고 하시는구나, 하고 소브리누스는 생각했다.

(단 이 사건만은 어쩔 도리가 없다.)

하고 동시에 소브리누스는 느꼈다. 설령 히로토가 노브레시아 고등법원 재판관이었다 해도 법의 장벽이 있다. 아무리 변경백이라도 법의 장벽을 뛰어넘을 순 없다.

(너무 개입해 실각의 원인이 되지 않으면 좋으련만…….)

3

같은 편지를 엘프 장로회 대장으로 유니베스테르도 받았다. 유니베스테르는 일독하자마자, 편지를 들고 온 젊은 엘프에게 편지를 건네며,

"버려라."

하고 한마디 툭 내뱉었다.

"답장은?"

"변경백 편지라면 답장은 하겠지. 하지만 그냥 미라족 시녀를 가진 자의 넋두리에 마음 쓸 필요 없다."

젊은 엘프는 고개를 끄덕이며 물러났다.

히브리드 왕국의 재상 파노프티코스도 히로토의 편지를
받았다. 평소대로 군사적인 보고라 생각하고 펼쳤더니, 내
용은 미라족 일에 관한 것이었다. 파노프티코스는 다소 실
망했다. 왕에게도 같은 편지를 보냈다고 적혀 있다.

어리석은, 하고 파노프티코스는 고개를 가로저었다.

네 녀석은 대체 뭘 하고 있느냐? 네 녀석은 변경백이지
않느냐? 미라족에게 마음을 쓸 상황이 아니다. 네 녀석의
임무는 적장과 친교를 다지며 방위망을 정비하는 게 아니
더냐.

다짐을 받아야 한다, 하고 파노프티코스는 생각했다. 미라
족 일에 개입하면 자연스레 불고르 백작과 부딪히게 된다.
히로토가 페르키나 백작을 체포, 구속한 일은 전적으로 정당
한 일이었지만, 그 일로 히로토에게 반감을 품은 귀족들도
많다. 특히 대귀족은 벼락출세한 변경백은 자신들을 체포할
작정이냐며 분개했다고 한다. 불고르 백작도 그 중 하나일
터이다. 그 불고르 백작에게 대들면 귀족들이 어떻게 생각할
지. 히로토는 대귀족을 적으로 돌리게 될지도 모른다. 히로
토의 임무는 국경 방위다. 막상 퓨리스와 전쟁이 터지면 대
귀족들과 함께 전선을 형성해 싸우게 된다. 그런 대귀족들과
의 연합에 큰 문제가 생기게 되는 것이다. 대귀족들이 변경

백과는 함께 싸우지 않겠다고 선언하면 어쩔 작정인가.

파노프티코스는 부하를 불렀다. 자신의 말을 받아 적게 하고 있는데, 다른 부하가 들어왔다.

국왕의 호출이었다.

5

파노프티코스가 히브리드 왕국의 국왕 모르디아스 1세의 침실을 찾자, 국왕은 편지를 읽고 있던 참이었다.

"변경백 편지 건입니까?"

묻자,

"그쪽에도 왔더냐?"

모르디아스 1세가 물었다.

"불고르 백작이 관련됐다는데, 정말이냐?"

"증거는 없습니다. 만약 증거가 있었다면 노브레시아 고등법원이 고소를 수리했겠지요."

파노프티코스가 대답했다. 히브리드 왕국의 사회기반 시설은 엘프가 지배하고 있지만, 법조계도 역시 엘프의 지배 하에 있다. 히브리드 왕국의 법 기초는 엘프가 만들었다. 더구나 엘프는 공명정대함을 관철시키기 때문에 공정하게 판결해줄 거라는 기대감이 있고, 그 결과, 법조계에서도 강한 영향력을 가지게 되었다.

"불고르 백작이 돈으로 매수하지는 않았겠지?"

모르디아스 1세는 확인했다. 국왕은 그런 걸 신경 쓰고 있었던 듯하다.

"불고르 백작에게 매수당할 만한 엘프가 있을까요? 만약 매수하려 들었으면, 그 시점에서 고등법원으로부터 폐하에게 고소장이 전해졌을 겁니다."

모르디아스 1세는 조금 안심한 듯이 고개를 끄덕였다.

"그런데 이 사건은 어찌 해야 되느냐?"

"방치하면 될 것 같습니다."

파노프티코스는 대답했다.

"왕과 왕령을 거역하지 않는 한, 주의 법 행정은 주장관과 고등법원이 떠맡게 돼 있습니다. 국경 방위가 직접 관계되지 않는 한, 변경백이 입을 댈 문제는 아닙니다."

"무시당하는 일로 말미암아 미라족이 봉기하지는 않겠지?"

"녀석들은 상당히 고분고분한 종족. 그런 걱정은 하실 필요 없습니다."

파노프티코스는 단호하게 대답했다.

"변경백에겐 제 쪽에서 쓸데없는 짓은 하지 말라고 다짐을 받겠습니다."

그럼, 맡기마, 하며 모르디아스 1세는 고개를 끄덕였다.

방을 나오자 파노프티코스는 고개를 가로저었다.

정말로 국왕에게도 편지를 보낼 줄은. 그걸로 초법적인 해결을 하려고 했다?

어리석은.

저 남자는 국경 방위만 하면 된다. 내정엔 개입하지 마라.

그곳은 네 녀석의 본분이 아니다.

제18장 두 개의 화살

1

리치아는 프레브 동굴에 당도하자, 히로토 님이 할 수 있는 데까지 할 생각이라고 말한 걸 얘기했다. 동굴 안은 별안간 열광했다. 남자도, 여자도, 모두가 아무것도 해주지 않을 거라며, 절망하고 있었다.

친구 세세라는 변함없이 동굴 가장 구석진 곳에서 어두운 얼굴을 하고 있었다. 한 번도 밖에 나가지 않았다고 한다. 리치아는 친구 옆으로 가서 히로토 님이 맡아주셨어, 하고 말을 건넸다. 할 수 있는 데까지 해주신대.

그리 말하며 눈물이 복받쳐왔다.

아무것도 못해줘서 미안해.

리치아는 울면서 말했다. 세세라는 말이 없었다. 표정은 여전히 돌처럼 굳어 있다.

2

2주가 지났지만, 히로토에게 편지의 답장은 오지 않았다. 정무관 퀸티리스의 예언대로 불고르 백작은 상대할 생각이 없는 듯했다. 국왕의 답장도 대장로의 답장도 없었다.

(역시인가.)

히로토는 집무실에서 머리를 긁적였다. 퀸티리스한테 말을 듣고 그렇겠구나 싶었지만, 예상대로이다. 하지만 그걸로 기분이 움츠러들진 않았다. 답신이 오지 않을 거라는 건 염두에 두고 있었다.

대사제의 편지엔 피해를 입은 소녀에게 행운이 있기를, 라는 문구가 적혀 있었다. 대사제의 원조는 기대할 수 없다는 것이다.

재상의 편지엔 질타가 적혀 있었다. 쓸데없는 짓 하지 말게. 변경백으로서의 본분만 성실히 하라. 미라족의 이익을 지키는 건 너의 일이 아니다.

자신은 미라족의 이익을 지키려고 한 걸까, 하고 히로토는 생각했다. 자신은 그저 기대에 응해야 한다고 생각했을 뿐이다. 직감적으로 응해야 한다는 기분이 들었다. 미미아에겐 단 한 마디도 간원을 받지 않았다. 하지만 재상에겐 히로토가 시녀로부터 간원을 받고 감정적으로 움직이고 있는 것처럼 보인 모양이다.

(나는 감정적으로 움직였나.)

히로토는 생각했다.

감정이 없다고는 딱 잘라 말할 수 없다. 하지만 감정만으로 움직인 느낌은 없다. 자신 안에선 변경백으로서의 일을 실행한 기분이다.

집무실엔 마니에리스와 정무관 퀸티리스, 그리고 소이치

로와 큐레레와 발큐리아가 있었다. 큐레레는 혼자서 공을 냅다 차고 있다.

미미아가 방에 들어왔다. 잔에 포도주를 따라 전원에게 나눠준다. 공놀이를 하던 큐레레도 포도주를 내밀자 공놀이를 중단하고, 쭉 들이켰다. 활짝 만면에 미소를 띤다. 맛있었던 모양이다.

히로토는 포도주를 받아들었다. 백포도주이다. 연하고 부드러운 상쾌한 맛이다. 그러면서도 희미하게 단맛이 난다.

"예상한 일이야."

마니에리스가 맨 먼저 입을 열었다.

"히로토 님. 문제는 어디서 끝을 내냐는 거요."

아직 끝낼 계제가 아니다, 하고 히로토는 생각했다. 편지를 보냈지만 소용없었어요. 그걸로 끝? 그렇게 막을 내리라고?

"이제 된 거 아니오?"

마니에리스가 재촉한다.

"미라족은 분명 기대하고 있을 거라 봐요."

히로토는 대답했다.

"히로토 님의 임무는 이종족의 기대에 부응하는 게 아니오. 첫째로 국경의 안전을 유지하는 일, 국경을 방비하는 일이오. 둘째로 사라브리아 백성을 지키는 일이오. 노브레시아 백성은 사라브리아 백성이 아니오."

마니에리스가 잘라 말한다. 미미아가 고개를 숙인다.

"노브레시아에서 걸어서 사라브리아까지 오다니, 이만저

221

만 힘든 일이 아니에요. 그처럼 먼 거리를 걸어서 내게 호소하러 왔다는 건, 확신이 있다는 얘기지."

"수리할 수 없다고 노브레시아 고등법원이 이미 답을 내렸소. 히로토 님이 이러쿵저러쿵 말할 수 있는 사한이 아니오."

마니에리스가 일축한다.

"그래서 내가 가서 확 피를 빨아주고 온다고 했잖아."

발큐리아가 말한다.

"그건 더욱 상황을 어렵게 만드오."

즉시 마니에리스가 견제했다.

"큐레레에게 성 상공을 날아서 성을 와장창 허물어버리게 하는 건……."

소이치로가 위태로운 말을 꺼냈다.

"그거야말로 압력을 가하는 일이오. 불고르 백작이 국왕에게 고소할 게 뻔하오. 큐레레 님도 자유 비행하다 우연히 성 상공을 통과했을 뿐이라는 변명은 통하지 않소."

마니에리스가 그 자리에서 부정한다. 큐레레가 고개를 좌우로 흔들며 두리번거렸다.

"큐레레, 어디 가?"

"안 가도 돼."

소이치로가 대답하자 안심한 듯이 웃었다. 그러고 나서 아직 마시고 있는 소이치로의 잔을 보았다.

"더 필요해?"

소이치로가 말하자, 크게 고개를 끄덕였다. 소이치로가

잔을 건네자, 큐레레는 두 손으로 잔을 받아들어 단숨에 다 마셨다. 역시 큐레레는 술이 세다.

"다음 방법을 쓰려고 생각해."

히로토가 말을 꺼냈다.

"아직도 할 작정이시오?"

마니에리스가 반발한다.

"고문관을 파견하는 것뿐이에요. 상황을 설명하고 조사를 부탁하는 것뿐."

"소용없소."

마니에리스가 부정했다.

"그렇게 보이지만 소용없지는 않을 거예요."

"내가 가는 거야?"

소이치로가 물었다. 히로토는 고개를 가로저었다.

"부탁하려는 사람은……."

3

원형의 넓은 욕조에 몸을 담그며 히로토는 데자뷰를 느꼈다. 분명 에크세리스에게 부탁했을 때도 이렇게 되지 않았었나.

히로토의 등 뒤엔 뾰족하게 착 올라간 가슴이 뭉실한 촉감과 함께 등에 밀착돼 있었다.

솔세르이다.

"한동안 히로토 님을 못 뵈니까……."

하며 한층 더 가슴을 밀어붙인다.

(으아……)

"히로토 님."

뒤에서 솔세르가 속삭였다.

"응."

"부탁이 있어요."

"뭐지."

"이쪽을 봐주세요."

아니, 그건 무리. 나 이미 불끈 건강해져 있어.

"에크세리스 님 땐 자주 돌아보셨잖아요?"

히로토는 움찔했다.

들켰다.

"전 안 돼요……?"

안 된다고는 말 못할 상황이었다. 에크세리스에겐 OK인데 솔세르에겐 NG라는 건, 이치상 맞지 않는다.

히로토는 천천히 솔세르에게 몸을 돌렸다. 그 순간 솔세르가 안겨왔다. 통통 탄력 넘치는 뾰족한 가슴이 히로토의 가슴팍을 찌른다.

(으흐흑!)

솔세르의 팔이 히로토 등에 감겼다. 한층 더 풍만한 구체가 밀착된다. 히로토는 하늘을 올려다보았다.

(건강해진다아……!)

그 즈음── 에크세리스와 엘빈은 겨우 텔세베르 성으로 돌아온 참이었다.

0:10에서 생각지도 못한 역전이었다. 5:5로 상황을 되돌린 건지, 아니면 4:6인가 싶은 참에, 돌연 루키티우스로부터 호출이 왔다.

《우리는 변경백을 방문하지는 않습니다. 하지만 볼티우스 님의 죽음을 애도하며 마니에리스 님을 방문하려고 생각합니다.》

그리 루키티우스는 전했다.

《단 여행엔 우연이 따르는 법이지요. 정령님도 우연을 피하진 못할 겁니다.》

그 한 마디로 알았다.

자신들은 어디까지나 엘프 장로회 세콘다리아 지부를 방문하는 것으로, 변경백을 만나기 위해 사라브리아로 가는 건 아니다. 하지만 그렇다고 우연히 변경백을 만나는 걸 거부하는 건 아니다.

퓨리스의 엘프다운 결단이었다. 하지만 기쁜 결단이다. 가장 바랐던 변경백 방문은 직접적으론 실현되지 않았지만, 간접적으론 실현해냈다.

《우리가 참가할지 말지는 차치하고 변경백의 생각, 변경

백의 위기의식엔 이해되는 부분이 있습니다.》

그리 루키티우스는 말했다. 즉 사자연대로 평화조약 반대파를 막아내자는 히로토의 생각엔 동의할 수 있다는 것이다.

《우리 엘프는 자유와 평화와 고결함을 사랑하는 민족입니다. 그 중 어느 하나라도 유린당해도 되는 건 없습니다.》

그 말에 무슨 일이 있었구나 하고 에크세리스는 눈치를 챘다. 누군가가 엘프에게 용서할 수 없는 일을 저지른 것이다.

나중에 체데크 대주교가 루키티우스를 방문한 걸 알았다. 분명 엘프가 용서할 수 없는 말을 한 것이리라. 엘프는 자유와 고결함을 우러러본다. 자신들이 정한 자유, 자신들이 행동할 자유를 제한하려고 들면 두드러지게 반발한다. 분명 그 자유를 침해하는 듯한 발언을 했다.

루키티우스가 마니에리스 방문을 결정했다고 전하자, 메티스는 바로 알아챈 눈치였다.

《그럼, 셋이서 만난다는 거군.》

셋이라는 건 물론 루키티우스, 메티스, 히로토, 세 사람이다. 흐름은 좋은 방향으로 가고 있다. 루키티우스를 사자연대로 평화조약 반대파를 봉쇄하는 일에, 끌어들일 수 있을지도 모르겠다. 그리 되면 국경의 평화는 꽤 강고해진다.

메티스와는 여러 얘기를 했다. 메티스는 남 퓨리스 왕국의 명문가 출신이라고 했다. 어릴 적부터 검 휘두르는 걸 엄청 좋아했다고 한다. 하지만 동시에 군대를 움직이는 것도 좋아했다. 아버지도 역시 유명한 장군이었다고 한다. 형제는 있지만 오빠 둘이 병사한 탓에 메티스가 아버지의 군대를 통솔하게 되었다. 이후 바로 두각을 나타내며 퓨리스 왕국의 2대 장군이 됐다고 한다.

에크세리스는 공감되는 부분이 있었다. 자신의 아버지는 엘프 장로회 프리마리아 지부의 지부장이다. 어릴 적부터 아버지의 후계자로 기대를 받아왔다. 아버지는 주장관이 되진 않았지만, 에크세리스는 주장관에 뜻을 세웠다. 에크세리스는 엘프가 톱에 서야 한다고 생각했다.

예전, 히브리드 왕국은 요직 대부분을 엘프가 차지하고 있었다. 초창기의 왕도 엘프였다고 한다. 추밀원 멤버는 전부 엘프, 재판관도 전부 엘프였다. 지방에 있어서도 주장관은 거의 엘프였다. 엘프 이외에 주장관을 맡은 건 대귀족 정도였다. 히브리드 왕국은 엘프가 지배하는 나라였던 것이다. 하지만 도중에 히브리드 왕국은 노선을 변경했다. 인간들의 불만을 해소시키기 위해, 엘프는 점차 요직에서 물러났다. 추밀원도 이젠 엘프는 대장로 한 사람뿐이다. 주장관도 직접 시행하던 선거제를 인간들에게도 개방해, 엘프 이외의 사람들에게 문호를 개방했다. 그렇게 해서 차츰차츰 인간의 정치 참가를 진척시켜 왔다.

하지만——.

공명정대함이 부족한 성주들이 주를 동요시켰다. 특히 사라브리아 남부에선 그랬다. 다시 한 번 엘프가 톱에 서서 모범을 보여야 한다—— 그리 생각하고 에크레시르는 주장관

227

에 뜻을 두게 되었다.

자신의 꿈은 부장관에서 멈췄다. 하지만 그걸로 됐다고 생각하고 있다. 지금은 멋진 변경백과 함께 일을 하고 있으니까──. 만약 자신이 주장관으로 취임했으면, 엄청난 일이 벌어졌을 것이다. 게젤키아 연합과의 문제. 퓨리스군의 침공. 그 두 사건으로 사라브리아는 엉망진창이 돼, 지금쯤 사라브리아 남부는 퓨리스의 지배하에 있을지도 모른다. 이전, 같이 주장관 후보였던 페이에와 얘기했을 때도, 우리는 주장관이 안 돼서 다행인지도 모르겠다는 말을 했다. 우리는 가장 곤란한 문제가 닥쳤을 때, 해결 능력을 가진 주장관을 얻었다며.

"히로토가 낙선했으면 우리는 감쪽같이 사라브리아의 반을 손에 넣은 건데."

하고 농담 반 진담 반으로 메티스는 말했다.

"그 대신 반란으로 골머리를 썩고 있었을 테지요. 유그르타의 수확은 한계를 목전에 두고 있었으니까요."

하고 에크세리스가 대답하자, 메티스는 웃었다. 퓨리스군은 사라브리아 남부에서 식량을 손에 넣었을 테지만, 그게 유그르타 백성에게 돌아가는 일은 없었을 것이다.

붉은 텔세베르 성의 모습이 가까워지자, 에크세리스는 반가웠다. 동시에 기쁨과 안타까움이 복받쳐왔다. 이제 곧 히로토를 만날 수 있다. 하지만 메티스하곤 한 달 이상, 여행을 계속하고 있다. 헤어지는 건 쓸쓸하기도 하다.

메티스는 일부러 항구까지 배웅해주었다.

"히로토에겐 조금은 선상 스모 연습을 해두라고 말해둬."

에크세리스는 웃었다.

"또 가까운 시일 내에 만나겠지."

메티스의 말을 듣고 에크세리스는 배에 올라탔다. 배가 천천히 해안을 떠난다. 상공을 검은 커다란 날개가 가로지르는 게 보였다.

뱀파이어족이다.

그 순간 돌아왔구나, 하고 에크세리스는 생각했다.

마음속에 이상한 감정이 사무쳤다.

1년 전까진 이런 광경은 없었다. 하지만 지금은 뱀파이어족이 사라브리아 상공을 이리저리 날아다니는 건 흔한 일이되었다. 그게 사라브리아의 풍경이 되었다.

이게 뱀파이어족과 함께 살아가는 일인지도 모르겠구나, 하고 에크세리스는 생각했다.

제19장 고문관

1

서기관 에노크는 부관 사이도와 함께 메티스를 맞은 참이었다. 메티스는 아주 기분이 좋았다.

"엘프에게 밀 지원을 얻어냈어. 이걸로 당분간은 안심이야."

하며 방에 들어오자마자 제일 먼저 말했다. 그래서 기분이 좋았던 것이다.

"라켈 공주 일은 얘기하셨는지?"

부관이 묻는다.

"얘기했어. 공주가 북 퓨리스 과격파를 억누르고 있는 것도. 하지만 폐하가 어떻게 느끼셨는지는 모르겠군. 도중에 체데크가 방해하러 와서 말이야."

"설마——."

"안 들켰어. 내가 요아힘을 만난 일도 공주와 대화한 일도 말이야. 하지만 체데크는 날 캐고 있는 눈치였어. 잠자코 신을 모시고 있으면 좋을 텐데, 대주교의 일이 밀정을 보내는 건 줄 알더군."

"밀정을 사라브리아에?"

부관의 물음에, 에크세리스는 고개를 끄덕였다.

"조만간 히로토와 협의를 할 거야. 루키티우스는 온다고 대답했어."

"정말입니까?!"

부관 사이도가 들뜬 목소리로 묻는다.

"하지만 대외적 목적은 죽은 볼티우스 유족을 찾아가는 거야."

은밀히 미리 의논해놓고, 장군과 루키티우스와 변경백, 셋이서 만날 작정이구나, 하고 에노크는 생각했다. 점점 장군은 변경백에게 구슬려지고 있다. 변경백의 생각대로 움직이고 있다. 이대로 히브리드가 주도권을 쥐게 되면 앞으로가 위험하다. 하지만 저지할 방법이 없다.

회의가 끝나자 서기관 에노크는 텔세베르 성을 나왔다. 평소에도 하던 항구 순찰이다. 테르미너스 강에 면해 있는 항구는 중요한 무역 거점이다. 이렇게 가끔 스스로 순찰하러 나오곤 했다.

항구에 도착하자, 최근 알게 된 올메크라는 남자가 보였다.

"어, 에노크 서기관."

올메트는 붙임성 있는 미소를 지었다.

"조금 전에 엘프 무리가 지나갔소. 장군은 돌아온 모양이더군요."

"지금 만나고 오는 참이야."

에노크가 대답했다.

"장군은 멋진 사람이오. 가끔 그 사람과 일할 수 있으면 좋겠다 싶지만, 의외로 제멋대로라서 힘들지도 모르겠군. 형씨도 꽤 힘든 거 아니오?"

에노크는 쓴웃음을 지었다.

"형씨, 주름이 늘었소. 가끔은 화악 대들어야지."

"장군한테 그럴 수 있을 것 같나?"

"못하겠지요. 나도 무서워서 오줌을 질질 싸며 못할 거요."

에노크는 올메트와 함께 웃음을 터뜨렸다. 안지 얼마 안 되지만, 올메크와는 마음이 맞았다. 생각하는 걸 거침없이 말하기 때문이리라.

확 대든다라, 하며 에노크는 생각했다. 자신에겐 도저히 무리다.

2

세 번째 데자뷰라고 히로토는 생각했다. 왜 자신은 다시 원형 욕조에 있는 걸까. 그리고 왜 다시 젊은 미녀와 둘만 있는 걸까. 왜 둘 다 전라인 걸까. 그리고 왜 다시──.

"히로토 ♪"

(아하)

기분 좋은 두 개의 풍만한 가슴이 뭉실하니 등에 밀착됐다. 양팔을 히로토의 가슴에 감아 끌어당긴다. 한층 더 부드러운 두 개의 구체가 찌부러지며, 뭉실한 쾌감 폭탄을 작렬시켰다.

한순간에 히로토는 불끈 건강해졌다.

"줄곧 외로웠어."

하며 검지로 히로토의 가슴에 원을 그린다. 미묘하게 간지럽다.

"에크세리스에겐 감사하고 있어."

"정말로?"

에크세리스가 다시 가슴을 밀착시킨다. 가슴이 잔뜩 찌부러져, 닿는 면적을 넓히면서 뭉실뭉실한 촉감과 함께 늘어진다.

(우와……기분 좋다……!)

"꽤 힘들었어. 루키티우스는 처음엔 《부디, 돌아가주세요》라고 하는 거 있지. 어찌어찌 얘기는 들어줬지만, 좋은 대답은 듣지 못했지 뭐야. 체데크 대주교가 실수를 하지 않았다면 방문한다는 대답은 못 들었을지도."

"에크세리스 덕분이야."

히로토가 말하자,

"정말?"

하며 다시 가슴을 밀어붙인다. 밀어붙인 채 몸을 미끄러뜨린다. 유두로 등에 선을 그리자, 히로토는 부르르 떨었다.

"메티스가 바로 모래톱에서 상의를 하고 싶대. 중요한 얘기가 있는 모양이야."

"중요한 얘기?"

"라켈 공주 일이라 생각해. 체데크 대주교가 떠본 모양이야."

"성격이 나쁘군."

"당신도 꽤 떠보잖아."

"성격이 나쁘니까."

에크세리스가 웃는다. 웃으면서 다시 에크세리스가 가슴을 밀어붙였다. 두 개의 풍만한 가슴이 뭉실한 촉감과 함께 등에 밀착된다.

"노브레시아 일, 어떻게 생각해?"

쾌감을 얼버무리기 위해 히로토는 물어봤다.

"노브레시아?"

에크세리스가 좌우로 젖가슴을 흔든다. 뾰족하게 돌기된 유두가 등을 오른쪽으로, 쓰~윽. 다시금 왼쪽으로 쓰~윽. 한순간에 쾌감이 커진다.

(으흐흐.)

"백작은 아무 것도 안 할 거야. 솔세르, 분명 험한 꼴을 당할걸."

"파견하지 않는 편이 좋았다고?"

에크세리스는 고개를 가로저었다.

"마니에리스는 내가 쓸데없는 짓을 한다고 화가 난 모양이야."

"나도 그렇게 생각해."

하고 귓전에서 에크세리스가 속삭인다.

"하지만 기대를 배신할 순 없어. 솔무에 갔을 때, 나, 놀랐어. 미라족 소녀가 저런 춤을 펼쳐보이다니. 폐쇄적인 종족이었는데."

"그다지 춤을 안 췄어?"

"춤추는 건 좋아하는 것 같았지만, 정치하는 사람을 위해서 춤추다니, 들은 적이 없어. 그만큼 히로토에게 감사하고 있는 거야. 리치아라는 소녀가 왔었다며. 그 만큼 히로토가 미라족에겐 희망의 별인 거야. 사람 위에 서는 자는 사람의 기대에 응해야 돼. 한 번 실망시키면 기대를 되찾기 어려워. 어떤 고난이 있더라도 당신은 응해야 돼."

하며 에크세리스가 뒤에서 말한다.

사람들의 기대——. 희망의 별——.

"솔세르가 돌아오면 어쩔 거야?"

"말하면 틀림없이 화낼 거야."

"말하지 않으면 계속 이러고 있을 거야♪"

하며 에스세리스가 가슴으로 원을 그렸다. 뭉실한 가슴이 착 달라붙어, 뾰족하게 불거진 유두로 비벼댄다.

(우아아……!)

"아직 말 안 할 거야? 아니면 좀 더 이렇게 해주길 바라는 거야?"

하며 에크세리스가 젖가슴을 마구 밀어붙인다.

(양쪽 다~야! 말하고 싶지 않고, 좀 더 가슴을 비벼주길 바라~~아!)

"그럼, 어쩔 수 없네."

에크세리스가 몸을 떼어낸다.

아니?

벌써 끝?

하고 생각했더니 이번엔 정면에서 안겨왔다. 히로토의 가슴팍에 유두를 비벼댄다.

(폭발한다아아앗!)

에크세리스가 배에서 가슴팍에 걸쳐 몇 번이고 가슴을 밀착시키며 비벼댄다.

(위험해~~~에!)

바르르 히로토가 떨었다. 몽롱한 웃음을 지었다.

(폭발했다……!)

3

낯선 마을은 타인이다. 낯선 성은 그 이상으로 타인이다.

불고르 백작의 성 앞 대기소에서 자신은 사라브리아 변경백의 고문관을 맡고 있으며, 사자 자격으로 왔다고 솔세르가 전하자, 수비병은 조금 놀라는 눈치였다. 변경백이 준 통행증을 건네자, 바로 안으로 부리나케 뛰어갔다. 얼마 안 있다 들어오라고 했다.

벽 너머는 광대한 부지였다. 마치 프리마리아 시가 전부 들어찰 정도로, 광대한 부지 안에 수풀이 있다. 그 수풀 사이에 이차선 도로가 뻗어 있다.

말 한 필이 끄는 이륜마차를 타고 몇 분을 들어가자, 겨우 성관이 나타났다. 하얀 벽과 파란 지붕이 인상적인 저택이다.

현관을 들어가자 바로 2층까지 천정이 뻥 뚫려 있었다. 장대한 천정벽화가 그려져 있다.

"바로 각하가 오실 겁니다."

그리 말을 들었지만 10분이 지나도 나타나지 않는다. 20분이 지나도 소식이 없다.

"저기……."

사람을 불러봤지만 오는 기척이 없다.

설마.

자신은 포로가 된 걸까?

어처구니없는 불안감이 들고 만다.

30분이 지나서야 겨우 집사가 모습을 보였다.

"주인님이 기다리십니다."

안내된 곳은 당구장이었다. 딱, 딱, 기분 좋은 소리가 터져 나오고 당구대 위에 색깔이 입혀진 공이 구르고 있었다.

성관의 주인은 기장이 짧은 다홍색 재킷을 걸치고, 황색 바지를 입고, 큐대를 잡고 있었다. 복장이 확연히 서민과 다르다.

"저기……."

말을 걸었지만 대답이 없다. 남자가 큐대를 탁 치자, 공이 굴러가 4번 홈에 떨어졌다.

"이제 막 귀족이 된 자가 나에게 무슨 볼일일까."

얼굴도 보지 않고 백작은 물었다.

"미라족 소녀가 강간당한 사건에 대해섭니다."

"신참 귀족은 월권행위라는 단어도 모르느냐."

온화한 어조로 백작은 비난을 던져왔다.

"알고 있습니다."

"그럼, 왜 나를 번거롭게 하느냐?"

역시 솔세르를 보지 않고 묻는다.

"대답을 듣지 못한 터라, 직접 왔습니다."

"신참 귀족은 재판관이 수리하지 않았다는 의미도 모르느냐."

다시 비난을 던졌다.

"월권행위를 할 생각은 없습니다. 그저 아드님이 관련된 일이라 하니 꼭 조사해주셨으면 합니다. 물론 강제하지는 않을 겁니다. 그저 부탁을 드리는 것뿐으로……."

"내가 조사할 의무는 없다."

다시 딱, 기분 좋은 소리가 터져 나오고 공이 굴러갔다.

"미라족은 방위망의 감시탑 건설에도 도움이 되고 있습니다. 지금도 감시탑에서 감시원으로 퓨리스군의 움직임을 살펴주고 있습니다."

"그 감시탑에서 감시를 하는 미라족 소녀가 강간이라도 당했다고 말하는 거냐? 우리 영지의 미라족이 딴 데서 일한다는 얘기는 못 들었는데."

솔세르는 입을 다물었다. 딱, 새된 소리가 나고 겨우 백작이 솔세르에게 얼굴을 돌렸다.

눈은 깊게 푹 꺼졌다. 쌀쌀한 느낌이었다. 콧날도 가늘고 냉담한 인상이다. 고귀한 자들 사이에서만 나고 자란, 그런 인상이었다. 백성의 고통이나 백성의 슬픔 따위, 전혀 상상하지 못할 것 같은 그런 얼굴을 하고 있다.

"여자인가."

백작은 중얼거렸다.

"미라족 소녀가 강간당했을 때, 아드님이 어디에 계셨는지 만이라도 조사해주실 수 없으시겠습니까?"

솔세르가 자세를 낮추자,

"부친 성함은?"

하며 돌연 물었다.

"달무르입니다."

"뭘 하는 분이냐?"

"네카 성 성주이십니다."

그리 대답하자,

"서민의 딸이 무슨 권리와 자격이 있어 명예 높은 우리 불고르 가의 아들이 역겨운 범죄를 저질렀다고 하는 거냐?! 우리 불고르 가의 명예를 훼손할 작정이냐?! 명예훼손죄로 고소당하고 싶으냐?!"

돌연 강압적인 큰소리로 다그쳤다.

"그런……."

"알았다. 명예훼손죄로 고소하마."

종을 울려 사람을 부르자, 집사가 들어왔다.

"재판소로 가주게. 이 자가 우리 불고르 가를 모욕했네. 명예훼손죄에 해당한다고 재판관에게 고소해주게."

"아닙니다, 전——."

솔세르는 창백해졌다. 그 순간 무표정하던 불고르 백작의 얼굴에 심술궂은 미소가 떠올랐다.

"잘난 체하는 자를 모시는 건 힘든 일이다. 자신의 의사가 아니라 멍청한 주군의 명령으로 그저 나에게 왔다는 건 안다. 고문관 따위 그만두고 내 조카의 첩이 되면 어떻겠느냐?!"

자신이 조롱당한 걸 솔세르는 알아차렸다. 히로토가 마음에 안 드니까 일부러 심술궂은 말을 한 것이다. 거기다 백작은 첩 따위라는 말을 해서 자신에게 수치를 맛보게 했다.

"사양하겠습니다."

"첩이 되면 두 아들에게 질문해도 좋다고 한다면, 어떻게 할 거냐?"

솔세르는 한순간 흔들렸다.

첩이 된다?

아니!

히로토 님의 여자가 되는 게 아니면 싫다! 분명 이것도 조롱하는 거다!

"사양하겠습니다."

딱 잘라 솔세르는 거절했다. 그 순간 불고르 백작의 표정

에서 웃음이 사라지며 다시 무서운 무표정이 나타났다.

"촌년을 내쫓아라. 이후 벼락출세한 귀족의 사자는 누구도 성에 들이지 마라."

4

솔세르가 퇴실하자, 불고르 백작은 코웃음을 쳤다.

"서출 애송이 녀석. 분수를 뼈저리게 알게 해주마."

그리 중얼거리자, 집사에게 얼굴을 돌렸다.

"바로 출발 준비를 해라. 엔페리아로 간다."

제20장 상경

1

사라브리아에 잠복 중인 대주교의 밀정은 중요한 정보를 손에 넣은 참이었다.

북 퓨리스의 식재료가 세콘다리아 장로회에 전해졌다. 게다가 프리마리아 장로회에도 전해졌다. 납품한 날은 마침 메티스가 프리마리아에 체류하고 있을 때이다. 엘프 장로회는 몸을 숨길 장소로는 가장 안전한 곳이다. 아마 요아힘과 페르키나 백작은 장로회에 숙박했던 것이리라.

다만 같은 날에 납품됐다는 게 마음에 걸린다. 세콘다리아에 숙박하고, 그 후 프리마리아에 숙박했다? 하지만 납품된 건 거의 같은 시간대인 오후다. 세콘다리아를 출발했다면 아침 시간대다. 오후엔 이미 세콘다리아엔 없었다. 그런데 어째서 세콘다리아에 식재료가 전해진 걸까.

가장 주의를 끈 건 프리마리아 성에도 북 퓨리스의 식재료가 납품된 일이었다.

왜 두 곳에 북 퓨리스의 식재료를 전해야만 했을까.

혹시나 싶어 장소를 바꿨다?

하지만 전한 건 같은 날이다.

밀정은 중요한 가능성을 깨달았다.

(북 퓨리스 왕족이 둘 있었다⋯⋯!)

장소를 바꾼 게 아니다. 메티스가 프리마리아에 체류했을 때 마을엔 두 사람의 왕족이 있었던 것이다.

한 명은 요하임.

다른 한 명은—— 아마도 라켈 공주.

그렇다면 세콘다리아 장로회에 숙박한 건 라켈 공주다. 동생을 쫓아온 거거나 한발 늦게 도착한 것이리라. 그리고 그 후, 프리마리아로 이동했다. 그리고 프리마리아 성에 체류했다.

메티스는 요아힘을 만났을 가능성만 있는 게 아니다. 라켈 공주도 만났을 가능성이 있다.

(대주교가 기뻐하겠군.)

내일 유그르타 항에 있는 동료에게 직접 전하자. 이걸로 저 남자를 흔들 수 있다, 하고 밀정은 생각했다.

상황적 증거밖에 없다?

그걸로 충분하다. 스스로 모든 걸 알고 있다 생각하면, 사람은 무너지기 마련이다.

2

녹색의 품위 있는 소파가 크림색 벽 방에 네 개, 놓여 있었다. 소파에 자리한 건 깃털장식이 달린 모자를 쓴 여자였다. 모자 아래로 흑색의 중간 기장 머리와 녹색 눈동자가 엿

보였다. 코끝은 둥그스름하지만 미인이다.

여자는 진주 목걸이를 세 개, 늘어뜨리고 있었다. 첫 번째
는 백색 진주였다. 두 번째는 흑색 진주였다. 세 번째는 금
색 진주이다.

페르키나 드 라렌테 백작——유력한 귀족이다. 안셀 사건
덕에 지금은 근신 중인 몸이지만, 방문객은 끊이지 않았다.

건너편 소파에 자리한 건 노브레시아 주장관 불고르 백작
이었다. 백작은 히로토의 횡포를 전한 참이었다. 고등법원
이 수리하지 않았음에도 불구하고, 자신에게 조사를 명한
일. 바쁜 탓에 대답을 하지 못하고 있자, 고문관을 파견해
조사를 재촉한 일——.

"그가 횡포를 부린 건 충분히 알고 있어요. 변경백이라고
해도, 타인의 땅에 멋대로 들어와 재판관 흉내를 내도 되는
건 아니지요. 법을 존중하지 않는 자가 국왕을 존중할 수 있
을 리 만무해요. 언젠가 저 젊은이는 우리나라를 멸망시킬
거예요."

페르키나 백작은 강한 어조로 변경백을 비난했다.

"근신 중인 몸이 아니면 내가 폐하께 말을 하겠지만——."

"폐하껜 제가 말을 하지요."

불고르 백작은 웃었다.

"단지 옷 색깔이 같았다, 단지 호위병이 둘 있었다는 것만
으로 범죄자 취급을 받는 건, 도저히 참을 수가 없습니다.
폐하껜 확실히 부탁을 하고 올 작정입니다."

3

3일 후, 불고르 백작은 히브리드 왕국의 국왕, 모르디아스 1세의 침실에서 열변을 토하고 있었다. 막 변경백의 횡포를 전하던 참이었다.

침실엔 백작과 국왕 이외엔 재상 파노프티코스밖에 없었다.

"조금 대답이 늦었기로 서니 고문관을 보내다니, 전대미문입니다. 노브레시아 사람이 사라브리아 사람에게 무슨 일을 저질렀다면 당연한 일일 테지요. 하지만 노브레시아 사람이 노브레시아에서 뭔가를 한 것이며, 게다가 고등법원은 이미 수리할 수 없다고 결정을 내렸습니다. 즉, 제 아들은 무죄입니다. 그럼에도 불구하고 고문관을 파견하는 건, 변경백의 분수를 분간 못한 횡포라고밖에 할 수 없습니다. 전 이 일을 염려하고 있었습니다. 급격하게 위에 올라선 자는 반드시 이렇게 됩니다. 예전에 변경백을 맡은 자도 자신이야말로 왕에 어울린다고 생각하고 어리석게도 병사를 일으켜, 왕을 해치려 들었습니다. 지금 변경백도 역시 같은 길을 걷고 있습니다. 이 나라의 왕은 폐하 오직 한 분이지 변경백이 아닙니다. 사라브리아 변경백이 실제로 뭘 생각하고 있는지, 뭘 획책하고 있는지는 모르겠습니다만, 폐하의 말씀으로 엄하게 제재해야 하지 않겠습니까?"

모르디아스 1세는 잠자코 있었다. 국왕이 변경백을 인정하고 있는 건, 백작도 알고 있다. 하지만 국왕은 한 번 사라브리아까지 가서 변경백에게 사죄했다. 자긍심 높은 국왕에겐 분명 지금도 마음에 남아 있을 굴욕이었으리라. 근본적으론 변경백에 대해 반감이 있을 터이다.

"폐하. 차라리 폐하가 엔페리아로 불러 엄하게 주의를 주시면 어떻겠습니까? 이번엔 변경백이 올 차례입니다."

불고르 백작은 건의했다.

"변경백에겐 국경 방위의 임무가 있다. 함부로 사라브리아를 떠날 순 없는 노릇이다."

즉시 파노프티코스가 견제한다.

"이미 저희 노브레시아 사건은 소문이 쫙 났습니다. 그건 월권행위다, 너무나 지나친 처사다, 횡포다, 하고 외치는 귀족도 많이 나오고 있습니다. 폐하가 아무 질책도 하지 않으시면, 귀족들도 폐하는 우리가 아니라, 변경백 편만 드는 거냐며 불만을 품겠지요. 그게 다가올 퓨리스와의 전쟁에서 어떤 영향을 줄지는 현명하신 국왕께서는 잘 알고 계시리라 믿습니다. 만약 책망하지 않으신다면 변경백은 기세등등해져 점점 법을 무시하려 들 겁니다. 자신의 시녀가 미라족이라고 해서 일방적으로 편을 들며 법을 무시하는 자를, 질책하지 않으시면, 히브리드는 결코 하나가 될 수 없습니다."

불고르의 말을 잠자코 들은 뒤.

"잘 알았다."

하고 모르디아스 1세는 대답했다.

"짐은 변경백이 나쁜 인물이라곤 생각하지 않는다. 변경백은 미라족이 노브레시아 주에서 자신의 곳까지 와서 간원할 정도라면 분명 큰일이 있었기 때문이라고, 내게도 조사를 부탁할 수 없냐고 편지를 보내왔다. 그대가 말하는 것처럼 무리하게 명령했다는 생각은 들지 않는다만, 다시 변경백이 분수를 넘지 않도록, 절대로 월권행위를 하지 않도록, 짐이 통고하마."

불고르 백작은 깊숙이 고개를 숙였다.

제21장 패배 선언

1

국왕 침실을 물러나자 불고르 백작은 입술에 차가운 미소를 지었다.

모난 돌은 정을 맞아야 한다.

이세계에서 온 애송이가 이 나라를 좌지우지해도 되는 일은 하나도 없다. 이세계에서 오기 전부터 이 나라는 우리 귀족이 떠받치고 있었다. 벼락출세한 착각 덩어리는 얌전히 국경 방위에만 종사하면 된다.

(패배한 녀석을 더 몰아볼까.)

패자에겐 굴욕을.

대귀족에게 덤비는 녀석은 굴욕을 맛보는 게 좋아.

불고르 백작은 하인을 불러 받아 적으라 했다.

2

자신의 방으로 돌아온 파노프티코스는 한숨을 쉰 참이었다.

(어리석은.)

히로토를 불러 호통을 치고 싶었다.

그래서 쓸데없는 짓을 하지 말라고 편지를 보냈는데, 히로토는 고문관까지 파견하고 말았다.

고문관이 명령을 했다고? 압력을 가했어?

글쎄 그건 어떨까.

히로토라면 가능성은 있다. 하지만 동시에 안 했을 가능성도 있다.

중요한 건 불고르 백작에게 고문관 파견 건을 이용당한 것이다. 백작은 같은 귀족들에게 나발을 불고 있을 것이다. 결국 귀족들 사이에서 히로토의 평판은 떨어지고 막상 퓨리스와 전쟁을 할 때는 그것이 발목을 잡을 것이다.

말은 은, 침묵은 금.

히로토는 침묵을 지키지 않았다. 퓨리스와의 교섭에선 전반엔 침묵을 지켜나가다 여기다 싶은 곳에서 말의 검을 뽑아들었던 히로토가 실책을 해버렸다.

실책의 청구서는 생각보다 클지도 모르겠다.

3

히로토는 집무실에서 다시 머리를 긁적이고 있었다. 솔세르는 눈물을 흘리며 보고하다, 지금 물러간 참이다.

(제기랄……뭐가 백작이야! 그저 냉혈한이잖아!)

소이치로는 분개했다.

에크세리스의 예언대로 불고르 백작은 솔세르를 냉담하

게 대했다. 호되게 비난한 끝에 자기 조카의 첩이 되면 조사해도 좋다는 말을 꺼내든 것이다. 거절하자 큰소리로 촌년이라 불렀다.

사라브리아에선 솔세르는 나름 양갓집 규수이다. 아버지는 부유하다고 알려진 네카 성 성주 달무르이고, 마을에선 아가씨라 불리고 있다. 하지만 대귀족 불고르 백작이 보면 그저 시골뜨기 처녀인 것이다.

거기가 국왕이 보낸 편지가 치명타를 입혔다.

《그대는 변경백으로서의 임무에 전념하고 그 임무에 성실하라. 결코 임무 외의 일로 다른 주에 고문관을 파견하지 마라. 법과 고등법원의 판단을 존중하라. 국경 방위와 무관계한 일로 다른 주에 명령이나 개입을 하지 마라.》

즉 노브레시아 미라족 사건에 대해선 아무 일도 하지 말라는 것이다. 국왕이 직접 못을 박고 말았다.

불고르 백작이 보낸 편지엔 사과하러 오라는 고압적인 문장이 적혀 있었다.

(뭐가 사과하러 오라야! 그쪽이 와!)

하며 소이치로는 점점 더 분개했다. 아무래도 노브레시아 미라족 일이 되면 뜨거워져 버린다.

에크세리스도 퀸티리스도 침묵했다. 엘빈도 마니에리스도 침묵했다. 발큐리아는 수긍이 안 가는 기색이었다.

"이용당했군."

마니에리스가 한 마디 툭 던졌다.

"분명 불고르 백작은 과장되게 말한 거야."

에크세리스가 말을 잇는다.

"과장?"

하고 발큐리아가 되물었다.

"분명 솔세르가 강한 어조로 명령했다고 거짓말을 한 거야."

"그런, 히로토는 국왕에게도 편지를 보냈잖아?! 무엇보다 솔세르가 명령 따위——."

"하지만 말로 한 거라 증거가 없어."

"페르키나 백작을 체포한 일로 히로토에게 반감을 가진 귀족이 늘고 있어. 귀족들을 달래기 위해 구태여 히로토에게 주의를 준 거야."

그런 이유로?!

에크세리스의 설명에 소이치로는 폭발해버리고 싶었다.

또다, 하고 소이치로는 생각했다. 소이치로도 모르디아스 1세는 만난 적이 있지만, 한 번 히로토를 주장관에서 해임시켰다. 나중에 그걸 과오라 인정하고 히로토를 주장관에 재임명, 직접 사라브리아까지 와서 사죄했다. 하지만 —— 또 같은 짓을 하고 있다. 주위 눈을 신경 써 모르디아스 1세는 가끔 히로토에게 냉담한 처사를 취한다.

"불고르라는 녀석이 나쁜 거잖아! 내가 그 녀석 피를 빨아

주고 올게."

하며 발큐리아가 씩씩대자,

"더욱 히로토 님 입장을 나쁘게 할 뿐이오!"

하고 마니에리스가 제지했다.

"그럼, 잠자코 있으라는 거야! 히로토는 나쁘지 않은데, 멋대로 악인 취급하고 있어!"

"히로토 님이 스스로 함정으로 뛰어든 거요! 그래서 내가, 히로토 님에게 쓸데없는 짓은 하지 말라고 말씀드린 거요!"

"히로토는 나쁘지 않아!"

발큐리아가 우겨댄다.

"하지만 실책을 범했소! 미라족 일에 너무 깊이 개입하는 게 아니었소!"

조금 떨어져 대기하던 미미아가 고개를 숙였다.

"죄송해요…… 제가 히로토 님에게 만나달라고 부탁해서……."

꺼질 듯한 목소리로 말한다.

"미미아는 나쁘지 않아."

히로토가 막아섰다.

"하지만 제가——."

"대면시킨 건 미미아라고 해도, 결정하는 건 내 일이야. 내가, 내 판단으로, 내 책임으로, 결단한 거야."

하며 히로토가 위로했다.

제기랄, 하고 소이치로는 생각했다. 자신이 권력자라면

—자신이 왕이었다면—바로 조사하라는 한 마디로, 밉살스런 쌍둥이를 연행했을 텐데. 법정 앞으로 끌어내 죄를 고백시키고 형벌을 내려줄 텐데.

히로토도 분명 같은 생각을 하고 있음에 틀림없다. 국경 방위에 관한 한 히로토는 무적이다. 국내에서 히로토에 반대할 수 있는 자는 거의 없다. 하지만 다른 일이 되면 히로토는 쳐다보지도 않는다. 귀족을 회유시키기 위한 도구로 이용되고 만다.

"이번엔 이걸로 됐다고 생각해. 난 평범한 키요카와 히로토가 아니야. 변경백이야. 미라족에겐 희망의 별이야. 기대하는 존재야. 그런 내가 미라족의 간원을 거절해선 안 돼. 한 번 기대를 배신하면 그 기대를 되찾는 건 엄청 어려워져. 변경백이기 때문에 난 리치아의 부탁을 수락해야만 했어. 그래서 후회하지 않아. 덕분에 다음 스텝으로 갈 수 있기도 하고."

하며 히로토는 밝은 목소리로 설명했다.

(다음?)

소이치로는 고개를 꺄웃했다.

다음은 뭐지?

"히로토 님. 그건 어떤 의미요? 자중할 수밖에——."

"아, 물론 자중할 거고 반성도 할 거예요. 어쨌든 사과하러 가야 하잖아요?"

"사과하러?"

마니에리스가 이상한 듯한 표정을 지었다. 무슨 소리인지, 하는 얼굴을 하고 있다.

"사과하러 오라고 했잖아요? 그러니까 노브레시아까지 갈 거예요."

"바보같은!"

마니에리스의 천둥 같은 호통이 떨어졌다.

"임무 이외의 일로 쓸데없는 짓은 하지 말라고 폐하가 못 박은 걸 잊으셨소!"

"막상 퓨리스와 전쟁이 났을 때 대귀족의 연대는 불가결해요. 무례를 저지른 거면 무례를 사과하러 가는 것도 충분히 임무의 범주라고 생각하는데."

"네가 사과할 필요 없어!"

소이치로가 제지하러 나섰다.

"나쁜 건 상대야! 거짓말을 해서 네가 주의 받도록 꾸민 건, 백작 쪽이야! 네가 사과하러 가면 저쪽이 우쭐댈 뿐이잖아!"

"우쭐대주면 좋잖아?"

"너, 뭘 생각하는 거야!"

"실례했습니다, 죄송해요~ 하고 돌아서면, 범인을 넘겨주지 않을까?"

히로토가 어울리지 않는 농담을 한다.

"히로토 님! 방법은 이제 패배 선언밖에 없소! 이 이상 쓸데없는 짓은 하지 말아야 하오!"

마니에리스가 제지하러 나섰다.

"사과하러 가지 않으면 관계 개선은 안 될 것 같은데."

히로토가 태연한 얼굴로 대답했다. 지그시 마니에리스가 노려보았다.

"나도 점점 히로토 님이라는 인간을 이해하게 됐소. 히로토 님이 그저 사과하러 갈 리 없소. 뭔가 꿍꿍이가 있는 거지요."

히로토는 싱긋 웃었다.

"그런 거야?"

소이치로가 물었다.

"너, 무슨 꿍꿍이야?!"

히로토는 웃으며 마니에리스에게 얼굴을 돌렸다.

"사과하러 가면 길은 열려요. 가능하면 큐레레와 소이치로도 몰래 데려가고 싶은데. 그리고 미미아도 말이죠."

"뭘 생각하고 계시오?"

"혼자 가는 건 불안해서."

"난 허락할 수 없소."

마니에리스가 끝까지 막아서려고 한다.

"난 허락할게."

줄곧 침묵하던 에크세리스가 입을 열었다.

"점점 히로토라는 사람을 이해하게 됐어. 뭘 생각하는지는 모르겠지만 난 당신 편이야."

제22장 협박

1

올메크는 히브리드에 잠복중인 밀정으로부터 중요한 정보를 손에 넣은 참이었다.

"중요한 증거가 나오는 대로 덫으로 몰아넣으라고 대주교는 말씀하셨소."

히브리드에서 온 밀정이 전했다.

"알고 있어."

올메크는 대답했다.

"내일이라도 말을 붙여보지."

"일을 그르치지 마시오."

밀정은 낚은 물고기를 받아 히브리드로 가는 배에 올라탔다.

(내일은 마지막 대어를 낚는 건가.)

올메크는 장대를 흔들며 테르미나스 강에 낚싯줄을 던졌다.

2

히로토는 겨우 침실로 돌아간 참이었다. 밤의 어두운 방을 촛불이 한들대며 비추고 있다.

"히로토 님……."

하며 미미아가 고개를 숙였다.

"신경 쓰지 않아도 돼. 분명 전부 잘 될 거야."

하며 히로토가 웃는다.

"그것 보다 미미아에게 부탁하고 싶은 게 있어."

히로토가 귀에 얼굴을 갖다 댄다.

"제가……?!"

"안 돼?"

미미아는 고개를 가로저었다.

"제가 할 수 있는 일이라면 뭐든 할게요. 리치아의 친구를
돕고 싶어요……."

3

다음날 도미나스 성에서 마차가 두 대, 서로 반대 방향으로
출발했다. 한 대는 서쪽으로 달리다 북쪽으로 방향을 틀었고,
다른 한 대는 동쪽으로 달리다 남쪽으로 방향을 틀었다.

4

2시간 후——.

히로토는 테르미나스 강 모래톱에서 메티스와 재회를 이

뒀다. 2달 만이다. 서로 호위병은 붙어 있었지만 멀리 떼어 놓고 둘이서만 얘기를 했다.

"체데크가 내 신변 주위를 여기저기 캐고 있어. 아마 요아 힘과 라켈 건일 거야. 사라브리아에서도 라켈 공주의 일을 캐고 있는 게 틀림없어."

"유그르타에서도 캐고 있는 거 아냐?"

히로토는 지적해봤다.

"난 약점을 들어내지 않아."

"그럼, 측근은?"

"부관은 날 배신하지 않아."

"그럼, 서기관은?"

메티스는 침묵했다. 어딘가 짚이는 곳이 있는 모양이다.

"미행이라도 붙여보지?"

히로토의 제안에 메티스가 부하를 불렀다. 메티스가 귓속 말을 하자, 부하는 바로 그 자리에서 달려나갔다.

1시간 정도로 회담은 끝났다. 히로토는 모래톱의 퓨리스 측까지 메티스를 배웅했다. 메티스는 배를 타려다,

"다시 선상 스모 할래?"

하며 장난기 넘치는 웃음을 지어보였다.

"백전백승은 쉽지 않을 걸?"

"네가 상대라면 백전백승이야."

바로 히로토는 메티스와 배에 올라탔다. 양손으로 맞붙어

싸웠다.

"오늘은 어딘가에 넋이 빠져 보고 있진 않겠지?"

"나도 조금은 배웠다고?"

"어디서?"

메티스가 힘을 실은 순간 어이없이 히로토의 몸은 붕 떴다. 아차, 하고 생각했을 땐 히로토는 강에 내던져져 있었다.

먼저 히로토가 떨어지고 이어 메티스가 떨어졌다.

퓨리스 병사가 웃는다.

메티스도 웃는다.

강 속에서 하얀 의상 너머로 가슴이 드러났다. 멋진 폭발할 듯한 가슴의 윤곽이 드러나 보였다.

(역시 엄청난 가슴.)

하고 히로토가 생각하자 메티스는 웃으며 말했다.

"거봐라, 또 넋 놓고 보잖아."

5

다시 메티스가 히로토와 모래톱에서 만나 선상 스모를 한 걸 들은 에노크 서기관은 얼굴을 찌푸렸다.

(너무 아첨을 떨고 있어.)

변경백 상대로 선상 스모를 해서 뭘 하단 말인가. 처음에 한 선상 스모는 친목의 의미가 있었다. 하지만 두 번째 이후는? 흡사 남자와 여자의 농지거리다.

경계를 넘어섰다고 에노크 서기관은 생각했다. 지나치다. 퓨리스 왕국이 자랑하는 지장이 적장과 사이좋게 농지거리를 하고 있다.

이 이상은 방치할 수 없었다. 들이밀 때는 지금인가.

그리 생각했지만 에노크는 말할 용기가 없었다. 장군을 앞에 둔 순간 기가 꺾여버렸다.

성을 나오자 에노크는 한숨을 쉬었다.

"어이, 여자한테 차였소?"

낯익은 목소리에 얼굴을 들자, 친숙한 올메크가 서 있었다. 구김 없는 미소를 짓고 있다.

"실은 마침 형씨한테 의논할 게 있어요. 간단한 일이지만 나에겐 아무래도……."

하고 올메크가 웃는다.

"금방 끝나는 일이야?"

"아아, 바로 끝나요."

올메크는 대답했다.

6

에노크는 영락없이 개인적인 상담일 거라 생각했다. 인기척이 없는 모래사장에 데리고 가도 설마 그런 얘기를 꺼낼 줄은 생각지도 못했다.

"실은 세 사람을 유죄로 만들어야 하는데, 그 중 하나를 도와주고 싶어서 어찌해야할지 고민 중이야."

그리 말을 꺼내자 무슨 소리인가 싶었다.

유죄?

"난 대주교 사람이야."

그 말을 듣고 처음으로 무슨 소리를 하는지 이해했다. 자신은 모르는 사이에 대주교의 밀정과 친해져 버린 것이다.

"메티스 장군이 프리마리아에 갔을 때, 요아힘이 엘프 장로회에 숙박한 건 알고 있어. 물론 라켈 공주가 세콘다리아 장로회에 묶였을 때도 프리마리아 성에 있었던 것도 말이야."

들켰나…… 하고 에노크는 생각했다.

세콘다리아 장로회에 숙박한 건 자신도 몰랐던 사실이다. 올메크는 상당히 철저히 조사한 게 틀림없다.

"너희들은 국가의 배신자로 붙잡혀 처형당하겠지. 피할 수 없어."

처형……!

움찔하며 내심 떨렸다.

고관이 된 자들이 가장 두려워하는 일이었다. 일껏 지위를 손에 넣어도 왕의 노여움을 사거나, 세력다툼에 휘말려 좌천당하는 일이 종종 있는데, 재수 없으면 처형을 당하는 일도 있었다.

좌천이면 아직 부활의 가능성은 있다. 하지만 처형은——.

"보고서는 이미 보냈어. 바로 병사가 구속하러 오겠지. 하지만 너에게는 기회를 줄게. 단, 빈손으론 도와줄 수 없어.

너희들은 라켈 공주와 만났으면서 공주를 무사히 살려 보낸 죄가 있거든."

에노크는 잠자코 있었다.

뭘 요구할 작정이지?

"장군의 모든 걸 불면 처형은 면하게 해주지. 좌천정도로 끝나지 않을까? 뭐, 좌천도 나쁘지 않은 곳으로 가게끔 대주교가 봐주실 거야. 하지만 지조를 지키겠다면, 죽음밖에 없어."

하고 올메크는 선언했다.

"어쩔래? 심판받고 죽을래, 아니면 심판하는 쪽으로 돌아설래?"

제23장 노브레시아

1

에노크의 고백이 끝나자 바로 올메크는 말에 뛰어올랐다. 준마를 내달려 빨리 대주교에게 전해야 한다.

이걸로 배신자를 매장시킬 수 있다. 대주교의 미래를 방해하는 악마를 매장시킬 수 있다.

—올메크가 사라진 후, 에노크는 터벅터벅 텔세베르 성으로 걸어가기 시작했다. 그 뒤를 한 병사가 미행하고 있었다…….

2

하늘색 물감을 색을 알 수 없을 정도로 물로 씻어낸 것 같은 엷은 푸른 하늘 속을, 바구니 세 개가 날고 있었다.

각각 뱀파이어 네 명이 바구니를 매달고 엷은 푸른 하늘을 가로질러간다. 하지만 지상에서 특별히 주의를 기울이는 자는 아무도 없었다.

3

노브레시아 주, 주 수도 파토리스——.

고등법원에서의 하루가 끝나고 입구를 단단히 닫고 나서, 엘프 서기관은 고등법원을 나왔다. 자택엔 아내와 14살 된 딸이 기다리고 있지만, 그 전에 장로회에 들러야 한다. 일이 끝나는 대로 바로 달려오라는 연락이 있었다.

파토리스는 아름다운 마을이다. 잘 정돈된 포석로와 넓은 도로——. 살기에 좋은 마을이다. 그렇지만 주장관은 이 마을엔 살고 있지 않다. 주장관의 일은 부관에게 맡기고 마을에서 떨어진 성에서 유유자적하게 살고 있다.

더러운 붕대를 전신에 감은 미라족의 모습이 보여 엘프는 시선을 돌렸다. 파란 드레스에 몸을 감싼 장신의 소녀가 온 이래, 미라족을 보면 그 소녀가 떠오른다.

분명 리치아라고 했다. 자신의 친구가 불고르 백작 아들에게 강간당했다고 하며 달려왔다.

미라족에게서 보고를 들은 바로는 사실 같았다. 미라족은 상당히 얌전한 종족이다. 참는 게 신조가 아닌가 싶은 종족이 직접 공적 기관에 고소하는 일은 거의 없었다. 그런 미라족이 고소하러 온 것이다.

하지만 유죄로 판명하기 위한 증거가 부족했다. 고소에 대해 불수리 결정을 내렸지만, 그게 잘못된 판단이라고는 생각지 않는다. 하지만 그날은 좀처럼 잠들지 못했다. 사실은 수리해서 유죄판결을 내리고 싶었다.

소문으론 리치아는 사라브리아까지 간 모양이다. 변경백

에게 달려갔다고 한다. 변경백의 얘기는 자신도 듣고 있다. 젊고 명석한 자라고 한다. 파토리스 지부의 지부장과 오르시아 지부의 지부장이 친분이 있어, 오르시아 지부의 지부장이 파토리스를 방문했을 때, 직접 얘기를 들었다. 여럿이서 보복 차 방문한 뱀파이어족을 보기 좋게 진정시키고 수긍시켜서 돌려보냈다고 한다.

하지만——.

아무리 변경백에게 들고 간들 법은 법이다. 히로토가 왕이 아닌 이상, 불고르 백작의 쌍둥이 아들에겐 손을 댈 수 없다. 아니나 다를까 불고르 백작이 왕도로 가 국왕에게 불만을 토로했다는 소문이 날아들었다. 아무래도 변경백이 무례한 짓을 한 모양이다. 미라족 소녀는 사라브리아 변경백을 의지한 듯하다. 하지만 그래도 아무 소용이 없었다.

이럴 때 무력함을 느낀다. 법엔 맞지만 법은 인간을 구하는 게 아니다. 법은 사회를 지키기 위한 것이다. 법은 힘, 하나의 강제력이며 때론 인간을 구하지만, 때론 인간을 절망시킨다.

걷는 도중에 카시우스는 정령교회에 들렀다. 늘 귀가 전에 가볍게 예배를 하고 가는 게 일과가 됐다.

(오늘도 아무 일 없이 보낼 수 있었던 걸 감——.)

감사인사를 드리려던 카이우스는 놀랐다. 교회 안이 평소보다 밝다. 높이 5미터의 거대한 안치대 위엔 직경 50센티 정도의 둥근 정령의 불이 휘황찬란하게 빛나고 있었다.

(왜 이렇게 빛나고 있지?! 어제는 이렇게 빛나지 않았어?!)

길조일 터인데도 가슴이 두근댄다. 카시우스는 교회를 나왔다.

장로회 입구에선 엘프 병사가 경비를 서고 있었다. 평소처럼 인사를 하고 장로회 건물로 들어가려는데,

"카시우스, 대단한 손님이 왔어."

하고 엘프 병사가 말을 걸어왔다.

"대단한 손님?"

"어쨌든 들어가. 깜짝 놀랄 거야."

뭘 보고 깜짝 놀란다는 거지, 생각하면서 건물 안으로 들어갔다. 화강암으로 된 통로를 걸어간다. 문을 열자── 내 방객이 있었다.

등을 보이고 있는 건 흡혈귀였다. 검은 날개를 접은 여자가 한 명 있다. 그 옆에 조그마한 흡혈귀가 있었다.

깜짝 놀랐다.

왜 뱀파이어족이? 윗분들이 무슨 일 저질렀나?

뱀파이어족 둘은 젊은 남자에게 면해 있었다. 하나는 안경을 낀 장신의 젊은이였다. 다른 하나는 평균적인 체격이었지만 꽤 밝은 표정의 젊은이였다.

"당신도 양반은 못 되는군. 카시우스."

엘프 장로회 파토리스 지부의 지부장이 소개했다.

누구지?

왜 뱀파이어족이 있는 거야?

머릿속이 놀람과 의혹으로 핑핑 돈다. 머리가 핑핑 돌아가며 당혹스러워하는 가운데 스스로도 어찌할 바를 몰라 하는 게 느껴진다. 당혹스러워하는 카시우스에게 지부장은 말했다.

"사라브리아 변경백, 히로토 님일세."

사라브리아 변경백——.

카시우스는 말문이 막혔다. 분명 불고르 백작이 불만을 강하게 제기하지 않았나? 국왕으로부터 주의를 받은 게 아니었나? 그런데도 왜 이 노브레시아에 있는 거야?!

"히로토 님은 이번 일로 미라족 병문안과 불고르 백작에게 사죄 차 오셨네. 오늘 중에 두 곳을 가고 싶다고 하시네. 자네에게 안내를 부탁하고 싶다 하시는군."

"저, 저한테 말입니까?"

카시우스는 되물었다.

"엘프도 동석해주시면 제가 변경백 자격으로 온 걸 이해해주실까 싶어서."

"하지만——."

자신이 안내하면 나중에 큰 문제가 되지 않을까? 엘프가 변경백에게 가담했다는 불평을 듣지 않을까?

"카시우스 님께서는 내가 사죄하러 온 것, 사건에 대해서 내가 질문하는 일은 없을 거라는 걸, 백작께 말씀해주시기만 하면 됩니다. 어디까지나 내가 쓸데없는 짓을 하지 않게

269

끔 감시 역으로 동행했다고 하시는 거죠."

변경백은 조용한 어조로 말했다.

과연.

그렇다면 자신이 지명된 이유를 알 수 있다. 자신이 동행하는 편이 말썽도 없을 터이다.

카시우스는 대답했다.

"받아들이지요."

4

프레브 동굴에 황혼이 찾아오려고 했다. 해가 강한 빛을 잃고 점차 서쪽으로 기울어지면서 오렌지색 빛을 발하고 있다.

리치아는 친구 세세라 쪽으로 시선을 던졌다.

세세라는 이미 담요 속에 쑥 들어가 있었다. 세세라가 밖에 나가는 모습을 줄곧 보지 못했다. 웃는 모습도 얘기하는 모습도 보지 못했다. 세세라는 줄곧 감정을 잃은 돌처럼 돼버렸다.

동굴의 모든 동료들한테 히로토 님께 대답을 들었다는 보고를 했을 땐, 동료들도 기뻐해주었다.

다행이야.

이걸로 해결할 수 있을지도 몰라.

하지만 기대가 사라지는 건 한순간이었다. 불고르 백작이 왕도까지 가서 변경백의 횡포를 직소한 것이다.

결국 안 된 건가. 변경백이라도 안 되는 건가. 역시 우리는 뭘 하든 안 돼.

그런 분위기가 돼버렸다. 리치아는 쓸데없는 짓을 한 여자가 돼버렸다.

분했다.

히로토 님은 분명히 말씀해주셨다. 할 수 있는 데까지 할게. 힘닿는 데까지 할게.

그런데도 안 됐다는 건가?

도저히 불고르 백작에게 질 것 같은 분으론 보이지 않았다. 하지만——.

역시 안 되는 건가.

미라족은 이 세계에서 밑바닥 같은 존재이다. 미라족에게 적의를 드러낸 적은 있지만 경의를 표한 적은 없다. 구석에 한데 모여 있는 쓰레기나 먼지와 똑같다.

세세라는 더 이상 활기찬 소녀가 되지 못하는 걸까? 돌연 홀쩍 사라져 자살하지는 않겠지. 대체 어쩌면 좋을까? 자신에겐 방법이——.

말발굽 소리가 들렸다.

화들짝 놀랐다.

설마 불고르 백작 가 사람들이?

남자들이 어슬렁어슬렁 일어난다.

말 7필이 모습을 드러냈다. 이렇게 많은 말이 온 건 처음이다.

선두에 있는 건 엘프 병사로 그 뒤에 있는 건 자신들을 응대해줬던 고등법원 서기관이었다.

(왜 여기에?!)

무슨 일 있나, 하며 리치아는 가슴이 콩닥콩닥 뛰면서, 한층 더 뒤쪽을 보았다. 기수의 얼굴은 엘프에 가려져 보이지 않는다. 하지만 등에서 날개가 보였다.

(신화에 나오는 말, 페가수스……?!)

리치아는 한순간 눈을 의심했다.

날개가 달린 말?

거짓말?!

"여기가 프레브 동굴인가?"

엘프가 물었다.

"맞아요."

남자가 대답한다.

"무슨 일 있어요?"

리치아가 달려가자 엘프 뒤로 말이 나타났다. 빨간 머리의 여자가 기수에게 착 매달려 있었다. 등에 날개가 돋아 있다.

(뱀파이어족——.)

저도 모르게 리치아의 동공을 커졌다. 하지만 더한 경악이 그 뒤에 기다리고 있었다. 고삐를 잡은 건 변경백 히로토였던 것이다.

리치아는 입을 벌리고 말을 잃었다. 말이 나오지 않았다.

(히, 히, 히로토 님…….)

거짓말이라 생각했다.

히로토 님은 사라브리아 분이시다. 노브레시아에 올 리가 없다. 히로토 님이 자신들의 동굴에 올 리가⋯⋯.

"사라브리아 변경백, 히로토 님이다."

카시우스의 소개에 동굴은 어수선해졌다.

거짓말이지?

사라브리아에서 여기까지 올 리가 없어.

"리치아!"

말에서 내린 하얀 붕대의 가슴 큰 소녀가 달려왔다. 리치아는 눈이 휘둥그레지며,

"미미아!"

꽉 껴안았다.

미미아까지 와준 것이다. 먼 사라브리아에서 자신들이 있는 곳까지——.

그리 생각했더니 눈물이 흘러나왔다.

"미미아, 나 꿈을 꾸는 것 같아."

"꿈이 아니야. 정말로 히로토 님이야."

리치아는 히로토를 보았다. 히로토의 눈은 동굴을 보고 있었다. 이지적인, 먼 곳을 꿰뚫어 보는 듯한 시선이다.

동굴 안쪽에서 산발적으로 미라족이 모여들었다. 여자도, 남자도, 아이도, 히로토 옆에 집합한다.

"모두 신속하게 해결해주지 못해 미안해. 나도 분해. 하지만 절대로 포기하지 말아줬으면 해. 난 여기에 절망을 전

273

하기 위해 온 게 아니야."

히로토는 미라족 앞에서 말을 꺼냈다. 미라족은 잠자코 히로토의 말을 듣고 있다. 자신들 동굴에 주장관급의 사람이 온 건 처음이다.

"세세라라는 아이는 어디 있어?"

히로토가 물었다.

"이쪽이에요."

리치아는 눈가를 훔치며 안내를 하러 나섰다.

세세라는 히로토 님을 만날까?

모르겠다.

하지만 일껏 와주셨다. 어떻게든 만나게 해야 한다.

히로토는 말에서 내렸다. 호위로 수행하려는 엘프 병사를 제지하며, 미미아와 둘만 따라갔다.

세세라는 동굴 안에 아무렇게나 누워 있었다. 등을 돌리고 담요를 둘둘 감고 있다.

소동이 난 걸 알고 있는 걸까?

아마도.

"세세라, 사라브리아 변경백이 오셨어."

리치아는 등에 대고 말을 건넸다.

"진짜 히로토 님이야. 일부러 사라브리아에서 오셨어. 미미아도 같이 와줬어."

반응은 없었다. 리치아가 건넨 말은 슬프게도 동굴 바위가 삼켜버리고 말았다.

역시 안 돼.

마음을 닫았어.

그리 생각했을 때였다. 담요가 꿈지럭 움직이며, 천천히 세세라가 몸을 돌렸다.

세세라의 시선이 히로토에게 멈췄다. 경탄으로 세세라의 푸른 눈동자가 떨렸다.

"심한 일을 당했구나."

히로토가 말을 건넸다.

"불고르 백작 아들에겐 반드시 속죄하게 할게. 반드시 벌을 받게 할게. 난 절망을 전하러 온 게 아니야. 희망을 전하러 왔어."

힘이 되는 말이었다.

동굴 입구에서 동료들에게 말한 것보다도 훨씬 진전된, 힘이 되는 말이었다. 히로토는 세세라 사건을 해결하기 위해 왔다고 선언한 것이다.

히로토는 세세라의 손을 잡았다. 양손으로 감싸듯이 쥔다.

"희망은 내일, 전할게."

그리 힘차게 말을 남기자 히로토는 떨어졌다. 자리를 바꿔 장신의 안경잡이 남자──소이치로가 꽃다발을 들고 다가왔다. 바로 옆엔 꼬마 뱀파이어족이 있다.

(세세라가 깜짝 놀랄 거야……!)

리치아는 걱정했지만, 세세라는 큐레레에게 겁먹지 않았다.

"이, 이거……."

하며 소이치로가 내민다. 세세라는 움직이지 않았다.

"히로토는 절대로 거짓말하지 않으니까. 약속은 절대로 지키니까."

꽃다발을 떠안기고는 소이치로는 물러났다. 분명 이제 돌아가시는 거야, 하고 리치아는 생각했다.

"세세라, 잠시만 기다려."

리치아는 친구에게서 떨어지며 엘프들 쪽을 향했다. 히로토는 이미 말에 올라타 있었다. 히로토 주위엔 동료 미라족들이 가득 있다.

"히로토 님!"

리치아가 불렀다.

"감사합니다!"

히로토는 말 위에서 웃었다.

"아직 감사 인사를 하기엔 일러."

그리 말하자, 이랴 하고 가볍게 발로 찼다. 왔을 때와 같은 모습으로 히로토 일행은 동굴에서 멀어져갔다.

"어쩜, 저리도 훌륭한 분이실까……."

미라족 소녀가 중얼거렸다.

"세세라를 위해서 이런 곳까지 와주실 줄은……!"

5

불고르 백작의 성으로 이어지는 직선로에 들어서자, 카시우스가 바로 히로토와 말을 나란히 몰았다.

"《절망을 전하러 온 게 아니야》라는 말은 어떤 뜻입니까?"

하고 날카로운 눈으로 쳐다본다.

"백작에게 뭔가 할 작정입니까? 먼저 양해를 구하지만, 사건에 대해 백작께 질문하는 일은, 내가 허가하지 않을 겁니다. 사건에 대한 질문은 모두 심문으로 간주됩니다. 변경백에겐 심문은 허락돼 있지 않습니다."

"심문할 생각은 없어요. 그저 죄송하다고 말하기만 할 거예요."

"정말로?"

히로토는 대답하지 않고 윙크를 해보였다.

침묵은 금, 말은 은.

결국 카시우스도 알게 될 터이다. 하지만 지금은 모르는 편이 낫다. 자신이 백작을 만나 뭘 하려 하는지를——.

히로토는 직선로 앞을 지그시 바라보았다.

1킬로미터 정도 앞에 벽이 펼쳐져 있다. 광대한 부지를 둘러싼 백작의 성벽이 저 멀리, 가로막고 서 있다.

히로토를 저지하는 법과 백작의 벽. 권력의 상징——.

자신은 무너뜨릴 수 있을까?

아마도.

무너뜨리지 못하면?

그땐—— 악운에 윙크라도 하면 된다.

제24장 불고르 백작

1

텔세베르 성, 자신의 방에서 병사로부터 보고를 다 들은 메티스는 바로 서기관을 부르라고 부관에게 말했다.

얘기 내용까진 모르겠지만 올메크는 에노크를 흔들었다. 뭔가 중요한 일을 고백한 건 틀림없다. 아마 내 일일 게야, 하고 메티스는 생각했다. 자신이 측근에게만 알려준 비밀을 흘린 게 틀림없다.

올메크가 유그르타를 출발하고 이미 반나절 이상이 경과했다. 지금부터 준마를 타고 올메크를 쫓아갈까.

죽일 수 있을까.

모르겠다.

죽이지 않으면 큰 변고가 생긴다. 가까운 미래에 자신을 기다리는 건 경질이다.

(대주교 녀석…….)

더러운 남자라고 생각한다. 신을 모시면서 하는 짓은 더럽다. 그런 짓을 하고도 신을 모신다니, 웃음이 나온다.

하지만 웃을 상황이 아니었다. 메티스는 히로토의 예언을 떠올렸다. 히로토는 메티스의 좌천을 걱정했다.

(생각한 것보다 빠른데…….)

구두소리가 들리고 서기관 에노크가 방으로 들어왔다. 조금 불안한 듯한 얼굴을 하고 있다. 역시 올메크에게 중요한 비밀을 고한 것이다.

메티스는 쓸데없는 서론은 말하지 않았다. 갑자기 본론부터 말했다.

"올메트가 뭐라 하더냐? 무슨 말을 했지? 내가 모를 줄 알았나?!"

에노크가 입을 뻐끔뻐끔한다.

뭔가 말하려 한다. 하지만 말이 나오지 않았다. 에노크는 그 자리에서 맥없이 쓰러졌다.

2

노브레시아 주의 서쪽 하늘은 점점 붉은빛이 더해지고 있었다. 아직 보랏빛은 보이지 않지만 머지않아 하늘에 모습을 드러내고, 하늘은 깊은 어둠을 알리는 감색으로 뒤덮일 것이다.

대기소까지 이어진 직선로는 소이치로에겐 불안의 외길이었다. 히로토는 사과하면 길이 열린다고 했지만, 사과로 어떻게 길이 열린다는 건지.

히로토의 과감한 행동에 상대가 감격해 조사를 한다고?

설마.

솔세르에게 저리도 심한 말을 한 남자가, 그런 태도를 보일 거라곤 생각되지 않는다. 히로토도 코웃음으로 대할 게 틀림없다.

《나와 큐레레를 데려왔다는 건, 역시 협박할 생각인 거지?》

소이치로는 몰래 물어봤지만, 협박 따위는 안 한다는 게 히로토의 대답이었다.

《그럼, 어쩔 거야?!》

《소이치로와 큐레레는 같이 있어주면 그걸로 됐어. 난 그저 사과하고 확인만 할 거라서.》

《확인이라니, 뭘.》

히로토는 웃으며 대답하지 않았다. 소이치로는 도통 알 수가 없었다.

아무리 봐도 너, 질 거잖아, 하고 소이치로는 생각했다. 히로토 앞엔 법의 장벽이 가로막고 있다. 변경백은 백작의 주에 대해 일절 간섭할 수 없다. 히로토는 사과라고 했지만, 사과해서 무슨 일이 생긴단 말인가. 아무 일도 일어나지 않는다. 히로토는 진심으로 해결할 수 있다고 생각하나?

대기소에선 수비병 둘이 의자에 앉아 졸고 있었다. 그 뒤엔 마치 앞으로의 곤란을 암시라도 하듯―마치 법의 장벽을 상징이라도 하듯―높은 벽이 가로막고 서 있다.

"백작은 계신가?"

카시우스가 갑자기 말을 건넸다.

"난 고등법원 서기관 카시우스다. 꼭 백작께 사과를 하고 싶다고 하는 터라 사라브리아 변경백을 데려왔다. 변경백은 사건에 관한 질문은 하지 않을 터이니 안심하라."

"사라브리아?"

수비병은 히로토에게 시선을 던졌다. 뭐야, 애송이잖아, 라는 경멸스런 표정을 해 보인다.

"백작님은 바쁘십니다. 갑자기 오셔도 알현은——."

"뭐야! 일껏 왔는데 못 만난다는 거야?!"

발큐리아가 격앙한다. 시끄러, 방정스런 여편네야, 하고 말을 하려다——발큐리아의 날개를 알아차렸다.

"흡혈귀~~이!"

괴이한 소리를 지르며 수비병은 의자에게 굴러떨어졌다.

3

집사로부터 히로토가 왔다는 얘기를 듣고 가장 놀란 건 불고르이었다. 그때도 불고르 백작은 한창 당구를 즐기고 있었지만, 집사의 보고를 듣는 순간, 큐를 잡았던 손을 멈췄다.

"농담이지?"

"농담이 아닙니다."

진지하게 집사가 대답한다. 분명 집사는 농담을 할 남자는 아니다.

"변경백이나 되는 자가 일부러 사과하러 왔을 리가 없다. 아무리 애송이라고 해도 자존심이 있을 터. 아니, 젊어서 출세했으니까 더 자존심이 있지."

"본인이 틀림없습니다."

불고르 백작은 침묵했다.

정말로 본인인가?

그 자리에서 성으로 들여 확인하고 싶었지만, 그만두었다. 만약 정말로 본인이 온 거면 괴롭힐 좋은 기회이지 않은가. 며칠을 기다리게 해 굴욕을 맛보게 하는 게 예의라는 것이다.

"밖에서 기다리게 해."

"바로 만나게 하라고 흡혈귀가 소란을 피우고 있습니다."

"흡혈귀? 흡혈귀라면 그 흡혈귀 말이냐?"

저도 모르게 묘한 질문을 하고 말았다.

"그 흡혈귀인지는 모르겠습니다만, 뱀파이어족 소녀입니다."

불고르 백작은 입을 다물었다.

무슨 일이지, 하고 생각했다. 흡혈귀를 데려와 뭘 할 작정이지? 날 협박할 작정인가? 역시, 사과하러 왔다는 건 거짓말이고, 날 협박하러 온 건가. 흡혈귀로 협박해 아들들에게 실토하라고 할 작정인가.

"변경백에게 심문할 권리는 없다고 딱 잘라 말해둬."

"고등법원의 카시우스 님도 왔습니다. 변경백에게 사건에 관한 질문은 하지 못하게 할 터이니 안심하라며."

카시우스까지?

도대체 무슨 꿍꿍이지? 불고르 백작은 다시 생각했다. 질문은 하지 못하게 할 거라 말하지만, 막상 내가 나오면 아들들을 내놓으라고 협박할 작정인가? 그 수엔 응하지 않을 테다.

"오늘은 무리라고 딱 잘라 말하라."

"그게 꼬마 흡혈귀도 있는지라."

"꼬마?"

"일만의 퓨리스군을 전멸시킨 건 꼬마 흡혈귀였다고 들었습니다. 혹시——."

불고르 백작은 침묵했다.

겨우 변경백의 목적을 간파했다. 뱀파이어족을 데려온 건, 자신이 면회를 질질 뒤로 미룰 걸 알고 있었기 때문이다. 바로 면회할 수 있도록 뱀파이어족을 데려온 것이다.

(여우가 호랑이의 위세를 빌려 위세를 부리는구나.)

불고르 백작은 집사에게 명했다.

"안내하라."

4

소이치로와 히로토가 안내된 건 당구 룸이었다. 방 한가운데에 당구대가 있고, 딱, 딱, 하며 기분 좋은 새된 소리가 울렸다. 손님이 왔다고 하는데도 큐대를 잡고 당구를 즐기고 있는 건 불고르 백작이었다.

(기분 나쁜 녀석.)

소이치로는 생각했다.

히로토 쪽 멤버는 히로토, 소이치로, 발큐리아, 큐레레, 미미아, 카시우스, 그리고 뱀파이어족 남자 둘로 합계 8인이었다. 큐레레 아가씨한테 무슨 일이 있으면 안 되니까, 하며 뱀파이어족 남자 둘이, 따라온 것이다.

그건 그렇고, 왜 미미아는 굳이 붕대차림인 걸까, 하고 소이치로는 생각했다. 귀족의 저택을 방문하는 거니까 평소에 입던 대로 입으면 될 걸, 왜 붕대를 감은 걸까.

백작 쪽 사람 수는 5명이었다. 백작 본인과 기사 넷이다. 꽤 덩치가 큰 다부진 기사다. 집사의 모습은 보이지 않는다.

"고등법원의 카시우스입니다. 먼저 말씀드리지만, 변경백은 사건에 대해선 질문할 수 없습니다."

카시우스가 먼저 못을 박았다. 히로토는 상쾌한 표정을 짓고 있다.

(너, 뭘 생각하는 거야?)

큐레레는 한손은 소이치로를 잡고, 다른 한손의 손가락은 빨면서 당구대를 보고 있다. 신기한 듯하다.

"나에게 무릎을 꿇으러 왔나?"

큐대로 당구공을 노리며 조금 높은 목소리로 백작이 물었다.

"제대로 된 귀족이라면, 사과하러 오라고 해도 개처럼은 오지 않는 법이다. 자네는 어리석은 여우로군."

하며 한껏 윗사람처럼 말한다.

(역시 이 녀석 마음에 안 들어.)

소이치로는 노려보았다.

하지만 왜 여우지? 옛날 얘기나 뭐 그런 건가?

"호랑이의 위세를 빌린 여우."

하고 히로토가 대답했다. 백작은 당구공을 노려보며 차갑게 명했다.

"거기에 엎드려. 세 바퀴 돌면서 멍멍하고 짖어."

"히로토를 개 취급할 생각이야?!"

발큐리아가 달려들려고 한다. 순간적으로 히로토가 꽉 안으며 발큐리아를 꼼짝 못하게 잡았다.

백작은 겨우 태연히 얼굴을 돌렸다. 위아래 입술이 얇았다. 눈빛도 왠지 차갑고 인간미가 없다.

"알아둬. 디페렌테라고 해도, 어차피 서민. 귀족인 나와 대등하게 얘기할 수 있을 거라곤 생각지 말게."

소이치로는 울컥 화가 치밀었다.

뭐가 서민이야.

뭐가 귀족이야.

"귀족이라 하면서 결국 품위가 그 정도밖에 안 돼?! 이 세계에서 귀족 출신이면 일만의 퓨리스군을 막을 수 있어?! 평화조약을 성립시킬 수 있어?! 말해봐!"

백작은 차가운 눈으로 소이치로를 쳐다보았다.

"말을 어떻게 해야 하는지 가르쳐 주거라."

한마디, 툭 내뱉었다. 바로 기사 하나가 채찍을 내리쳤다. 넓적다리에 날카로운 통증이 스치고, 소이치로는 신음소리를 냈다.

(아파아……!)

저도 모르게 소이치로는 웅크리고 앉았다.

큐레레가 고함을 질렀다.

"소이치로!"

소이치로의 등을 문지른다.

"훈련이 부족한 개구나."

백작의 말에 큐레레가 노여운 눈으로 쳐다보았다.

큐레레가 화가 났다.

덤비려고 한다.

가지 마, 큐레레.

공격의 기색에 기사는 검을 뽑았다.

"이 자식들, 아가씨한테 검 들이댈래!"

뱀파이어족 남자 둘이 뛰어나왔다. 거의 동시에 백작 측에서도 기사가 뛰어나왔다. 그 순간,

"그만 둬! 뱀파이어족과 전쟁이 날 거야! 책임질 거야?!"

히로토가 엄청나게 큰소리로 외쳤다. 기사가 딱 멈췄다. 뱀파이어족도 멈췄다. 양측의 거리는 50센티미터이다. 완전히 일촉즉발의 상황이다.

침묵을 깬 건 백작이었다.

"이게 사과라니 조잡하군."

빈정댄다. 히로토는 아무 말도 하지 않는다.

"오늘의 무례에 대해선 다시 폐하께 보고 드리지. 그때까지 사과 방법을 공부해두거라."

그리 말했을 때 안쪽 문이 열렸다. 들어온 건 황색 바지를 입은 살짝 통통한 남자 두 사람——백작의 쌍둥이 아들이었다.

둘 다 얼굴을 똑같았다. 일란성 쌍둥이다. 얼굴은 거의 구분이 안 간다.

"무슨 일이세요?"

하고 묻는데 뱀파이어족을 알아차렸다. 흠칫 놀란다. 이어 미미아를 알아차렸다. 시선이 멈췄다. 핥듯이 몸매를 훑어나간다. 마치 품평이라도 하는 듯하다.

"신경 쓰지 마라. 그저 사라브리아의 송사리다."

백작이 다시 소이치로 일행을 도발했다.

(누가 송사리야……!)

소이치로가 달려들고 싶은 충동에 빠졌다. 전부 역겨운 남자다. 하지만 히로토는 태연한 표정을 지었다. 왜 역겨워하지 않지, 전혀 모르겠다.

(너, 무슨 생각이야? 무슨 꿍꿍이야? 사과하면 길이 열린다고 말해놓고 그 이상은 가르쳐주지 않았지만, 뭐가 길이 열린다는 거야! 완전히 길이 막혔잖아!)

"돌아가자."

히로토가 재촉했다. 바로 백작이 들리도록 기사에게 명

했다.

"오늘부터 사라브리아 사람은 일절 안내하지 말거라. 사라브리아 상인과의 거래도 중단하라."

5

비겁하다, 하고 카시우스는 생각했다. 대귀족이 어떤 건지 모르진 않는다. 그래도 역시 고식적이라 생각했다. 백작은 처음부터 히로토를 화나게 만들려고 했다. 히로토를 화나게 만들어 한층 더 무례한 발언을 하게끔, 히로토에게 굴욕을 주려고 했다. 시종 백작은 히로토에게 기르는 개 취급하려는 듯이 행동했다. 누가 주인이고 누가 기르는 개인지, 철저히 가르치려는 듯했다. 소이치로를 채찍으로 친 게 그 전형이었다.

내가 주인이고 네 녀석들은 기르는 개다.

저 일격으로 백작은 그리 선언한 것이다. 뱀파이어족이 동석했어도 개의치 않았다.

앞뒤 가리지 않는 걸까, 무서운 게 없는 걸까. 자신의 영지는 국경 방위하곤 관계가 없으니, 강하게 나온 것뿐인가.

어쨌든 히로토의 사죄는 미수로 끝났다. 관계 회복은 불가능하리라. 분명 백작은 국왕에게 이를 것이다. 다시 한번 히로토에게 엄한 충고가 날아들지도 모르겠다. 히로토는 꽤 손상을 입은 게 된다.

개인적으로 카시우스가 신경 쓰인 건 쌍둥이 아들들이었다. 첫눈에,

(이 녀석이다.)

하고 직감했다. 고등법원에서 여러 악인을 대했지만, 그자들하고 눈빛이 닮았다.

쌍둥이의 시선도 신경이 쓰였다. 많은 인간들은 미라족에게 혐오를 표한다. 성관 내에 미라족이 있으면 얼굴을 찌푸리는 게 보통이다. 하지만 쌍둥이들은 몸매를 쭉 감상하고 있었다. 이미 미라족의 육체를 알고 있어, 그 육체와 비교하는 것이다. 혹은 육체를 떠올리고 있다——그런 느낌이었다.

범인이라고 카시우스는 생각했다. 자신이 품었던 첫 인상대로다. 하지만 증거가 없기 때문에 유죄가 될 수 없다. 미라족의 소송을 수리할 수 없었을 때의 분함, 원통함이 되살아났다. 눈앞에 있는 쌍둥이가 범인이라 증명할 수 있으면 얼마나 좋을까. 하지만 자신은 그저 범인이라고 생각하는 것밖에 할 수 없다.

카시우스는 젊은 변경백에게 눈길을 던졌다.

히로토는 혼자만 태연했다. 개운한 날씨 속에, 산책을 하고 온 듯한 상쾌한 얼굴을 하고 있다. 개 취급당했는데도 왜 이런 얼굴을 하는 걸까? 화나지 않는 걸까? 분하지 않는 걸까?

히로토 이외의 자들은 모두 분개하고 있었다. 불고르 백작의 정문을 나오자,

"뭐가 대귀족이야! 그저 인간쓰레기잖아! 잘도 소이치로 님을——!"

뱀파이어족 남자가 소리를 질렀다.

"저 녀석, 절대 용서 못해! 이제 인간 따위, 편 안 들 거야! 사라브리아 사람 이외에 누구도 안 지켜줄 거야!"

발큐리아도 격노하고 있다.

최악이라고 카시우스는 생각했다. 국경 방위에도 영향이 나타나고 있다.

하지만——히로토는 웃고 있었다.

"히로토 님. 지금부터 돌아가 녀석의 목을 따겠습니다. 허락해 주십시오!"

남자 뱀파이어족의 말에,

"내가 죽일 테니 지금은 아무것도 하지 말고, 그 마음 넣어둬♪"

하며 히로토가 윙크해 보인다.

"윙크하고 있을 상황이야! 너, 왜 화내지 않는 거야! 우리, 바보 취급당했거든?! 저 녀석, 우리를 개 취급했거든?!"

소이치로도 물고 늘어졌다.

"확인하고 싶은 건 확인했거든."

히로토가 태연히 대답한다.

"뭐가 확인이야! 너, 사과하러 온 거 아냐! 이런 건, 최악 ——."

"이걸로 완벽하게 반격할 수 있어. 백작을 이길 수 있어."

하며 히로토는 자신만만하게 딱 잘라 말했다.

(이길 수 있다? 이 남자는 바본가? 저만큼 처지가 다르다는 걸 여봐란 듯이 보여줬는데, 뭐가 승리야?)

"알아차렸어요? 미미아를 보는 눈이 있었죠?"

하며 히로토가 카시우스에게 얼굴을 돌렸다.

알아차리지 못했나 싶었더니 알아차린 건가. 하지만——알아차렸으면서 어떻게 태연한 얼굴을 할 수 있지? 대체 뭘 생각하는 거야?

갑자기 히로토가 얼굴을 갖다 댔다.

"범인을 잡고 싶지 않으세요?"

깜짝 놀랐다.

대체 무슨 소리를 꺼내는 거야?

"다시 말씀드립니다만, 당신에겐——."

"심문할 자격은 없다. 하지만 자격이 없어도 잡을 수 있어요. 잡고 싶지 않으세요?"

하고 히로토가 연거푸 쏘아붙였다.

젊은데도 자신만만한 표정이었다. 허풍으로 말하는 느낌이 아니다. 진심으로 확신하고 있는 느낌이다.

히로토가 말을 이었다.

"방법은 간단해요. 내가 꽁무니를 빼고 사라브리아로 도망치는 거예요."

6

좋은 붕대소녀였어, 불고르 백작의 쌍둥이 중 하나인 포랄은 생각했다. 예쁜 하얀 붕대를 감고 있지만 틀림없다. 분명 변경백의 시녀다. 가슴이 엄청 큰 금발소녀라 들었다. 붕대 위로도 그 멋진 몸매가 비쳐 보였다.

"좋은 몸이었어."

동생 코랄이 말했다.

"덮치고 싶더라고. 상당한 물건이야."

포랄은 대답했다.

"그럼, 이번엔 내가 확인해줄까?"

하며 코랄이 웃는다.

"붕대 벗기는 법, 알기는 해?"

하며 포랄이 놀렸다.

전에 덮친 미라족 여자는 좋았다. 가슴도 전혀 처지지 않았고 뭉실뭉실한 것이, 그곳도 조이는 맛이 최고였다. 너무 기분이 좋아 네 번, 안에다 사정했다.

미라족을 범하는 건 최고의 기분이었다. 숨겨진 몸을 벗겨 깔아 눕히면 전지전능한 기분이 솟구친다.

무서운 건 정령의 저주에 걸리지 않을까 하는 거였는데, 정령의 저주는 일어나지 않았다. 정령에겐 미라족 소녀의 운명 따위, 아무래도 좋은 모양이다.

"저 변경백, 언제까지 있을 작정일까."

코랄이 물었다.

"금방 가겠지. 경질될지도."

포랄은 대답했다. 대답하면서 빨리 돌아가라고 기원했다. 그러면 다시 미라족 소녀를 덮치러 나가주마.

소원은 바로 이뤄졌다. 늘 함께 외출하던 기사에게 살펴보라고 했더니, 다음날 변경백 일행은 마차를 타고 파토리스를 나갔다고 한다. 서쪽 방향으로 향했다고 한다. 서쪽엔 사라브리아 주가 있다. 꽁무니를 빼고 도망친 것이다.

포랄은 바로 말에 올라탔다.

운 좋게 미라족이 혼자서 목욕을 해주고 있으면 고맙겠는데, 하고 포랄은 생각했다. 자신이 덮친 이래, 미라족들은 경계해서 반드시 집단으로 목욕을 하고 있다. 집단이면 덮칠 방법이 없다. 무리를 벗어나는 멍청이가 습격하기엔 가장 좋다.

7

해가 기울고 햇살이 부드러워졌다. 하늘의 일부가 천천히 오렌지빛으로 변하고 있다. 이제 안심이라고 생각한 걸까.

한 미라족 소녀가 지저 호수로 다가왔다. 하얀 예쁜 붕대에 감싸여진 몸은 멋진 굴곡을 자랑하고 있다. 가슴과 엉덩이만 크게 튀어나왔고 허리는 도려 낸 듯 움푹 패였다. 붕대 위로도 멋진 몸이라는 걸 알 수 있었다.

미라족 소녀는 입구를 등지자, 붕대를 풀기 시작했다. 발 밑에 붕대가 떨어진다.

먼저 금발이 드러났다.

이어 어깨가 그대로 드러났다. 하얀, 가냘픈 어깨다. 그 아래론 붕대로 감싸여진 멋진 큰 가슴——.

말발굽 소리가 울린 건 그때였다. 돌아봤을 땐 기병 둘이 달려들었다. 소녀가 허둥지둥 붕대를 잡고 도망치려고 한다. 기사가 말에서 뛰어내려 소녀를 덮쳤다. 한순간에 땅바닥에 꽉 누른다.

"잘 했어."

다홍색 망토를 걸치고 다홍색 바지를 입은 흑발의 청년이 백마를 타고 내려왔다. 살짝 통통하고 배가 나왔다.

백마를 멈추자 살짝 통통한 청년은 지면으로 뛰어내린다. 뚫어지게 소녀의 몸을 눈으로 핥아나간다.

"나한테 당하려고 기다리고 있었다니 말이야."

금발의 미라족 소녀는 땅바닥에 꽉 붙들린 채 청년을 보았다.

"이런 식으로 우리 언니를 범한 거예요?"

"뭐야, 걔, 네 언니였어?"

청년은 히죽 웃었다.

"자매랑 하는 건 죽이는 일이지. 듬뿍 쏟아 부어줄게."

살짝 통통한 청년은 다가왔다.

금발이 미라족 소녀가 발버둥 친다.

"발버둥 쳐, 발버둥 쳐. 그쪽이 흥분돼."

하며 청년은 바지를 내렸다. 이미 국부는 흉악한 각도로 위를 향하고 있다. 청년이 미라족 위에 올라탔다. 그 순간,

"체포해!"

날카로운 한마디와 함께 엘프 병사가 덤벼들었다. 청년의 호위병 둘이 검을 뽑으려고 한다. 하지만 그들보다 빨리 뱀파이어족이 동굴로 날아들었다. 공중에서 공격을 받고 기사가 나자빠졌다.

"포박하라, 포박하라!"

엘프 병사가 외쳤고, 즉시 손을 뒤로 돌려 결박한다. 미라족 소녀를 범하려던 살짝 통통한 남자도 내던져졌다. 바로 엘프 병사가 엎드려 있는 남자를 꽉 눌렀다.

"아파, 아파, 그곳이 아파!"

"이 파렴치한 녀석!"

엘프 병사가 호통 쳤다. 바로 손을 뒤로 돌려 결박했다.

"아파! 놔! 내가 누군 줄 알아!"

"그야, 참수형으로 목이 날아갈 사람이겠지."

젊은 소년의 목소리가 대답했다. 살짝 통통한 남자는 얼굴을 돌리며 반쯤 입을 벌렸다. 그곳에 서 있는 이는 맨 처음 자신을 내던진 남자, 사라브리아 변경백 히로토였다.

"넌──."

살짝 통통한 남자── 불고르 백작의 쌍둥이 중 장남, 포랄은 히로토를 매섭게 노려보았다.

왜, 여기에 있지? 날 속인 거야?

히로토는 금발의 미라족 소녀를 꽉 껴안았다.

"미안해. 무섭게 해서."

하고 소녀에게 속삭인다.

"아니에요……!"

미라족 소녀가 고개를 가로저으며 히로토의 등을 감은 팔에 힘을 싣는다.

뭣이?!

설마 이 금발의 소녀는 변경백의 시녀?

"너, 날 함정에 빠뜨렸구나! 이건 부당한 체포야!"

포랄은 고함을 질렀다.

"정당한 체포야."

엘프 병사가 대답했다.

"넌 미라족 소녀를 범하려고 했어. 우리는 현행범으로 체포한 거야. 네 신병은 고등법원으로 이관돼 재판을 받을 거야."

"너희들이 잠복한 거잖아!"

"더 크게 외쳐라. 미라족이 네 목소리를 알아듣고 달려오게."

포랄은 입을 다물었다. 동굴 밖에 하나, 둘, 하얀 붕대를 감은 남자들이 모이기 시작했다.

"모두 들었지?!"

하고 히로토가 큰소리로 외쳤다.

《이런 식으로 우리 언니를 범한 거예요?》 하고 미미아가 말하니까,《뭐야, 걔, 네 언니였어?》하고 말했지?!"

　포랄은 안달이 났다.

　"몰라! 그런 말, 안 했어!"

　"우린 들었어."

　엘프 병사가 대답했다.

　"안 했어!"

　"일전에 불수리로 처리한 건도 합쳐서 체포한다!"

　"누명이야! 난 아무 짓도 안 했어! 이 여자가 멋대로 유혹한 거야!"

　"그런 일은 전혀 없었어! 우리 엘프가 거짓말이라도 한다고 말할 작정이야!"

　엘프 병사가 호통 치며 되받아쳤다.

　지저 호수 주위에 더 많은 미라족이 모여들었다. 모두 눈에 살기가 차 있다.

　"날, 날 죽일 작정이냐!"

　포랄은 외쳤다.

　"곧 끝날 거야. 고등법원의 재판 뒤에는 모든 게."

　하고 히로토는 선고했다.

제25장 두 명의 패배자

1

텔세베르 성, 자신의 방에서 메티스는 침묵하고 있었다. 에노크 서기관은 대주교 밀정에게 비밀을 고하고 말았다. 라켈 공주를 두 번 만난 일도, 모두 얘기했다고 한다.

대주교 귀에 들어가면 어떻게 될지는 알고 있다. 대주교는 자신에게 반감을 가진 장군들을 꼬드길 터이다. 그리고 장군들의 반감을 등에 업고 자신의 해임을 독촉한다——. 후임엔 카인 가의 사람이나 자슈르 가의 사람을 요구한다 ——. 그렇게 되면 평화조약은 완전히 무너진다. 퓨리스는 히브리드와 개전할 것이다. 그리고 내란이 발발한다——.

밀정 올메크를 죽여야 한다. 이미 자객은 보냈다. 절대로 실수하지 말라고 명령해뒀다.

하지만 따라잡을까?

못 따라잡으면?

이미 서기관 에노크는 참수시켰다. 하지만 비밀을 올메크가 쥐고 있다. 그리고 준마로도 올메크를 따라잡지 못할지도 모른다.

(이럴 때 뱀파이어족이 있으면······.)

저도 모르게 그런 생각이 들었다. 생각하고 나선 번쩍 떠올랐다.

사자연대로 봉쇄──.

"사이도를 불러!"

메티스는 부관을 불렀다. 이미 부관이 모습을 보인다.

"지금 당장 사라브리아로 가라! 변경백을 만나고 오너라!"

2

불고르 백작의 장남, 포랄 체포되다──.

그 소식에 프레브 동굴은 들끓었다.

다행이다.

역시 정령님은 똑똑히 지켜보고 계셨다.

리치아도 엉겁결에 그만 눈물이 그렁거렸다.

히로토 님은 거짓말하지 않았다. 난 절망을 전하러 온 게 아니야. 희망을 전하러 왔어. 그 말에 거짓은 없었다.

"세세라! 세세라에게 심한 짓을 한 녀석이 잡혔어! 히로토 님이 붙잡아주셨어! 이미 고등법원으로 데려갔대! 이번에 야말로 처벌당할 거야!"

눈물 섞인 목소리로 외치며 꽉 껴안았다.

"이제 두 번 다시 세세라한테 심한 짓, 할 수 없어! 틀림없이 사형될 거야!"

대답은 없다.

아직 마음의 상처가 치유되지 않은 건지. 모든 일에 무반

응하게 된 건지.

"정말로…… 잡혔어……?"

리치아는 놀랐다.

세세라가…… 되물었다?! 줄곧 돌처럼 잠자코 있었는데……!

"엘프가 잡아줬어! 히로토 님이 덫을 놨어! 미미아가 미끼가 돼줬어! 세세라에게 심한 짓을 한 것도 들켰어! 틀림없이 사형이야!"

리치아의 설명에 세세라의 표정이 일그러졌다. 입술이 일그러지고, 눈가가 일그러지고, 그리고 세세라는 통곡하기 시작했다. 눈물을 잃었던 세세라가 다시 눈물을, 그리고 감정을 되찾은 것이다. 리치아는 친구를 꽉 껴안으면서 자신도 울었다.

다행이야…….

정말로 다행이야……!

3

메티스의 부관 사이도가 보낸 편지를 읽고 에크세리스는 깜짝 놀랐다. 라켈 공주와의 일이 대주교의 밀정에게 새나갔다고 한다. 자색이 쫓고 있지만 준마라도 따라잡지 못할지도 모른다고 적혀 있다.

《부탁하건대, 뱀파이어족에게——.》

밀정을 죽이게 하라?

그런 일은 할 수 없다. 뱀파이어족은 자긍심 높은 종족이다. 히로토라면 절대로 뱀파이어족에게 자객 일을 시키지 않을 것이다. 무엇보다 뱀파이어족의 누구 하나 밀정의 얼굴을 모른다.

초상화로 가르쳐주면 된다?

상공에서 얼굴을 확인한다는 건가? 얼굴을 확인하기 위해선 옆까지 가야 한다. 그만큼 암살 실패의 가능성은 커진다.

뱀파이어족에게 자객 일을 시키는 건 논외다, 하고 에크세리스는 생각했다. 하지만 방치할 순 없는 노릇이다. 방치하면 메티스는 실각할지도 모른다.

(어떻게──.)

불안하다.

왜 히로토가 없을 때 문제가 생각고 만 걸까. 흡사 퓨리스가 침공해왔을 때와 똑같다.

히로토가 없다는 걸 알았을 때, 노골적으로 사이도는 실망했다. 상대는 히로토를 믿고 온 것이다.

어떻게든 해야 한다. 하지만 어떻게?

(히로토? 당신이라면 어떻게 했을까?)

웃는다?

무리── 라고 생각하면서 에크세리스는 무리하게 웃어 보였다. 아무 것도 떠오르지 않았다.

(뭘 위해서 사자연대를──.)

맞다!

번쩍 섬광이 비쳤다. 에크세리스는 바로 뱀파이어족을 불렀다.

"멀리 가줬으면 합니다. 잠시 기다려주실래요?"

"상관없소."

책상다리를 하고 앉는다.

미리 포도주를 가져오게 했다. 뱀파이어족이 포도주를 마시는 사이, 에크세리스는 편지를 적었다. 작은 통에 넣어 뱀파이어족에게 건넸다.

"이걸 바비로스의 엘프 지구에 던져주세요."

"그거 꽤 먼 거리군요."

"죄송해요. 혹 루키티우스 님에게 건넬 수 있으면 루키티우스 님에게——."

뱀파이어족은 미소를 지어보였다.

"상관없소. 난 당신이 싫지 않소."

뱀파이어족은 방을 나갔다.

"대체 뭘?"

부관 사이도가 물었다.

"동포에게 연락을 취했어요."

4

불고르 백작은 4인승 쌍두마차로 자신을 소환한 자에게

향하던 참이었다.

이런 형태로 고등법원을 방문할 줄은 생각지도 못했다. 2일 전엔 건방진 사라브리아 애송이를 개 취급해서 퇴장시켰다. 서둘러 마을을 나갔다고 해서 가슴이 후련했다.

어리석은 녀석.

나에게 대들어서다.

하지만——.

설마 범죄자의 아버지로서 재판소에 출두하게 될 줄은 ——.

고등법원에 도착하자, 바로 2층 개실로 안내되었다. 방엔 의자와 테이블이 있고 서기관 카시우스가 앉아 있었다. 금발에 푸른 눈의 사랑스런 가슴 큰 소녀도 앉아 있다. 하얀 붕대를 전신에 감은 미라족 장로도 있다. 그리고—— 초대하지 않은 남자, 사라브리아 변경백 히로토가 있었다.

"왜 무관계인 자가 있는 거지."

불고르 백작은 불쾌감을 노골적으로 드러냈다.

"피해자 미미아 님은 변경백의 시녀입니다. 그리고 목격자이기도 하고요."

하고 카시우스가 대답했다.

(목격자라고?!)

"네 녀석이 꾸민 게로군."

하며 히로토를 매섭게 노려본다.

"이건 부당한 체포야. 아들은 무고로 체포당한 거야!"

"아드님의 수행원 둘이 미미아 님을 구속, 그 후 아드님이 덮치려고 했던 경위를 모두 엘프 병사와 히로토 님이 목격했습니다."

"뭔가의 착오겠지!"

"그럼, 왜 아드님은 바지를 벗고 알몸으로?"

수치심으로 얼굴이 빨갛게 물들었다.

(무슨 짓을……!)

강간도 강간미수도 히브리드 왕국 법으론 사형이다. 엘프와 귀족이면 참수형, 그 이외 사람은 교수형이다.

"고소에 대해선 취하해줄 수 없겠나?"

불고르 백작이 저자세로 나왔다.

"취하 못해요!"

금발의 소녀── 미미아가 그 자리에서 대답했다.

"또 다른 건은?"

카시우스가 미라족 장로에게 얼굴을 돌린다.

"또 다른 건?"

"하나는 미미아 님의 강간미수. 다른 하나는 세세라 님에 대한 강간이오."

카시우스가 백작에게 설명한다.

"무슨 소리야? 다른 한 건은 증거 불충분으로──."

"불수리가 돼버렸지요. 하지만 체포 시에 아드님은 스스로 세세라 님 범행을 시사하는 발언을 해버렸습니다. 재차 미라족이 고소한 터라 수리했습니다."

"불수리라 하지 않았나!"

저도 모르게 그만 불고르 백작은 외쳤다.

"새로운 확실한 증거나 목격자가 나타나면 불수리로 처리한 사건을 수리할 수 있습니다."

"그토록 내 아들을 죽이고 싶은가!"

외치는 불고르 백작에게,

"왜 붙잡은 사람이 악인이 되는 겁니까? 잡은 쪽이 나쁜지. 아니면 악행을 행한 자가 나쁜지. 백작 정도 되는 분이시면 간단히 아실 거라 생각됩니다만."

하고 카시우스가 단호하게 되받아쳤다.

불고르 백작은 입을 다물었다.

재판이 시작되면 아들은 틀림없이 사형이다. 아들을 잃을 수는 없다.

백작은 미라족 장로에게 얼굴을 돌렸다.

"취하해주면 뭐든 하지! 한 사람에게 금화 백 개를 줘도 좋다!."

"이미 늦었습니다. 우리가 처음 갔을 때, 그리 말해줬으면……."

장로는 고개를 가로저었다. 그럼 협박해줄 테다며, 백작은 미라족에게 얼굴을 바싹 갖다 댔다. 그 순간 카시우스의 목소리가 날아들었다.

"공갈을 하시면 그 자리에서 체포됩니다!"

취하하지 않으면 이 땅에서 영원히 쫓아내겠다. 그리 속삭이려던 순간, 절묘한 타이밍으로 카시우스가 차단했다.

"취하는 하지 않는다고 확인이 된 터라 이걸로 종료합니다. 이후, 백작은 두 사람에게 일절 접촉하지 않도록! 재판은 내일 실시됩니다."

카시우스의 선고가 마치 단두대 날이 떨어진 것처럼 내려졌다. 백작은 침묵했다. 미라족 장로와 미미아가 일어서 바로 방을 나갔다.

백작은 바닥을 보고 있었다.

왜 이렇게 됐지?

아들은──.

아들은──.

"변경백이 백작에게 할 말이 있다고 합니다."

그리 말하고 카시우스가 퇴실했다. 방 안엔 변경백과 백작만 남게 되었다.

"이 비열한 녀석이! 사과하러 왔다고 거짓말을 해놓고, 아들을 함정을 빠트렸구나!"

불고르 백작은 욕설을 퍼부었다.

"우리 아들을 고소해서 만족하느냐? 미라족 편을 들어 만족하느냐? 네가 저지른 일은 변경백의 분수를 넘었다! 명백한 월권행위란 말이다!"

"사과하러 오라는 말을 듣고, 신뢰할 수 있는 고문관을 데리고 사과하러 간 게, 변경백의 월권행위입니까?"

히로토가 넉살좋게 대답한다.

밉살스런 남자다. 이 남자의 함정에 아들은 빠졌다. 그리고 자신도——.

"네가 왜 미라족 시녀를 데려왔는지는 알고 있다! 아들에게 미라족에 대한 욕정을 불러일으키기 위해서였지! 내 아들을 범죄의 길로 꼬드겼지 않나!"

"아드님이 결백하다면 미미아를 상대로 강간미수 따위 일으켰을 리가 없지 않습니까?"

"모든 게 네 녀석 함정이다! 우리 동포 귀족들은 널 결코 용서치 않을 게다!"

"뱀파이어족도 당신 편은 안 듭니다. 당신은 솔세르를 모독했어요. 소이치로를 때리라고 시켰어요. 게다가 사라브리아 연합 대표의 소중한 차녀 큐레레 공주를 향해, 기사가 검을 뽑는 걸 방치했어요. 발큐리아는 상당히 화가 나 있어요. 사라브리아 이외의 히브리드 사람에겐 일절 협력하고 싶지 않다고 말하고 있어요."

"여우같은 놈이!"

불고르 백작은 히로토를 매섭게 노려보았다. 하지만 히로토도 지지는 않았다.

"변경백으로서 요구합니다. 솔세르와 소이치로와 큐레레 공주에게 정식으로 사과할 것. 사라브리아 사람과의 상거래 중단의 명을 거둘 것.

"내게 명령하는 게냐! 서민 출신 주제에!"

일갈하자 돌연 히로토의 눈이 날카롭게 빛났다. 어른인 불고르 백작도 깜짝 놀랄 정도로 강한 기백이었다.

"사라브리아 사람 이외, 히브리드 사람에게 협력하지 않는다는 건, 하갈과 안셀 사람에게 협력하지 않는다는 겁니다. 하갈 주와 안셀 주는 협력 대상 외라는 거예요. 국경 방위에 구멍을 만든 일에 대해, 어떻게 책임지실 작정이십니까?!"

"그러니까 호랑이의 위세를 빌린 여우라 말하는 거야! 국경 방위 문제를 끌어들이기 위해 일부러 저 흡혈귀를 데려온 게 아니냐!"

호통 치며 되받아친 순간, 히로토는 바로 반격을 퍼부었다.

"알고 계시면서, 왜 소이치로를 때리신 겁니까?! 왜 기사를 제지하지 않으신 겁니까?! 백작은 처음부터 절 우롱하려 들었습니다. 그것 때문에 주장관의 직무를 잊고, 자신이 가장 지켜야할 걸 잃었습니다. 자신이 우롱할 작정이었던 자에게 가장 큰 반격의 재료를 줘버렸습니다. 왜 우롱보다 주장관의 직무를 취하지 않았습니까?! 취하지 않는 게 제 책임입니까! 백작의 책임입니까!"

불고르 백작은 입술을 깨문 채, 침묵했다. 반론의 말은 없었다. 어차피 궤변이었다. 잘못은 아들에게 있었다. 그리고 곧 자신에게 있었다. 자신은 소이치로를 때린 것으로 변경백의 영역으로 스스로 발을 밀어 넣고 말았다.

패배를 시인하지 못하고 질질 끌며 백작은 귀로에 들었다. 아들이 붙잡힌 일은 스스로도 상당한 쇼크였다. 도중에 마차에서 내려 불고르 백작은 정령교회에 들어갔다.

묘하게 교회 안이 밝았다. 이런 밝기였던가 하며 앞을 보고는 말문이 막혔다. 지금까지 본 적이 없을 정도로 정령의 불이 하얗고 밝게 빛나고 있었다.

(왜 이렇게 밝게 빛나는 거야?! 그토록 내 아들이 심판받은 게 기뻤나?!)

원통함이 복받쳐왔다.

아들이 미라족 소녀를 범했을 때, 정령의 불엔 변화가 없었다. 그런데 왜 지금?! 설마 저 애송이를 환영하고 있는 건가?! 저 애송이를 부르기 위해 굳이 아들이 죄를 범했을 땐, 빛나지 않았다고 말하기라도 하는 건가?!

그렇다는 듯이 한층 더 정령의 불이 환한 빛을 더했다.

성에 돌아온 불고르 백작은 집사의 맹렬한 비난을 들었다.

"발큐리아는 연합 대표의 장녀입니다! 만약 정말로 하갈 사람과 안셀 사람에게 협력하지 않는다고 말씀하셨다면 큰일입니다! 하갈 주와 안셀 주에서 무슨 소리를 할지 알 수 없습니다! 특히 하갈 주장관은 엘프입니다! 그냥은 넘어지지 않을 겁니다!

"그럼, 나에게 머리를 숙이라고 말하는 거냐!"

저도 모르게 화내며 받아쳤다.

"숙이지 않고 일이 수습됩니까?! 페르키나 백작도 도움이 안 됩니다! 폐하도 의지할 수 없습니다! 피나스도 도움이 안

됩니다! 상대는 뱀파이어족입니다! 왜 뱀파이어족을 향해 검을 뽑게 했습니까?!"

"기사가 멋대로 뽑은 것이야!"

"그럼, 왜 그때 기사를 호되게 질책하지 않았습니까! 호되게 질책해뒀으면 큰일은 되진 않았을 터! 각하가 변경백에게 변경백에 대한 예의를 갖춰 대하셨으면, 일이 이렇게 되진 않았습니다!"

"저런 애송이에게 머리를 숙이라고 하는 거냐?!"

"그럼, 우리 불고르 가의 가보를 내주십시오! 제가 각하 대리로 사과하러 가겠습니다! 이미 맨입으로는 해결할 수가 없습니다!"

불고르 백작은 입술을 악물었다.

자신은 저 애송이에게 굴복하는 건가? 아직 여자도 모르는 소년에게, 굴복하라는 건가? 이 대귀족인 내가?

굴복할 성 싶으냐!

페르키나 백작에게 일러줄까? 재상에게 의지하는 건 어떨까? 폐하는? 에이, 소용없다, 연락이 가기 전에 재판이 거행되고 아들은 처형당하고 만다. 내가 불리한 상황이다.

"어쨌든 포랄을 석방시켜라!"

"무리입니다! 포랄 님은 포기하십시오! 그것보다 자신의 입장을 생각하십시오! 뱀파이어족이 협력하지 않는다고 선언한 걸 폐하가 알게 되면, 각하의 입장이——!"

불고르 백작은 표정을 일그러뜨렸다.

(네, 이놈……!)

으르렁대봤지만 어쩔 도리가 없었다. 저 젊은 변경백은 아들에게 함정을 걸기 위해 자신의 편지를 이용했다. 그 일을 위해 시녀인 소녀에게 미라족 의상을 입게 하고는, 포랄의 반응을 확인했다. 그리고 아들에게 완벽하게 함정을 걸었다——. 자신은 저 남자에게 진 것이다.

한동안 침묵하더니 겨우 불고르 백작은 명령을 쥐어짜냈다.

"——마음대로 하게!"

5

퓨리스 왕국의 수도 바비로스엔 엘프만 사는 지구가 있다. 그 엘프 남자는 동료와 함께 술을 마시고 돌아가던 참이었다.

아름다운 별이 빛나는 밤이었다. 은하수—— 하늘의 강이 온 하늘에서 빛나며 자신들을 내려다보고 있다.

한번 시라도 읊고 싶어진다.

"은하수 푸르른 하늘로 가득 차니, 사파이어와 같구나——."

하고 읊기 시작했을 때 날갯짓소리가 들렸다.

까마귀?

돌아본 바로 앞에 남자 뱀파이어족이 있었다.

"너, 엘프지?"

뱀파이어족 남자가 물었다. 엘프는 입을 뻐금뻐금 벌렸다. 뱀파이어족을 보는 건 처음이다.

"에크세리스의 심부름으로 왔어. 루키티우스라는 사람에게 건네줘."

통을 직접 건네자, 뱀파이어족 남자는 날아올랐다. 수많은 별들이 빛나는 밤하늘을 검은 날개가 훨훨 날아오르더니 사라졌다.

뱀파이어족이 사라진 뒤에도 엘프는 입을 뻐끔대고 있었다.

(저, 저게 뱀파이어족······?!)

심장이 쾅쾅 뛰었다.

"그거, 편지야?"

동료가 물었다.

"그, 그렇게 말했어."

"에스세리스의 심부름이라고 했어. 루키티우스 님 이름도──."

6

다음날 루키티우스는 이슈 왕의 집무실로 향했다.

시대는 변하려고 한다. 정치에 거리를 두는 시대에서 정치를 마주보는 시대로, 변하려고 한다.

우리 엘프는 어떻게 해야 하나? 묵인해야 하나? 변경백 방문은 아직 이뤄지지 않았다. 하지만 사태를 묵인하면 대주교의 생각대로 된다. 장군들은 모두 메티스를 비난하고 메티스는 해임될 터이다. 그 미래 뒤에는——.

비정치성을 버릴 때가 온 것이다. 우리는 정치에 관여할 수밖에 없다. 아직 메티스를 잃을 순 없다, 하고 루키티우스는 강하게 결의했다. 엘프의 자긍심에 상처를 입히고 엘프의 자유를 침해하려는 남자가 이 나라를 휘젓게 놔둘 순 없다.

7

이슈 왕은 하품을 참으면서 집무실에 모습을 보였다. 어젯밤은 폭발한 듯한 가슴의 여자와 완전 힘을 다 써버려 잠자리에 드는 게 늦어지고 말았다. 하지만 긴급히 말씀드릴 게 있다고 루키티우스가 청해왔다.

그는 엘프가 왔다는 이야기에 깜짝 놀랐다. 또 국외 탈출 이야기를 꺼내는가 싶어 살짝 조마조마 했다.

"식전 댓바람부터 무슨 일이냐?"

이슈 왕은 루키티우스에게 물었다.

"폐하는 메티스 장군을 택하실 겁니까? 아니면 대주교를 택하실 겁니까?"

루키티우스는 질문부터 시작했다.

"갑자기 무슨 일이냐."

"메티스가 라켈 공주와 두 번 회견한 일은 이 루키티우스도 알고 있습니다. 폐하도 알고 계실 거라 생각합니다만, 대주교도 그 비밀을 손에 넣으려고 하고 있습니다. 밀정이 대주교에게 전하고자 준마를 타고 달려오고 있습니다. 지금 막 장군으로부터 들었습니다."

이슈 왕의 머리에서 졸음이 사라졌다.

체데크가 알면 반드시 자신에게 오겠지. 메티스를 강하게 비난하고 경질을 촉구할 게 틀림없다.

지금 메티스를 해임하는 건 상당히 곤란하다. 재상 아브라힘은 물론이거니와, 저 호전파 가르데르 장군으로부터도 지금 히브리드와 분쟁을 일으키는 건, 나라가 쇠퇴하는 길이라고 경고를 받고 있다.

하지만 체데크는 그런 건 아랑곳하지 않는다. 그리고 체데크 뒤엔 카인 일족과 자슈르 일족이 있다.

"그래서?"

하고 이슈 왕은 다음 말을 재촉했다.

"우리 엘프는 평화조약을 강하게 지지하고 있습니다. 평화조약에 진력을 다한 메티스 장관과 사라브리아 변경백, 거기다 평화조약에 동의해주신 폐하도, 강하게 지지하고 있습니다. 평화조약은 폐하의 빛나는 위업 중 하나가 되겠지요. 우리 엘프는 폐하와 메티스 장군, 그리고 사라브리아 변경백이 목숨을 위협받지 않고 건재하기를 강하게 바라고 있습니다. 폐하의 목숨을 노리는 자에 대해선 강하게 비난했습니다만, 동시에 평화조약을 강하게 지지하는 자에 대해선 적과 아군의 구분 없이 지지하고 있습니다. 그런 자가 비명횡사하지 않기를 강하가 바라고 있습니다."

상당히 간접적인 어조였다.

《우리 엘프는 폐하와 메티스 장군, 그리고 사라브리아 변경백이 목숨을 위협받지 않고 건재하기를 강하게 바라고 있습니다》라는 말은, 결코 자신과 메티스와 변경백이 결코 목숨을 위협받는 일이 없기를 바란다는 것이리라. 자신의 이름을 꺼낸 건, 곁치레일 것이다. 가장 중요한 부분은 메티스 장군과 변경백이다. 두 사람의 목숨을 노리는 건, 이 엘프는 반대입니다, 라고 말하는 것이다.

《평화조약을 강하게 지지하는 자에 대해선 적과 아군의 구분 없이 지지하고 있습니다》라는 건 분명 라켈 공주를 말하는 것이리라. 라켈 공주라 지명하면 반발을 부를 가능성이 있는 터라 《적과 아군의 구분 없이》라고 말한 것이다.

《그런 자가 비명횡사하지 않기를 강하가 바라고 있습니다》라는 건 한 마디로 말하면 '죽이지 마라'는 것이다.

엘프가 행정관의 이름을 언급해온 건 상당히 드문 일이었다. 엘프는 기본적으로 정치엔 관여하지 않는 걸 신조로 살아왔다. 북 퓨리스 사태 때, 정치에 관여한 자는 아주 험한 일을 당할 뻔했다.

엘프는 메티스 장군이 실각될 가능성이 있다고 보고 먼저 손을 쓰러 온 거로군, 하고 이슈 왕은 생각했다. 메티스를 해임시키고 싶지 않은 이슈 왕에겐 좋은 후원자가 될 것이다.

"그러면 이제 다시여쭙겠습니다. 폐하는 메티스 장군을 택할 겁니까? 아니면 대주교를 택할 겁니까?"

루키티우스가 연거푸 쏘아붙였다.

"대주교라 대답하면 어쩔 거냐?"

일부러 물어봤다.

"국외탈 출도 마다하지 않을 겁니다. 엘프가 결정할 자유, 엘프가 갈 길을 결정할 자유에 제한을 가하려는 대주교를 우리는 따를 생각이 없습니다."

저도 모르게 이슈 왕은 회심의 미소를 지어보였다. 이걸로 대주교를 제거할 수 있다.

"짐은 대주교를 선택할 생각은 없다."

이슈 왕은 명확히 말했다.

8

오후에 돌연 체데크 대주교는 국왕으로부터 호출을 받았다. 침실로 안내되자 바로 국왕과 재상이 나타났다.

"그대는 메티스가 싫으냐?"

돌연 이슈 왕은 질문의 창을 푹 찔러왔다.

"우수한 장군이라 생각합니다만."

"그럼, 왜 살금살금 메티스를 조사하고 있는 것이냐?! 라켈과의 일을 들춰내고 싶은 게냐?!"

체데크는 굳어졌다.

어째서 국왕이 알고 있지? 어디서 샌 거야? 메티스가 파악한 건가?

"라켈은 북 퓨리스의 멍청이들을 억제하고 있다는 얘기를 들었다! 그런 자와 메티스가 만났다한들 뭐가 그리 크게 떠들 일이냐? 라켈이 멍청이들을 억제한다면, 살려두면 되는 일. 이용하면 그만이지 않더냐! 짐은 메티스에게 변경백과 뱀파이어족에 대해 살피라고 말했다. 히브리드 국정에 대해서도 살피라고 명했다. 메티스 이외에 훌륭하게 해내고 있는 자가 있느냐?!"

체데크는 침묵했다.

이슈 왕은 라켈 공주는 살려두라고 말하고 있다. 북 퓨리스의 과격파를 억제시키기 위해, 살려두라고 말하고 있다. 메티스가 접촉을 해도 문제는 없다고 말하고 있다. 자신이 메티스 해임을 노린다는 걸 알고, 국왕이 선수를 친 것이다.

(그렇다면——.)

하고 체데크는 공격방향을 바꿨다.

"폐하. 악마는 어디에든 있습니다. 악마는 순종적인 얼굴을 해보이다 돌연 배신하는 법입니다. 엘프가 언제까지고 순종적일 거라 생각하시는군요. 저 자들은 사라브리아 변경백 방문을——."

"루키티우스는 국외탈출을 불사하겠다 했느니라!"

체데크는 말문이 막혔다. 국외 탈출은 엘프의 최종병기다.

"——엘프의 협박에 굴복하시는 겁니까?"

"짐을 도발해서 그대는 뭘 얻을 작정이냐?! 짐의 나라를 휘저을 작정이냐?!"

이슈 왕이 외쳤다. 체데크도 지지는 않았다.

"적국에 주도권을 넘겨주면 우리나라는 위엄을 지킬 수 없습니다. 메티스 장군이 하는 일은 변경백을 추종하는 일이며, 상대에게 주도권을 내어주는 일입니다! 그걸로 폐하의 위엄을 지킬 수 있겠사옵니까?! 나라의 위엄을 지킬 수 있겠사옵니까?!"

이슈 왕 만큼 큰 목소리로 소리치며 받아친다. 이슈 왕은 한층 더 큰 목소리로 호통 치며 되받아쳤다.

"그대는 칼을 빼 들어 공격하는 것만이 전쟁이라 생각하느냐! 전쟁은 칼만 휘두르면 되는 게 아니다! 지킬 때, 물러설 때를 모르면 전쟁은 할 수 없다! 지금은 공격할 때가 아니다! 그런데도 공격에 나서겠다니, 나라의 위엄이 무엇이되겠느냐?!"

"그런 이유로 요아힘의 인도를 요구하지 않으시겠단 말이십니까?!"

"짐은 메티스에게도 변경백에게도 만족하고 있다 했느니라! 메티스가 요아힘의 인도를 요구하지 않은 것에 대해서 짐은 조금도 불만을 가지고 있지 않다! 되레 만족하고 있느니라! 그대에게 묻겠다! 이 나라의 일을 결정하는 건, 짐의 만족이냐! 그대의 만족이냐!"

체데크는 마침내 침묵했다.

이슈 왕의 눈 깊은 곳이 노여움으로 번득였다.

"그대의 얼굴은 이제 보고 싶지도 않구나! 두 번 다시 짐 앞에 모습을 보이지 말라!"

체데크는 궁전에서 물러났다. 이슈 왕의 외침에, 진심에 자신의 진심을 토로했지만, 대실책이었다.

대성당으로 돌아오자 밀정 올메크가 기다리고 있었다.

"각하. 측근 에노크를 덫에 몰아넣었습니다! 메티스 장군이 몰래 라켈 공주를 만났다는 사실을 밝혀냈습니다! 무려 두 번이나 만났다고 합니다!"

이미 늦었다, 하고 체데크는 생각했다. 소식을 전한 게 어제였다면, 이슈 왕에게 메티스 장군의 해임을 독촉할 수 있었다. 하지만——.

누군가가 메티스에 대해 캐고 있다는 걸 이슈 왕에게 일러주었다. 이슈 왕은 격노했고 자신은 출입금지가 되었다.

"수고했네."

올메크에게 말하자, 체데크는 대성당 안쪽으로 사라졌다.

9

파토리스에 체류 중인 히로토에게 불고르 백작의 집사가 온 건 다음날의 일이었다. 집사는 하인 셋을 데려고 왔다.

"저의 주인님 대신 말씀드립니다. 솔세르 님께 하신 저의 주인님의 폭언, 소이치로님께 하신 저의 주인님의 폭력, 큐레레 공주님께 하신 부적절한 대응, 성의 주인으로서, 주장관으로서, 사과드립니다."

집사가 깊이 머리를 숙였다. 하인도 일제히 머리를 숙였다.

"백작의 명령이 아니라 백작을 설득해서 여기 온 거겠지."

하고 히로토는 간파했다.

한순간 집사가 멈칫했다.

"부디 용서를! 주인님은 자긍심 높은 귀족이십니다. 부디, 제발, 제발, 용서를!"

하며 머리를 숙였다.

"어쩐다?"

히로토는 소파 옆에 자리한 소이치로와 큐레레에게 얼굴을 돌렸다.

큐레레는 눈을 깜빡거리고 있었다. 소이치로는 불쾌해 보였다.

"난 용서 못해."

소이치로가 일축했다.

"아직 화가 안 풀린 모양인데?"

히로토는 소이치로의 말을 통역했다.

"나도 세 사람에게 한 처사엔 부아가 치밀었어. 불고르 백작은 날 서민 출신이라고 말하며 비웃었지만, 솔세르에 대한 태도는 그에 비할 바가 아니야. 그거야말로 서민 출신의

323

태도야. 솔세르는 좀 더 정중하게 대해야 할 여성이야. 멀리서 온 사자를 바보 취급하는 게 귀족이라면, 그런 자는 귀족이라 할 수 없어."

집사가 머리를 숙인다.

"소이치로에 대한 태도도 용서 못해. 변경백의 고문관에게 마치 개를 훈육시키듯이 채찍을 휘두르다니, 무례에도 정도가 있지. 고귀한 자가 할만 일은 아니잖아? 훈육이 필요한 건 어느 쪽인지."

반론하지 못하고 다시 집사가 고개를 숙인다.

"큐레레에 대한 태도도 용서 못 하겠군. 큐레레는 우리 고문관이야. 미라족에게 그런 짓하는 걸 도와주는 기사니까 저런 무례한 행동을 취했겠지. 아아, 참으로 괘씸하지 않아?"

다시 집사가 머리를 숙이며 말을 쥐어짜냈다.

"변경백께서 국경 방위에 있어 아주 큰 기여를 하고 계신 것은 충분히 알고 있습니다. 주인님께도 엄중하게 말씀드릴 터이니——."

"흠, 어쩔까나."

히로토는 일부러 떨떠름하게 말했다.

집사가 머리를 숙이며 하인에게 눈짓을 했다. 먼저 하인이 내민 건 튼튼한 가방이었다. 안을 열자 금화가 가득 채워져 있었다. 천 개는 넘어 보였다.

"이쪽은 히로토 님께."

집사가 설명한다. 다음에 하인이 내민 건 금자수를 놓은 화려한 책이었다.

크다.

사진집의 배는 되는 크기다. 분명 귀족 자제를 위해 만든 화려한 책이리라.

"큐레레 공주님은 책을 좋아하신다고 들었습니다. 이쪽을 ——."

하인이 책 안을 펼쳐 보였다. 첫 페이지에 나타난 건 딸기밭 그림이었다. 빨간 딸기가 온통 그려져 있다. 그 안에 파란 작업복을 입은 농부가 서 있다. 거기다 다음 페이지를 넘기자, 마을 광장에서 춤추는 젊은 남녀의 모습이 나타났다. 하얀 두건을 쓰고 파란 상의를 입고 빨간 바지를 입은 두 사람이 팔짱을 끼고 흥겹게 춤추는 모습이 그려져 있다.

큐레레가 눈을 빛내며 입을 벌렸다.

"그리고 솔세르 님과 발큐리아 공주님껜 이쪽을 ——."

집사가 말하자 하인이 나무상자 두 개를 내밀었다. 상자를 열자 각각에 직경 4센티미터 정도의 사파이어가 들어 있었다.

"소이치로 님껜 이쪽을 ——."

집사가 손뼉을 쳤다. 문이 열리고 빨간 머리의 가슴이 엄청 큰 소녀가 둘, 들어왔다.

"아무쪼록 마음대로."

뭐? 뭐? 뭐?

소이치로가 어찌할 바를 몰라 한다.

"오오, 이봐 소이치로, 우선 가슴으로 얼굴을 꾹 눌러 달라고 하는 게 어때?"

히로토는 소이치로에게 재촉했다. 소녀들이 다가와 소이치로의 얼굴을 가슴에 착 밀착시켰다. 소이치로의 얼굴이 폭발할 듯한 가슴에 파묻힌다. 다음에 두 번째 소녀가 소이치로의 머리를 감싸며, 가슴으로 끌어당겼다. 다시 소이치로의 얼굴이 가슴에 깊숙이 파묻힌다.

집사가 다시 큐레레에게 몸을 돌렸다.

"큐레레 공주님. 저의 주인님의 기사가 공주님을 해치려 한 일, 공주님의 소중한 친구를 때린 일에 대해 거듭 사과드립니다. 부디 용서를……!"

하며 바닥에 이마를 박는다. 하인들도 이마를 바닥에 박는다. 큐레레가 눈을 깜빡거렸다. 딱히 적의를 품고있는 것 같지는 않았다.

이쯤이 적당한 시기라고 히로토는 생각했다. 집사는 충분히 사과했다. 사과의 선물도 들고 왔다. 이쯤에서 그만 튕기고 사과를 받아야 한다.

"좋아. 성의는 듬뿍 받았어. 고생이 많았군. 백작에게 그리고 무엇보다도 집사에게 감사해."

히로토는 겨우 싸움을 멈췄다.

종장 미라족

1

고등법원에서 불고르 백작의 장남 포랄의 참수형이 확정, 다음날 집행되었다. 집행 직후 대성당의 정령의 불이 마치 태양처럼 세차게 빛나, 마침 거기에 있던 자들을 놀라게 했다. 정령은 처형을 환영한 것이었다.

프레브 동굴의 미라족들은 아주 기뻐했다. 평소 크게 떠들지 않던 그들이 동굴 주위를 뛰어다니며 환희의 춤을 췄다. 거기다 히로토가 보낸 선물이 박차를 가했다. 이걸로 원하는 걸 사라며, 금화를 백 개 직접 건넸다.

모두 옷을 사자고 리치아가 권해 세세라는 겨우 동굴을 나왔다. 사건 이래, 처음 있는 일이다. 세세라는 물론 모두가 인간 옷을 동경하고 있었다. 미라족 소녀들은 리치아의 안내 속에 다함께 마을을 방문, 다함께 양장점에 들어갔다.

2주일 후, 옷이 완성되었다. 리치아와 세세라는 같이 옷을 받으러 나갔다. 처음 인간 옷을 입은 세세라는 거울에 비친 자신의 모습에 저도 모르게 미소를 지었다. 예쁘다, 하고 리치아가 말하자, 세세라는 수줍어하며 웃었다. 겨우 세세라에게 미소가 돌아온 것이다.

2

국왕 모르디아스 1세는 불고르 백작의 아들이 처형됐다는 소식을 듣고 격노했다.

《백작은 아들이 무죄라고 하지 않았느냐! 짐에게 거짓말을 한 것이냐!》

재상 파노프티코스는 잠자코 있었다. 대사제는 만족스러운 눈치였지만, 파노프티코스는 불만이었다. 이걸로 또 히로토에게 반감을 가진 귀족들이 늘어날 것이다. 히로토는 자신의 충고를 하나도 듣지 않았다.

(역시, 협력이 가능한 건 군사력뿐인가…….)

조만간 히로토를 불러야겠다 생각했다. 더 단단히 못을 박아둘 필요가 있다. 그렇지 않으면 히로토의 폭주는 멈추지 않을 것 같았다.

(저 남자는 내버려 두면 내 손에서 벗어날 것이다. 그 전에 손을 써야──.)

3

불고르 백작 아들의 처형은 사라브리아 주에도 전해졌다. 인간들은 놀라워했다. 특히 미라족에게 왜곡된 시선을 가지고 있던 무리는 바짝 움츠러들었다. 귀족도 처형됐다. 평민은 말할 것도 없을 것이다. 더구나 사라브리아는 변경백의 본거지다.

미라족들은 처형 소식을 듣고 엄청 기뻐했다. 동료의 비극을 전해 듣고 모두 가슴이 아팠던 것이다. 소식은 미라족 네트워크를 통해 주 안의 미라족들에게 퍼져나갔다.

《히로토 님에게 꼭 감사 인사를 해야만······.》

하나가 말을 꺼냈고 다른 자가 이어받았다.

4

소이치로는 다시 느긋하게 책을 읽는 나날로 돌아왔다. 그날도 낮부터 도미나스 성의 자기 방에서, 소이치로는 큐레레와 함께 불고르 백작이 보낸 화려한 책을 넘기고 있었다. 옛날 얘기를 읽지 않더라도, 큐레레는 보는 것만으로 기쁜 모양이다. 나중에 아스티리스에게 물었더니 국내에서도 몇 십 권밖에 없는 희소한 책이라 했다. 집사가 상당히 애를 쓴 것이다.

(그건 그렇고 가슴, 정말 기분 좋았어.)

파토리스에서 여자가 가슴을 밀착시켰을 때의 일을 떠올린다. 기막히게 부드러웠다. 히로토는 늘 저런 쾌감을 맛보고 있는 것이다.

(가능하면 다시──.)

정신을 차리자 큐레레가 소이치로를 보고 있었다. 눈을 깜빡거리고 있다.

"무슨 일이야?"

소이치로가 묻자 갑자기 큐레레가 소이치로의 머리를 잡고 자신의 가슴으로 끌어당겼다. 부풀어 오르지 않은 가슴에 소이치로의 얼굴이 닿았다.

(하아?)

큐레레가 활짝 미소를 지었다. 아무래도 예의 가슴 큰 소녀의 흉내를 내본 모양이다. 장난인지, 애정인지. 모르겠지만 귀엽다.

소이치로는 꽉 큐레레를 안아줬다.

5

히로토도 자신의 방에서 느긋한 한때를 즐기고 있었다. 소파에 나뒹굴며 미마아의 무릎에 누워 귀청소를 받고 있었다. 오랜만에 안정된 시간이었다.

범인이 불고르 백작의 아들인 걸 듣고 마니에리스는 격노했다.

《불고르 백작은 귀족 칭호를 반납해야 마땅하다!》

하며 호된 한 마디를 내뱉었다. 고결함을 뜻으로 삼는 엘프 입장에선 용서하기 어려운 일일 터이다.

《히로토 님. 적당히 우리를 조마조마하게 만드는 일은 그만해줬으면 하오.》

그리 잔소리도 했지만 진심으로 화난 느낌은 아니었다.

메티스는 다시 모래톱에서 재회했다.

《감사 인사는 안 할 거야.》

하고 말은 했지만 메티스는 웃고 있었다. 메티스가 좌천당하지 않아 다행이다 싶다. 루키티우스와 에크세리스가 아주 애써주었다.

모래톱에서 열린 회담 후, 평소처럼 선상 스모를 하게 되었다. 오늘은 이기게 해주나 싶었더니, 단박에 넘어뜨렸다. 하지만 메티스는 즐거운 듯이 웃고 있었다.

루키티우스에겐 히로토 님을 꼭 뵙고 싶다는 편지를 받았다. 처음엔 마니에리스를 방문하는 김에 만난 거였지만, 다음 달엔 히로토와 만나기 위해 사라브리아까지 와준다고 한다.

리치아로부터도 정성스런 편지를 받았다. 히로토가 보낸 돈으로 옷을 만들어 입은 모양이다. 겨우 세세라가 웃었다고 적혀 있었다.

자신의 행동이 미라족에게 도움이 된 건 솔직히 기쁘다. 미라족의 기대를 배신하지 않고 일이 해결된 것도 기쁘다. 하지만 그것이 과연 변경백의 임무였는지…… 지금도 의문스럽게 생각할 때가 있다. 자신의 행동의 근저엔 개인적인 감정이 있진 않았는지——.

"히로토~!"

발큐리아와 에크세리스가 뛰어들어왔다.

"미라족이 엄청 몰려 왔어!"

"미라족?"

"엄청난 수야. 이쪽으로 와."

발큐리아가 잡아당겼다. 히로토는 방을 나와 반대편 큰길 쪽 베란다로 향했다. 미미아와 에크세리스도 뒤를 쫓는다.

베란다에 나온 순간 히로토는 몸이 굳어졌다. 미미아도 뒤에서 말을 잃었다. 성 주위엔 하얀 붕대를 감은 미라족들로 꽉 차 있었다. 백 명 같은 숫자가 아니다. 수백 명은 있다. 어쩌면 천 명에 달할지도 모른다.

(무슨 불만이라도?)

히로토가 모습을 보인 걸 알자 미라족이 와~아, 하고 함성을 질렀다. 히로토 님! 히로토 님! 히로토 님! 수백 명의 미라족이 히로토의 이름을 연호한다. 엄청나게 큰소리다.

"감사 인사를 하러 왔대!"

에크세리스가 큰소리로 가르쳐주었다.

히로토는 가슴이 뜨거워졌다. 숫자로 비추어보니, 모인 건 프리마리아에 사는 미라족만이 아니었다. 주 안의 다른 지역에서도 미라족이 와준 것이다.

행동하길 잘했다고 히로토는 생각했다. 이토록 미라족이 기뻐해주고 있다. 노브레시아까지 가질 잘했다. 정말로 가길 잘했다……!

발큐리아가 미미아의 등을 밀었다. 자, 앞으로 가라는 듯이 미미아를 히로토 옆에 나란히 세운다. 히로토는 미미아와 함께 눈 아래로 보이는 미라족을 향해 손을 흔들었다.

"히로토 님은 우리의 왕이십니다!!"

하고 누군가가 외치자, 왕! 왕! 왕! 하는 연호가 이어졌다. 왕이라는 건 물론 이 나라의 왕이라는 의미가 아니라, 자신들이 마음속으로 존경할 수 있는 사람이라는 의미임에 틀림없다. 그래도 히로토는 뜨거운 감동을 느끼면서 미라족들을 향해 손을 계속 흔들었다.

후기

원고가 완성됐을 때, 합계 378페이지가 돼 있었어요. 거기에서 10페이지 이상 잘라내고 어찌어찌 완성……! 처음 5페이지 정도는 삭둑삭둑 잘라낼 수 있지만 거기서부터가 큰일이었습니다. 말하자면 승부지요. 마감 당일 오전까지 잘라내고 가필하기를 반복했습니다.

하지만 잘라내는 것도 프로의 일. 잘라낼 능력이 없으면 프로라 할 수 없습니다. 필요 없는 부분을 잘라내지 않으면, 그 필요 없는 부분이 이야기 진행을 방해하여 이해하기 어렵게 만듭니다. 해석에 스트레스를 주는 건 작가의 일이 아니지요.

이번에도 다시 연례행사인 '몇 번이고 플롯을 수정한다' '직전에 플롯을 잘라낸다'를 해버렸네요. 마지막 1주일간은 오전 5시에 일어나 원고를 적고, 저녁에 이케부쿠로 코히테에서 플롯을 고치고 밤 9시에 자서 다시 오전 5시에 일어나……라는 생활을 반복했습니다. 마지막 3일간은 오전 6시에 일어나 오후 8시 넘게까지 일을 하고, 오후 10시에 자는 생활이었습니다.

지금은 '긴장감'이 없어져 평온합니다. 궁지에 몰리지 않아서 좋구나. 행복이란 이런 거구나(ㅋ).

이번에도 다시 새 캐릭터가 등장했습니다. 네이밍은 이런 느낌입니다.

· 세세라……미미아를 흉내 내 첫소리가 2개 겹치는 이름 'ㅇㅇㅁ'로 하려고, 근 20개가 되는 안을 낸 뒤, 가장 이미지에 맞는 걸 선택.

· 리치아……세세라와 마찬가지로 'ㅇㅇㅁ'면 세세라와 상이점이 적어 독자가 외우기 힘들어지기 때문에, 어른스러운 이름으로 생각하다 결정.

· 불고르 백작……불가르에서.

· 카시우스……당초 퀴리티우스라 명명→정무관 퀸티리스와 첫소리가 같아서 카시우스로 변경

· 코랄……처음엔 카르티스라는 이름이었다→고등법원 서기관이 '카'로 시작하는 이름이었던 터라 코랄로 변경.

· 포랄……처음엔 포르티우스라는 이름이었다→코랄에 맞추는 형태로 포랄로 변경.

이번에도 역시 브러시 업&대개조의 콤비였습니다. 일단 원고를 완성하고 나서 남은 이틀간 제대로 다시 읽고 브러시 업을 해서 자잘한 복선의 보강이나 내면묘사 추가를 하고. 거기다 마지막에 대개조.

소설엔 '장(챕터)'이라는 단위, 그보다 작은 '절(섹션)'이라는 단위가 있습니다. 1, 2, 3……이라는 숫자로 구분하고 있는 게 절이지요.

종장은 제2절에서 전부 수정했습니다. 히로토가 와~하

고 칭찬받는 느낌이 약했는지라, 보강했습니다. 처음 안엔 솔세르 시점이나 메티스 시점의 절도 있었습니다. 하지만 분산돼 구속감이 나오지 않아서 아웃.

제25장의 제4절도 후반은 전부 고쳤습니다. 불고르 백작과의 주고받는 장면을 살짝 잘라내고 백작의 내면묘사를 훨씬 늘였습니다.

그건 그렇고, 고반 선생님, 항상 일러스트 감사합니다! 편집 담당 H씨, 이번에도 역시 감사드립니다!

그럼, 마지막으로 엔딩 멘트를!

슴~~~~~~~~~~~~~~~가! 보잉!

https://twiter.com/boin_master

카가미 히로유키.

KOU 1 DESU GA ISEKAI DE JOUSHU HAJIMEMASHITA 11
©Hiroyuki Kagami
Originally published in Japan in 2017 by HOBBY JAPAN CO., Ltd.
Korean translation rights ©2019 by Somy Media, Inc.

고1이지만 이세계 성주로 부임했습니다 11

2019년 3월 8일 1판 1쇄 인쇄
2019년 3월 15일 1판 1쇄 발행

저　　　자 카가미 히로유키
일 러 스 트 고반
옮 긴 이 정우
발 행 인 유재옥
본 부 장 조병권
담당편집자 조찬희
편　　　집 강혜린 김다솜 김민지 김혜주 박은정 이문영 정영길 조찬희
라이츠담당 박선희 오유진
디 지 털 최민성 박지혜
인쇄제작처 코리아피앤피
발 행 처 ㈜소미미디어
등　　　록 제2015-000008호
주　　　소 서울시 마포구 토정로222, 403호 (신수동, 한국출판콘텐츠센터)
판　　　매 ㈜소미미디어
마 케 팅 한민지 한주원
전　　　화 편집부 (070)4164-3962, 3963 기획실 (02)567-3388
　　　　　　　판매 및 마케팅 (070)4165-6888, Fax (02)322-7665

ISBN 979-11-6389-314-1 04830
ISBN 979-11-85217-72-7 (세트)